ハナシにならん!

笑酔亭梅寿謎解噺2

田中啓文

集英社文庫

目次

目次・章扉デザイン＝原条令子
監修＝月亭八天

ハナシにならん！

笑酔亭梅寿《しょうすいていばいじゅ》謎解噺《なぞときばなし》2

蛇含草

じゃがんそう

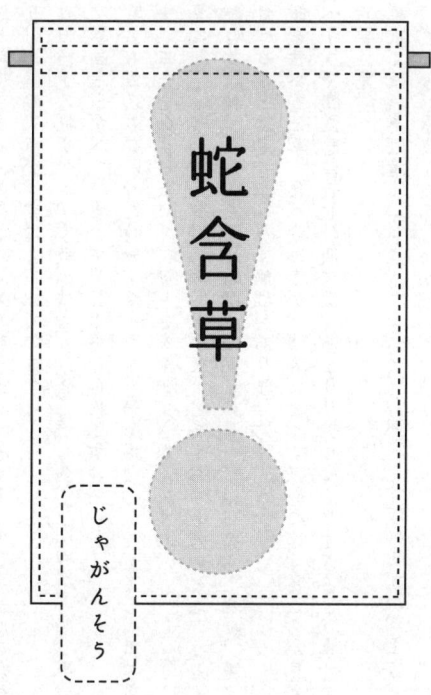

夏の噺《はなし》です。

導入部で、主人公の男が訪問先と我が家を比較する描写に、当時の庶民の夏の暮らしぶり、長屋の風情が、実によく出ています。

表の格子の軽やかさ、座敷の清潔さ、籐筵《とうむしろ》、夏座布団の清涼感、風鈴、すだれ、金魚、墨画《すみえ》……すべてがすがすがしく感じられます。

電気もガスもなかった時分、クーラー、扇風機なんかなくても、気で気を養い、生活に少し工夫を加えるだけで、涼しさを演出できたんですね。

夏に餅《もち》……という発想は大阪らしくて、とてもおもしろいと思いませんか。お祝い事の配り物に使った餅がたくさん余った。この暑さでは日持ちしない。そこで今から焼いて食べる……設定にまったく無理がありません。

餅を食べる仕草、食べ分け方が、演者によって微妙に違うところが見どころでしょう。食べすぎて膨満感に苦しむ演技は、あまりリアルにやりすぎると、本物のゲップが出るから要注意。

東京では『そば清《せい》』、あるいは『そばの羽織』と呼ばれますが、上方、江戸……、さて、どちらが原典なのでしょう。

それが判明すれば、そのネタが「じゃ、元祖！」。


（月亭八天）

1

たてつけの悪い引き戸に手をかけ、おそるおそる三十センチほどあけて、

「ただいま帰りま……」

した、と言おうとした瞬間、

「この、アホンダラあっ！」

怒声とともに家のなかから白い物体が飛来した。竜二《りゅうじ》は反射的に頭を下げた。金色に染めた鶏冠《とさか》頭の分、かなり下げなくてはならなかったが、その物体は彼の頭上をかすめると、往来のほうに飛んでいった。一瞬ののち、

「ぎゃあああああっ！」

背後から「罪人が槍《やり》で胸を突かれた瞬間」みたいな悲鳴が聞こえたので振りかえると、セールスマン風の男が、あつー、あつー、と叫びながら、顔面にへしゃげた餅《もち》を乗せて足をばたばたさせていた。その餅は、今の今まで焼いていたらしく、焦げ目が赤く発火

している。竜二は顔をしかめた。今は、餅は見たくもない気分なのだ。男は顔から餅をむしりとると、竜二を押しのけ、長屋の戸を蹴倒《けたお》して、なかに暴れこんだ。

「こらあ、何さらすねん！」

土間に腰をおろした皺《しわ》だらけの老人——笑酔亭梅寿《しょうすいていばいじゅ》は、怪訝《けげん》そうな表情で男の顔面を見ると、

「顔、えらい火傷《やけど》しとるみたいやが、どないしなはった」

「どないもこないも、道歩いとったら、おまえんとこからいきなり餅が飛んできたんじゃ。失明するとこやないか。どないしてくれるんや」

「どないして、て……そやなあ……」

老噺家《はなしか》はむっつりと腕組みをすると、

「病院行きはったらどないだ」

「何言うとんねん、ジジイ。おまえがぶつけたんやないか。まずは『すんませんでした』て謝らんかい。弁償のことはそのあとじゃ」

「わしがぶつけた？　証拠でもあるんか」

「な、なんやと。おまえの目のまえにある火鉢と、そのうえにある、ぷーっとふくれた餅が立派な証拠やないか」

「けったいなことを言わはる。わしはたしかに餅を焼いて食うとった。けど、あんたに

ぶつけたりはしとらんで。証人がおる。――そこのにいちゃん」

梅寿は竜二を手招きした。

「え……俺？」

「おのれ以外に誰がおるねん。あ、いやいや……あんた、どこのどなたかは存じまへんが、ずっとそこで一部始終見てなはったなあ。わし、餅は食うとったけど、このおかたにぶつけたりしとらん。そうでんな」

「あの……俺は……」

「このジジイがぶつけよったんじゃ。そやな」

「いや……俺は……」

梅寿とセールスマン風の男の双方にヒグマのような形相でにらまれた竜二は、一歩しりぞくと、

「――すんません。脇見してたんで、見てませんでした」

梅寿のこめかみに太い青筋がたち、竜二はびくっとしてもう半歩さがったが、梅寿は柔和な顔をこしらえて男に向きなおると、

「このにいちゃんが見てなかったゆうことは、わしらふたりが『ぶつけた』『ぶつけん』言いおうてても水掛け論や。おたがい大人やねんさかい、ここはさらっと水に流しまひょ」

「何、勝手なことぬかしとんねん。こんなとこで時間潰《つぶ》してられへん。もうええわっ！」

男は持っていた餅を地面に叩きつけると、大股《おおまた》で去っていった。

「わしがせっかく大人な態度を示したったのに、なんやあのガキ。もっぺん餅ぶつけたろか」

梅寿は小声で言うと、竜二に向かって、

「はよ、入らんかい。——そこの餅……」

梅寿は、男が捨てていった餅の残骸《ざんがい》を顎《あご》でしゃくると、

「忘れんと拾てこいよ」

▲

「ドアホ！　ボケ、カス、ひょっとこ！　おどれのおかげでえらい恥かいたわ」

梁《はり》が震えるほどの怒号を浴びせる梅寿に、竜二はぼろぼろの畳に額をこすりつけた。

「あれだけ『優勝してこい』ゆうたのに、ボロカス負けやがって。それも、最下位やないか」

送りだすときは「勝ち負けにはこだわるな。精一杯やってこい」言うてたくせに……。

「ええか、勝負ゆうもんはな……勝ち負けや」

あたりまえである。

「勝ちにこだわるのがプロやで。勝つためにはどんな手ぇ使《つこ》てもええ。たとえば、ほかの出場者に毒飲ますとか」

むちゃくちゃだ。

「わしが気にいらんのは、東京の連中に負けたちゅうこっちゃ。大阪もんの意地はないんか」

「すんません」

「せめて三位やったら……」

「え?」

「いや、なんでもあらへん。とにかく、おどれの顔も見たあないわ。わしは寝る!」

梅寿は隣室に入り、ぴしゃっと襖《ふすま》をしめた。入れかわりに、姉弟子の梅春《うめはる》が台所から入ってきた。

「姉さん、来てはったんですか」

「あんたがおらへんあいだ、久しぶりに内弟子の真似しとった。この餅な、あんたがうっとこへ置いていったやつ、食べきれんさかい、ここへ運んでん。——師匠、怒ってはったやろ」

「めっちゃめちゃ怒ってはりますわ」

「そやろねえ……。あんたの賞金、えらいあてにしてはったから」

「はあ？」

「優勝したら一千万やけど、二位も三百万、三位でも百万もらえたからな。あんたがおらんあいだずっと、神棚に『あわよくば一位ですけどそこまでは欲張りまへん。なんとか三位までに入賞さしとくなはれ』ゆうてお祈りしてはったわ。それと、内緒やけど、師匠、トトカルチョしてはったんや。おととい、関西落語協会の総会のとき『O《オー》―1《ワン》』の話題が出てな、誰が優勝するか賭《か》けたらしいねん」

「手が後ろにまわりますよ。誰が言いだしはったんですか」

「うちの師匠に決まってるがな。それが六位やなんて……うふふふ、世の中うまいこといかんもんやねえ」

「ほたら師匠は、金のせいで腹たててはりますのん。さっきは、東京もんに負けたからやとか言うてはりましたけど」

「全然関係ないな。あっちこっちから借金したおして、あんたに突っこんだみたいやから」

「でも、師匠、俺が優勝すると信じてたから、俺に賭けてくれたんですね」

「アホなこといわんとき。あのメンバーで、昨日今日入門したあんたが優勝でけるかいな。師匠も、普段やったらわかったはるはずやけど、お金が目をくらませたんやね。

『ひょっとしたら大穴が』ゆう気になったんやろ。——で、どうやったんや、決勝は。——最下位やった、ゆうのは聞いてるけどな」

竜二は綿のはみ出た座布団に座りなおすと、

「姉さん……『粋《いき》』って、なんでしょうね」

「粋……？」

梅春は首をかしげるとしばらく考えこんでいたが、

「私にはようわからへん。——向こうで何かあったん？」

うなずくと、竜二は話しはじめた。

2

O—1は、若手噺家のグランプリである。クリエイティヴ・バンバンという映像企画会社が主催するこのイベントが従来の落語コンクールと大きく異なる点は、漫才のM—1に比肩するほど、派手で規模が大きいということだ。優勝賞金は一千万円、ノミネート時点から出場者のプロフィール、近況などの取材をどんどん行い、マスコミに流して話題作りをする。二度の予選、地方大会……と、順次、特番で放映して盛りあげていったので、最近の落語小ブームも後押しして、落語番組としては異例の注目度となった。笑酔亭梅駆《ばいく》こと星祭《ほしまつり》竜二は、両親が早逝して、天涯孤独の身のうえである。高校を中退して、暴走族に入ったり、ロックバンドを組んだりしてふらふらしているところを、かつての担任であり、元噺家の笑酔亭梅林狩《ばいりんがる》こと古屋《ふるや》吉太郎《よしたろう》によってむりやり梅寿の内弟子にさせられてから、まだ一年しかたっていない。

そんな竜二が、O—1に出場し、並みいる先輩をおさえて予選を勝ちのこり、関西大会でも優勝してしまったのである。最終的に、関西と関東からそれぞれ三人が選ばれた。竜二は、ほかの一門のふたりとともに、関西代表として、東京で行われる決勝戦にのぞむこととなったのだ。

竜二は、東京までの足代やホテル代は、当然、テレビ局かクリエイティヴ・バンバンのどちらかが負担するものだと思っていたが、そう梅寿に言うと、

「甘いな。おまえはまだどこの会社にも属してへん。わしの弟子、ゆうだけや。つまり、世間的な身分はゼロなんや。そんなやつに金なんぞ出るわけないやろ。半人前のくせさらしやがって足代？　偉そにぬかすな」

「ほな、俺、どないして東京まで行ったらええんですか」

「工夫せえ……と言いたいところやが、わしも鬼やない。——ほれ」

梅寿は、竜二の目のまえに五千円札を一枚置いた。

「これで行ってこい」

「ぜんぜん足りませんけど」

「アホ！　あとはおのれが工面せえ。わしにでけるのはここまでじゃ」

「工面ゆうたかて……帰りもありますし、向こうの泊まりも……」

「知らん。一生帰ってこんかてええ。東京に骨を埋めい」

結局、竜二は、落語会の手伝いをすることでもらえる微々たる金を貯めて、夜行バス代を捻出《ねんしゅつ》した。

決勝でのネタは、梅春と相談のうえ、「蛇含草《じゃがんそう》」に決めた。

ちょっとした言葉の行きちがいから、餅箱いっぱいの餅を食べることになった男。最初は勢いにまかせてぱくぱくと食べていたが、途中からペースが落ち、あと二つを残してとうとうギブアップ。「うつむいたら鼻や耳から餅が出る」というぐらい、身体中に餅をつめこんで帰宅した男は、苦しくてしかたがない。なんとかすぐに腹を減らす方法はないかと考えて、思いだしたのが、深山の谷間に生えているという「蛇含草」のこと。人間を丸呑《の》みにしたウワバミが、腹がはって苦悶《くもん》しているときに、この草をぺろぺろなめると、腹中の人間が即座に溶けてしまう、という「ウワバミの腹薬」である。腹を減らしたい一心から、男が「蛇含草」をなめると、「人間を溶かす草」だったので……

「餅が甚平を着て座っておりました」というのがサゲ。

東京では餅が蕎麦《そば》になり、「そばの羽織」や「そば清《せい》」として知られているポピュラーな噺であるが、ふたりの男がつまらないことから意地を張りあうあたりの心理描写や、餅を焼いて食べるさまざまな仕草など、見せどころ、聴かせどころの多い、むずかしいネタである。

関西大会から決勝までの約半月、竜二はこのネタを必死で稽古《けいこ》した。竜二自身は、

（関西大会はまぐれで優勝したけど、どう考えても決勝はむりやで）

と思っていたが、梅寿から稽古係に任命された梅春が張りきってしまい、「死ぬ気で稽古せな殺すで」と竜二をびしばし鍛えたのだ。竜二は、自分のため、というより、目のつり上がった梅春を怒らせぬために日々稽古を続けた。しゃべりの練習だけでなく、餅を食べる仕草ができていない、と、梅春は竜二に、実際に餅を食べさせた。来る日も来る日も大量の餅を火鉢で焼いて食べる。「血を吐くような練習」とよく言うが、竜二は餅を吐きそうになった。餅の顔を見るのも嫌になったころ、梅春も「まあまあの出来」と認める仕あがりで、竜二は決勝の日を迎えることができた。

決勝に出場するのは、大阪からは、竜二のほかに、桂昼網《ひるあみ》と林家森蔵《もりぞう》のふたり。どちらもキャリアは十年以上、滑舌《かつぜつ》も個性も現代性もあわせもっており、本来ならば竜二ごときがとうてい太刀打ちできない実力を持っているが、関西大会では大番狂わせで竜二におくれをとった。東京からは、石川屋真砂《まさご》、三昧亭《ざんまいてい》あぶ虎、東西亭豌豆《えんどう》の三名。もと

もと落語に関心のなかった竜二は、今でこそ上方の噺家のことは少しはわかってきたが、東京の噺家についてはまるで知識がない。兄弟子の梅雨《ばいう》は、決勝戦の前夜、頼んでもいないのに、難波《なんば》の深夜バスの乗り場まで竜二を見送りにきて、彼らがどれぐらい優秀な噺家かを微に入り細を穿《うが》って説明してくれた。

「石川屋真砂はテレビでレギュラー番組をいくつも持っていて、タレントとしても有名なうえ、まだ二十八歳やのに年に一回はホールで独演会を開いてる。それもそのはず、彼は石川屋五右衛門《ごえもん》の息子なんや。親の七光りといわれるのがいやで、O—1出場を決めたらしいわ」

石川屋五右衛門という名前には聞きおぼえがあった。たしか「昇天」という大喜利《おおぎり》番組で長年レギュラーをつとめていた落語家だが、数年まえに急逝した。真砂は近々、父の名跡《みょうせき》である五右衛門を継ぐことになっているという。

「三昧亭あぶ虎は、落語の救世主とか呼ばれてる若手や。二十二歳のときに八人抜きで真打ちになった。毒舌で有名な、師匠の三昧亭虎八が、『こいつは俺よりうめえ。ピカソやダ・ヴィンチみてえな天才だよ』と絶賛してる。まだ、二十四歳やけど、ルックスもええし、彼の出る落語会はいつも若い女性客で満杯らしいで。今回の優勝候補ナンバーワンやな」

大阪には東京のような真打ち制度がないので、そういう話は竜二にはぴんとこない。

戦後、噺家の激減によって上方落語が滅びようとしていたとき、自然消滅してしまったのだ。最近、上方落語界にも真打ち制度を復活させようという動きがあったが、いまだ実現にはいたっていない。

「東西亭豌豆は、三代続いたちゃきちゃきの江戸っ子で、バラエティとか司会とかには目もくれんと、ひたすら古典落語に精進してる。歯切れのええ江戸前の啖呵《たんか》をきらせたら日本一やな」

梅雨は、自分のことのように三人を賛美したあげく、

「おまえみたいなひよっこが束になってもかなわん相手や。恥かくまえに、出場取りけししといたほうがええんとちがうか。なんやったら、俺がテレビ局に電話しといたるで。それに、今回の審査員は噺家やない。演芸評論家の先生や落語通の文化人なんかの、見る目聴く耳のあるひとたちばかりや。関西大会のときみたいな身内贔屓《みうちびいき》はしてくれへんからな」

まるで、関西大会で不公平なジャッジがあったと言わんばかりであった。

バスのなかでネタ繰りをしようとしたが、隣の席の大学生らしきカップルが、

「ああっ、楽しみっ。ねえ、ディズニーランドでいっぱい写真撮ろうね」

「ミカとの思い出、たくさん作りたいよ。こんな狭い、汚いバスでごめんね。予算が足りなくてさ」

「ううん、向こうで最高のホテルに泊まれるからいいの。それに、東京までヒロシとずっと一緒だし……でも、ひとりおじゃま虫がいるのがうざいよね」

「気を利かせて、席をかわればいいのにな。見せつけてやったら、いたたまれなくなって、途中で降りるかもよ」

いちゃいちゃいちゃいちゃいちゃいちゃ……。結局、カップルは夜通しいちゃつき、竜二は意地になって席をかわらなかったから、朝まで一睡もできなかった。

▲

バスが新宿新南口に着いたのは、朝の五時四十分。公衆便所で顔を洗った竜二は、目がウサギのように真っ赤になっているのを知った。へとへとである。テレビ局の入り時間は、午前九時。三時間も余裕がある。することもないので、竜二は疲労困憊《こんぱい》したまま街をぶらついた。東京に来るのははじめてではない。バンドをしていたころ、二度ほど来たことがあるが、標準語を耳にするだけで妙にむかついて、喧嘩《けんか》ばかりしていた。もちろん、メンバーの誰かの知りあいのアパートに雑魚《ざこ》寝する毎日で、ろくな思い出はない。サラ金の看板、タクシーのデザイン、行きかう人々のファッション、街の匂い……。

(東京や……)

竜二は知らずしらずのうちに緊張していた。もしかしたらこの時点ですでに、東京に呑みこまれかけていたのかもしれない。財布を出して、所持金をたしかめる。三千円。帰りのバスのキップは購入してあるが、問題は今日の宿泊である。もし、入賞できた場合はもちろん、そうでなくても打ちあげがあるだろう。春とはいえ、まだ、外で寝るには寒すぎる。東京にいるはずの数人の知人の名前を思いうかべてみたが、泊めてくれそうなやつはひとりもいない。カプセルホテルなら最低でも二千五百円はする。残り五百円……テレビ局までの電車賃は、えーと……。竜二は、缶コーヒーを買うのを断念した。やたらと生欠伸《なまあくび》が出る。こんな最悪のコンディションで、コンクールに出られるのだろうか……。

（どうせ優勝できるはずもないし、適当にやって、はよ帰ろ）

竜二のやる気は最低まで落ちていた。身体も汗でどろどろだ。シャワー浴びてビール飲んで寝たい……シャワー浴びてビール飲んで寝たい……シャワー浴びてビール飲んで……。

「どけよ、このニワトリ野郎！」

徹夜で飲んでいたらしいサラリーマンの三人連れが、道をふさいでいた竜二に怒声を浴びせた。

「あ、すんません」

あっさり道をゆずると、竜二は地面にぺっと唾《つば》を吐いてから、ビルの壁にある時計を見た。

（このまま歩いたら、九時までには楽勝でテレビ局に着くな。金も浮くし、そのあいだ稽古もできる。そうしよ）

ガード下に設置されていた「災害時避難場所地図」でだいたいの方向をたしかめると、竜二は歩きだした。

（こんにちは、いてなはるか。おまえかいな、こっちあがり。えらい暑いやおまへんか。あんたはそないして家のなかにいてはるさかいよろしおますけど、外はかんかん照りでっせ……）

口のなかでネタを繰りながら早朝の東京を歩く。「ネタを繰る」というのは噺家にとって大事な行為である。師匠や先輩からつけてもらったネタを、何度も何度も繰りかえし稽古しているあいだに、それが血となり肉と化し、「覚えているものを出す」状態から「自分の言葉でしゃべっている」状態になっていく。少しでも時間があったらネタを繰れ、というのが姉弟子である梅春の教えだった。

（せやけど、師匠がネタ繰ってるのて、見たことないな……）

入門して一年、竜二は梅寿にネタをつけてもらったこともないが、梅寿がみずからの稽古をしている光景も見たことはなかった。

（なんだんねん、それ。床柱のとこに、きたならしい草が吊《つ》ってまんなあ。えらいもんが目にはいったな。それはただの草やない。蛇含草ゆうて、なんでも大きな山の谷間に生えとる草らしいわ……）

竜二は、機械のようにネタを繰りながら、信号もなにも無視してどんどん進み、ふと気がつくと、自分がどこにいるのかまったくわからなくなっていた。住宅地のどまんなかのかなり急な坂の途中。電柱の住居表示を見ても、聞きおぼえのない地名ばかりだ。

やばい……竜二は焦った。

あちらでたずね、こちらでたずね、ようやく目指すテレビ局の社屋を見つけたときには、すでに九時ぎりぎりだった。なんとかまにあった、とあわててなかへ入り、受付で今日の出場者である旨を告げて、許可証をもらっていると、

「おお、えーと……梅駆くんじゃないか」

振りかえると、クリエイティヴ・バンバンの番場《ばんば》社長だ。

「このまえは、きみのおかげで助かった。黒山《くろやま》監督もご満悦でね、映画はなんとか完成しそうだ。試写会には招待するから、ぜひ観てくれたまえ」

「すんません。今、急いでて……」

「エンドロールには、きみの名前も入れてある。黒山監督の映画に名前が出るなんて、名誉なことだよ。あの映画はきっと当たる。当ててみせる。きっと、日本映画の流れを変えるようなエポックメイキングな作品になると思うよ。そもそも近頃のハリウッド映

画がなぜつまらないかというと……」

　番場社長の熱い演説はとどまるところをしらず、ついには娯楽映画史を一から語りはじめた。竜二はいらいらしながらそれが終わるのを待っていたが、トーキーが登場したあたりでついにキレて、

「映画の話はまたいつかゆーっくり聞かせていただきます。O―1の打ちあわせがあるんで、これで失礼します」

「O―1？　私もそれで来たんだが、どうしてきみが……あ、そうか。きみも出場するんだったな。忘れていたよ。あははは、まあせいぜいがんばってくれたまえ」

　竜二が会議室に飛びこむと、なかにいた十人ほどの目が一斉に彼に向けられた。あたたかい視線はひとつもなかった。

「きみは、えーと……笑酔亭梅駆ちゃん？」

　レイバンのサングラスをかけ、頭をオカッパにした、赤塚マンガに出てくるイヤミのような中年男が甲高い声で言った。

「梅駆ちゃーん、かんべんしてよお。リハは今日の九時からだけど、きのうのうちにホテルに入っておいてくれって言ってあったでしょ。インタビューとか、前夜の様子とか、いろいろ撮ることあったのに、全部パーだわさ。なーに考えてんの、まったく。コンテストに勝ちゃあいいってもんじゃないの。これは番組なの。テレビなの。わかって

る？」

「え……？　きのうのうちにホテルに入るって何のことです？　俺、全然聞いてないん

……」

「いいわけはもういいって。とにかく、みんなに迷惑かけたんだから、謝りなさいよ」

「俺、ほんまに聞いてませんて……今朝、新宿に着く夜行バスで来たんです」

「まー、あんた、新幹線代とホテル代、浮かすつもりだったわけね。大阪人は金にきたないっていうけど、ほんとだわ」

「何言うとんねん。俺、金なんかもろてへん」

「うわあ、逆ギレ。外見とキャラがぴったんこ合ってる。お金はあんたの師匠の何とかいうひとのところに送ってあるわ。証拠を見せてほしけりゃ、経理に行って、振りこみ伝票確認しなさいよ」

竜二はその一言ですべてをさとった。梅寿が使いこんだにちがいない。

「さあ、はやく、あんたが謝らなきゃ、打ちあわせが先に進まないってば」

しかたなく竜二は立ちあがり、一同にわびた。はらわたは煮えくりかえっていたが、梅寿というクソじじいのことをここで説明してもはじまらない。竜二は端の席に座って、皆の様子を観察した。イヤミのような男はどうやらプロデューサーらしい。大阪から参加している桂昼網と林家森蔵は、竜二も顔を見知っているが、ふたりともいつもにくら

べると借りてきた猫のようにおとなしい。その隣にならんでいる三人が東京勢のようだ。

石川屋真砂は、テレビで見慣れた顔だった。お茶づけ海苔《のり》のCMで見たことがあるし、グルメレポーターもしていたと思う。顔はじゃがいものように丸く、愛嬌《あいきょう》があり、丸眼鏡が柔和さを演出している。彼が竜二に、

「テレビ局というのは時間で動いてる。きみが遅れたら、俺たちだけじゃない、いろんなひとに迷惑がかかるんだ。しっかりしてくれないと困るぜ」

と、局の人間が言うようなことを言うと、隣の席の東西亭豌豆が苦々しい顔で、

「これだから大阪の贅六《ぜえろく》はいやだってんだ。どうせ噺も下手っぴいなんだろうぜ」

東西亭豌豆は、打ちあわせの段階からすでに着物を着ている。ということは、普段着が着物なのだろう。頭はスポーツ刈《が》り、大きな目をぎょろつかせて、やたらと唾をとばしながら、伝法な口調でまくしたてる。

「そう決めつけるもんじゃないですよ、兄《あに》さん」

穏やかに話す三昧亭あぶ虎は、ほっそりした、色白の優男《やさおとこ》で、俳優といっても通るほどの男前だが、目つきはやけに鋭い。口数は少ないが、ところどころに挟む的確な意見は、一同の耳に残る。東西亭豌豆は、

「ふん……時間にルーズなやつに、ろくな噺のできた例《ためし》はねえ。今回の0―1も、東京《とうけい》の噺家だけでやりゃあよかったんだ」

「あの、すんまへんけど、ちょっと言わしてもろてよろしか」

桂昼網がおずおずと言った。

「なんでえ。言いたいことがあるなら、ずばっと言やあいいじゃねえか。『ちょっと言わしてもろてよろしか』って暑さで溶けたキャラメルみてえにべたべたしたしゃべり方しやがって、俺は大阪弁を聞くだけでいらいらするんだよ」

昼網は一瞬呑まれて口を閉ざしかけたが、プロデューサーのほうをちらと見ると、

「大阪の噺家がみんな、こいつみたいやと思わんとってもらいまひょか。現に、我々はきちんと時間守ってるわけやし」

「そやそや、この男は大阪でもはぐれとりまんねん。頭見たらわかりまっしゃろ。一緒にせんといとくなはれ」

林家森蔵が言うと、東西亭豌豆は吐きすてるように、

「大阪もんはみんな同じだよ。大阪は食いもんも着るもんも言葉も噺もごてごてしててあか抜けしてねえ。落語ってのは粋でいなせでピリリッとしてなけりゃあいけねんだよ。いってみりゃあ、蕎麦みてえなもんだ。つゆをちょいとつけて、つるつるっと手早くたぐって食っちまう。大阪は、うどんだ餅だたこ焼きだって、へへっ、腹にゃあたまるが、まるっきり粋じゃねえな」

彼の言葉がきっかけで、大論争がはじまった。石川屋真砂と東西亭豌豆は東京落語の

優位性を主張し、桂昼網と林家森蔵は必死でそれに反論した。たしかに、上方落語における「時うどん」が東京に移植されると「時そば」に、「蛇含草」は「そばの羽織」に、「餅屋問答」は「こんにゃく問答」に……と、話の骨子は同じでも、扱うものが微妙に変化するが、竜二はこれまで、どちらがすぐれているか、という目で見たことはない。しかし、東京のふたりは、上方風のもっちゃりした、下世話なくすぐりだくさんのどうしようもないネタを、東京の噺家が、洗練された、粋な、センスのいい噺に作りかえたのだという。対して、大阪のふたりは、

「もっちゃりしてても、おもろかったらええやないか」

「もともとは上方のネタやねん。そっちはパクっただけや」

と、全然説得力がない。竜二は話についていけなかったので黙って聞いていたが、三昧亭あぶ虎も腕組みをしたまま無言で彼らの話に耳を傾けている。やがて、東西亭豌豆がしめくくるように、

「それじゃあ、今日の結果で、大阪の落語がダメだってことを証明してやるぜ!」

と叫んだ瞬間、イヤミがにやりと笑った。イヤミのすぐうしろにはテレビカメラがあった。竜二はハッとした。これは、盛りあげのための一種のやらせなのだ。打ちあわせの模様は全部カメラにおさめられている。そして、本人に自覚があるのかどうかはわからないが、この四人の噺家はテレビ的な演出に乗せられているのだ。演出というのは、

つまり、「東京対大阪」である。この単純な図式が、O―1の決勝における、番組的なテーマなのであろう……。

「とにかく東京落語のほうがええんだ。なあ、救世主もそう思うだろ」

東西亭豌豆に話を振られた三昧亭あぶ虎は、表情ひとつ変えずに、

「さあ……東京も大阪も、ぼくには関係ありませんね。ぼくは、自分が一番になればそれでいいんです。じゃあ、打ちあわせはもういいでしょう。ぼくはこのへんで……」

そう言うと、すっと席を立ち、イヤミが、

「お、おい、まだ打ちあわせは……」

と言いかけたのに振りむきもせず、部屋から出ていった。その颯爽《さっそう》とした態度は、たしかに粋だ、と竜二は思った。

「ちっ、いけすかねえ野郎だぜ」

豌豆はあぶ虎の後ろ姿をにらみつけると、

「あいつのことはしらねえ。とにかく俺は東京落語のほうがええってことを思いしらせてやるからな」

そして、憤然として部屋をあとにした。それがきっかけで、打ちあわせは何となくお開きになった。

(いやなやつ……梅雨みたいなやつだ)

竜二は、ここにはいない兄弟子のことを思った。

3

くじ引きによって、出場順が決まった。最初が大阪の桂昼網で、石川屋真砂、林家森蔵、東西亭豌豆とつづき、竜二は五番目だった。最後が三昧亭あぶ虎で、期せずして大阪と東京が交互の並びになった。

楽屋は大部屋がひとつで、六人の出場者と囃子方《はやしかた》が共同で使う。東京の前座数人も入り口付近で控えている。大阪のふたりは、壁にむかってネタ繰りに余念がない。石川屋真砂も自筆のノートを見ながら、最後の調整をしている。東西亭豌豆は、ウォークマンで何かを聴いている。三昧亭あぶ虎は、余裕をみせようというのか、週刊誌を見るともなくめくっている。

O―1は、どんなネタをやってもいいことになっている。他の出場者とネタがかぶってもよく、また、小咄《こばなし》ひとつで降りてもいいし、東京なら「鰍沢《かじかざわ》」や「文七元結《ぶんしちもっとい》」、大阪なら「地獄八景」といった一時間を超える大ネタをかましてもかまわない。完璧《かんぺき》にこなせば審査員への効果は絶大だろうが、そういった大ネタはしくじる可能性も高いので両刃《もろは》の剣《つるぎ》だ。だから皆、演目の選定には心を配る。ほかの出場者が何をやるのかは、事前には知ることができない仕組みになっていた。竜二は「蛇含草」以外を演《や》るつもりはなかったが、なかにはいまだ決めかねているものもいるようだった。

「師匠、今日は何を？」

竜二と同じぐらいの歳《とし》の前座が、三昧亭あぶ虎にたずねた。

（こんな若いやつ、兄《あに》さんで十分だろ。東京じゃ、誰にでも師匠って呼ぶのか……？）

竜二はそう思った。

「んーと……なにをやろうかな。『芝浜』か『居残り』か……」

「『宮戸川』なんてどうです。今日の審査員には、若い女性タレントも何人か入ってますから、恋愛ものはウケるんじゃないでしょうか」

あぶ虎は、急に顔を引きしめ、持っていた扇子で前座の左頰《ほお》をぴしっと叩いた。

「出過ぎたこと、言うんじゃねえよ」

「す、すいません」

前座はあわてて平謝りに謝った。その頰には、真っ赤な扇子の痕《あと》がついていた。

「コーヒー、二本買ってこい」

あぶ虎は千円札をその前座に渡し、彼が楽屋を出ていくのを見さだめてから、竜二に向きなおり、照れたような表情で、

「うちの弟子なんです。あんなことで叱らなくてもいいんだけど、みなさんの手前、しめしがつかないから。本人のためでもありますしね」

はあー、と竜二は内心、ため息をついた。あぶ虎はまだ二十四歳だ。二十四歳でもう弟子がいる……。竜二は、ムカつきとも羨望《せんぼう》ともなんともつかない、もやもやした感情を味わった。目のまえのあぶ虎が急に大きく見えてきた。

「師匠、買ってきました」

戻ってきた弟子が、二本の缶コーヒーと釣りを差しだすと、

「上方のお兄さんに一本さしあげてくれ」

「え？　俺はべつに……」

「いいじゃないですか、眠そうだし」

バレてたか……。

「梅駆さんでしたね。ネタは繰らないんですか」

「いまさらじたばたしてもしゃあないですから」

それを聞いて、あぶ虎はにやりとすると、壁に向かって稽古を続けている大阪のふたりをちらと見やり、

「あちらのふたりはじたばたしてらっしゃる」

たしかに、桂昼網と林家森蔵は「最後のあがき」をしていた。大声で、昼網は「禁酒

関所」を、森蔵は「かぜうどん」を繰っている。壁にぶつかってはねかえってくる声が楽屋のなかを渦まいて、竜二も耳を覆いたくなるほどのやかましさだったが、

「うるせえんだよ！」

案の定、ウォークマンを聴いていた東西亭豌豆が、ヘッドホンを外し、ウォークマンの本体ごと床にたたきつけた。ぐしゃっという音がした。

「てめえらのマヌケな大阪弁が聞こえてきて、集中できねえ。試験前の一夜漬けじゃあるめえし、いまさらあがいたって手遅れなんだよ。あきらめて大阪へ帰《けえ》んな」

「なんやと」

敵意を剝《む》きだしにする豌豆に、桂昼網がおもわず立ちあがり、

「なんで、おまえ、大阪もんをそこまで毛嫌いするんや」

「教えてやろうか。大阪もんはがめつい、いじきたない、粋じゃねえ、洒落《しゃれ》がわからねえ、口が臭え……」

「じゃかあしい。おもてへ出え。いてもたろか！」

「けっ、大阪もんと一緒にいると、下手がうつっちまわあ。おい……」

豌豆は前座のひとりにあごをしゃくると、

「俺ぁ出番まで喫茶室にいるからな。おめえ、そのウォークマン、なおしとけよ。——ああ、いやだいやだ。大阪の野郎と同じ空気を吸うのもいやだ」

言いすてると、大股に部屋を出た。もちろんその一部始終はカメラにおさめられている。竜二は、イヤミのほくほく顔を想像した。出場者がもめればもめるほど、番組的には「おいしい」だろうから。

「絶対、あのガキには優勝ささん。——おい、竜二」

昼網は竜二に向かって吠えるように、

「おまえ、あいつに負けたらシバキやからな」

そんなん知らん。竜二が聞こえなかったふりをして、缶コーヒーを飲みほしたとき、

「すいません、ちょっと出てきますんで、豌豆兄さんに言っといてください」

ウォークマンを抱えた前座が、べつの前座にそう言うと、足早に楽屋を出ていった。

「むちゃくちゃなひとですね。いつも、ああなんですか」

竜二が小声であぶ虎にきくと、彼は竜二をじっと見つめて言った。

「そうなんだけど……ぼくも、粋じゃない噺は嫌だな」

▲

トップバッターの昼網の「禁酒関所」を、竜二は舞台袖で聴いていた。だが、昼網が大げさな身振りで熱演すればするほど逆に場内は冷えていく。いつもなら大ウケするはずの、小便を一升徳利につめる場面など、客はしーんと静まりかえり、ときどき失笑が

漏れきこえてくる。ようやく一席終えて頭を下げても、拍手はぱらぱらとしか起こらない。審査員のひとり、自称「落語通」アイドル歌手の宮内みどりが、司会者にうながされてマイクを取った。

「はじめて聴いたお話ですけどお……ちょっと下品で女の子向けではないですね。ごめんなさーい」

全身に大汗をかいて、昼網は降りてきた。東西亭豌豆が、

「こっちの客は、下ネタが程度の低い笑いだってことを知ってるのさ。小便やウンコの話をすりゃあゲラゲラ笑う大阪のアマキンたあちがうのさ」

昼網は言いかえす気力もないようだ。

つづいてあがったのは石川屋真砂。全国区のタレントとして顔が売れているせいか、客席の反応はまるでちがっていた。マクラでマスコミネタを振ると、客はどかんどかんと大爆笑した。たしかにおもしろい。落語というより、ラジオのＤＪのようなしゃべりなのだが、最初から客をつかんで離さない。ネタに入ってからは、別人のようなテンポの悪さになったが、マクラですっかりあたたまった聴衆は、最後まで盛りさがることはなかった。売れっ子の美人ピン芸人あららともよが、

「あー、おもしろかった！　真砂さんって落語もできるんですね。まるで落語家みたいでしたよ」

とコメントしたので、場内はまた大きく沸いた。

そのあとに出る森蔵は、さぞやりにくかっただろう。石川屋真砂が掻《か》きまわすだけ掻きまわした客席は容易に静まらず、森蔵が何を言っても、まだ前の高座の余韻が残ったままだ。そんななかで演じられた「かぜうどん」は、いかにも重い、だるいものに感じられた。

「もう少し軽快さというかフットワークの軽さが欲しいところだね」

イラストレーターの海岡恭二が、むっつりした顔で言った。ぐったりして降りてきた森蔵に、豌豆が笑いかけ、

「俺が、江戸の粋ってものを聴かせてやるから、そこにいな」

自信たっぷりにそう言うと、森蔵が何か言おうとするのを無視して、高座に向かった。

そして、開口一番、

「へへへ……大阪弁てえやつは、長いあいだ聴いてると胃にもたれますな。どうもあたしども東京《とうけい》の人間には、『なんとかでおまんがな』とか『なんとかしとおくれやっしゃ』とか……関西の言葉はぼた餅がへばりついてるようで、イライラっとするんで。大阪のひとは、うどんとか餅とかたこ焼き、お好み焼きなんぞが好き。こっちのひとは蕎麦が好き。そういうちがいですかね。あたしンところはひとつ、江戸前の啖呵てえやつを聴いていただきますが……」

ネタは「大工調べ」。店賃《たなちん》のかたに大家に大工道具をおさえられてしまった与太郎を見かねて、大工の棟梁《とうりょう》があいだに入るが、ちょっとした行きちがいから大家と喧嘩になる……というネタである。豌豆は、さすがに豪語するだけあって、棟梁が大家に啖呵をきる場面の迫力は凄《すさ》まじいものがあった。

「何ぃぬかしやがんでえ、この丸太ん棒。てめえなんざあな、目も鼻もねえ、血も涙もねえ、のっぺらぼうだから丸太ん棒だってんだ。ほうすけ、ちんけえとう、芋《いも》っ掘《ぼ》り、株っかじりめ！」

と豌豆がまくしたてたとき、客席からは大きな拍手が起こった。

（すげえ……）

竜二は、圧倒された。短く、歯切れのいい言葉づかい、あっさりした淡泊なギャグ、たたみかけるようなテンポ、そして何より全体を貫く「洒落た」感覚……。笑いだけを追求すると下品になる。そうなる直前で、すっとかわし、ゲラゲラではなく、くすくす笑わせる。その積み重ねが、最終的に爆笑につながるのだ。大阪で聴いているときはまるで感じなかったが、豌豆の高座にくらべると、たしかに昼網や森蔵の高座は、くどく、重たく、コールタールのようにべったりしている。一つひとつのくすぐりが「笑いがほしい笑いがほしい」と叫んでいるみたいだ。そういう姿勢を豌豆は、「粋じゃねえ」と切りすてたのだろう。

普通は途中で切る「大工調べ」を、豌豆はサゲまで演じきった。頭を下げると、割れんばかりの拍手が会場を押しつつんだ。たっぷり一時間はあったが、軽快なので聴いていてもつらくない。

「お見事でした。さすが三代続いた江戸っ子。胸がすーっとしたよ」

審査委員長の作家、辻本義祐が、拍手をしながらそう評した。「脂っこい上方落語を聴かされてもたれていた胸が、すーっとした」とも受けとれるコメントだった。

降りてきた豌豆は、竜二の肩をぽんと叩くと、

「どうだ？　差てえもんがわかったかい」

途端、自分の「蛇含草」がものすごくべたべたしたネタに思えてきた。竜二の足は震え、高座まで歩くのがやっとだった。

「えー……しばらくの……あいだ……」

粘つく口をひらいて、言葉を押しだす。客席は、氷のように固まっている。竜二は、餅を食べるしぐさに集中しようとした。梅春に叱りたおされながら、実際に餅を食べて稽古した場面だ。だが、まったく笑いは起こらない。それどころか、必死になればなるほど、客がひいていくのがわかった。頭が真っ白になった……。ふと気づくと、サゲを言って、頭を下げていた。何をしゃべったのかまるで覚えていない。拍手はほとんど起こらない。

(しくじった……!)

身体中が冷や汗でしとどに濡《ぬ》れていた。悪寒と吐き気がした。

「えーと、あなたは……梅寿師匠のお弟子さんですな」

審査員で演芸評論家の宍戸《ししど》金三郎が眼鏡の奥から竜二を見すえながら、

「梅寿師匠は、酔いどれの噺家で有名だけど、あなたは酒じゃなくて、餅の噺を選んだわけだ。あなた、甘党?」

「い、いえ……」

「あなたの餅、なんだか胸につかえたよ。――もう少し勉強してから、またチャレンジしてほしいね。まあ、まだ若いんだからむりもないけどさ」

竜二はよろよろと高座を降りた。豌豆がさっそく話しかけてきた。

「おつかれ。ほんとにおつかれだったねえ。おめえじゃねえよ。客がおつかれだ」

無視しようとしたが、豌豆はしつこかった。

「まえのふたりがどうしようもなかったから、おめえはちったあましかと思ってたけど、がっくりだぜ。江戸の落語は、おめえらが束になってもびくともしねえほど練りあげられたもんなんだ。東京《とうけい》の怖さが性根に染みたかい、上方のお兄さん」

豌豆は、言うだけ言うと楽屋のほうに去っていった。うなだれる竜二の耳もとで声がした。

「おもしろかったですよ」

あぶ虎だ。

「ちょいとあがってましたか？　でも、ぼくには楽しかった」

それだけ言うと、あぶ虎は出《で》囃子《ばやし》に乗って舞台に出ていった。その言葉に救われた思いの竜二の耳に、高座からの声が聞こえてきた。

「最後は、三昧亭あぶ虎でおつきあいをねがいます。えー、何の噺をしようかと今の今まで悩んでたんですが、お蕎麦のお噂《うわさ》を一席申しあげます。さきほどの豌豆兄さんのマクラにもございましたが、大阪はうどんや餅、それにくらべて東京のほうはと申しますと、なんといってもお蕎麦ですな。とりわけ、もり蕎麦なんてものは粋な食べものの代表選手てえことになっておりまして、俗に申します蕎麦っ食いてえ連中が蕎麦屋に集まります。わたくしなんぞも、焼き海苔とか板わさなんて洒落たお通しで二本ほど倒したあと、つるつるっと一枚たぐる。酒で熱くなった口んなかに、冷えた、細い蕎麦が心地いいんですな。これがうどんじゃあさまにならない。洒落たお通しで二本ほど倒したあと、太いうどんをずるずるずるっ……これじゃあ口んなかがもごもごいっぱいになっちまいます」

竜二は愕然《がくぜん》としたが、あぶ虎のネタが何であるかわかったとき、彼のショックはさらに増した。

「ここに清兵衛というかたがございまして、このかたはお蕎麦ならいくらでも食しなさるという、もっともりにかぎってでございますが……」

(「そばの羽織」だ……!)

どう考えても、竜二の「蛇含草」にわざとぶつけてきたとしか思えない。

(くそっ、あのガキ。なにが「ぼくには楽しかった」じゃ……)

聴きたくもなかったが、竜二はいつしか耳をそばだてていた。

「へええ、自慢するだけあって、清さんてえひとはじつに見事な食いっぷりだねえ。てえしたもんだ。ありゃあ蕎麦を食ってるんじゃないよ。蕎麦のほうが口のなかに飛びこんでくんだ。え？　もう十食《とお》っちまったのかい」

主人公の清兵衛が山と積まれたもり蕎麦をつぎつぎ平らげていく場面は、なんともいえぬ爽快感《そうかい》があり、「蛇含草」における餅を食べる場面のような重苦しさや粘っこさはみじんもなかった。聴いていると、竜二は自分が演じた「蛇含草」がいかに鈍重だったかを思いしらされた。あぶ虎の落語は、あまりに洗練されており、あまりに軽やかで、あまりにすがすがしかった。最初から終わりまで、一本芯《しん》の通った緊張感があった。

「きりりとしている」という表現がいちばん近いかもしれない。

(うまい……こいつはうまいわ……)

聴きながら、竜二は何度も頭を上下させた。

（かっこええ……めちゃめちゃかっこええわ。これに比べたら、俺のはカスや……）

豌豆につづいて、竜二は江戸の「粋」を見せつけられた思いだった。

「さあっと障子をあけると、蕎麦が羽織を着て座っておりました」

割れんばかりの拍手である。

「もり蕎麦が食べたくなりましたね」

自身も拍手しながら、審査委員長の辻本義祐が言った。

「さっきのお餅はげっぷが出たけどね」

アイドル歌手の宮内みどりがそうつけ加え、客席は沸いた。竜二はいたたまれなくなり、あぶ虎が降りてくるまえに舞台袖を去った。廊下を歩きながら、ふと気づいた。口のなかに生唾がたまっていることに。竜二は思った。

（蕎麦、食いたい……）

4

勝敗は、五人の審査員と観客による投票で決まる。出場者は舞台に並ばされ、電光掲示板に点数が出るのをじっとじっと待たねばならなかった。竜二は、「蛇の生殺し」の気分を味わった。結局、優勝者は三昧亭あぶ虎、二位が東西亭豌豆、三位が石川屋真砂という、上位を東京勢がしめる結果になった。惨敗した大阪勢のなかでも、竜二は最下位だった。

「今回、はからずも東高西低ということになりましたが、あぶ虎さん、優勝おめでとうございます。今のお気持ちをお願いします」

司会者があぶ虎にしゃべりかけている声が、はるか遠くから聞こえてくるようだ。

「優勝できたのはまぐれじゃありません。ぼくの実力です」

淡々とした口調だけに強く響く。だが、嫌みにも自信過剰にも聞こえない。

「これからの落語は、ぼくが背負ってたちます。これから落語がどうなっていくか、なっていくべきか……それをぼくたち若い噺家がしっかり見極め、導いていかねばと思います」

竜二は、聞いていなかった。一刻もはやくこの場から逃げたい。それだけを考えていた。

幕が閉まるのを待たずに、竜二は楽屋に走りもどった。むやみに腹がたってしかたがなかった。

（なんで俺、こんなとこにおるんや。なんで落語なんかしてるんや。なんで……なんで……）

着物を脱いで、自分で乱暴にたたみ、ふろしきに包む。それをつかんで立ちあがったとき、東西亭豌豆が入ってきた。

「よお、最下位。大阪に逃げかえるのか」

カチンときた。竜二は拳《こぶし》をかためた。

「やろうっての？　噺で勝てねえから暴力か。上方もんは気が荒いねえ。ああ、おっかねえ」

竜二は必死で自分を抑えようとしたが、どうにもならなかった。ここでこいつを半殺しにして、破門になる。それもまたよし、か……。覚悟を決め、豌豆の顔面に拳を叩きつけようとした瞬間、扉があいて、女性ＡＤが入ってこなかったら、彼のパンチは豌豆の顎に命中していただろう。

「おつかれさまでした〜」

豌豆がひょいとＡＤに向きなおったので、竜二の拳はその大柄な女性ＡＤの胸に当たった。

「ぎゃあっ、何するんですか。セクハラで訴えますよ！」

思わぬ展開にうろたえた竜二は、いや、そんなつもりは……と言いながら数歩後ずさりした。ＡＤは咳《せき》払いすると、

「皆さんのおかげで番組盛りあがりましてー、ありがとうございまーす。六時から新宿

で打ちあげありますんで、ご参加お願いしますねー」

竜二はもちろん参加する気はなかったが、豌豆が言った。

「すまねえ。俺、夕方から落語会《かい》があるんで、パスさせてもらいます。番場さんとプロデューサーさんによろしく言っといてくんねえ」

そこへ、前座がひとり入ってきた。

「豌豆兄さん、ウォークマン、修理に出してきましたー」

「あれ、壊れてたのか？」

「え？　だって兄さんが……」

「まあ、派手に床にぶつけちまったからなあ。いくらかかるって言ってた？」

竜二は、深呼吸をひとつすると、彼らの横をすり抜け、楽屋をあとにした。

▲

竜二はテレビ局を出た。入賞できなかったし、打ちあげにも出ないわけだから、今晩、泊まる必要はなくなったので、深夜バスの予約を今夜に変更した。だが、出発時間まではまだ六時間以上あった。といって、所持金はあと三千円しかない。竜二は足にまかせて東京の街をうろついた。どうしようもなく腹が減ってきたので、目についたたこ焼き屋で、

「たこ焼きひと舟」

八個で六百五十円もした。店員がかってにマヨネーズをかけようとしたので、あわててとめた。たこ焼きにマヨネーズをかけると、お好み焼きとほとんどかわらない味になってしまうので嫌なのだ。たこ焼きはぐにゃぐにゃで、ものすごくまずかった。これまでの生涯に食べたたこ焼きのなかでいちばんまずかったが、もったいないから全部食べた。残りの所持金のことを考え、「本格大阪風たこ焼き」とかかれた看板を恨めしげに見つめていた竜二は、すぐ横に東西亭豌豆が立っているのを見つけ、あわてて電柱のかげに隠れた。豌豆は、竜二に気づかなかったらしく、そのまますたすたと行きすぎた。

（こいつ……どこ行きよんねん）

竜二は、ふとした思いつきで彼のあとを尾《つ》けた。どうせバスの出発時間までは暇なのだ。豌豆はなにか考えごとをしているのか、ぼんやりした足どりで坂をのぼっていき、一軒のしもた屋の裏口からなかに入っていった。ついて入るわけにもいかず、竜二は閉められた戸のまえにしばらくたたずんでいたが、表にまわってみると、それは「赤毛庵」という名前の蕎麦屋だった。入り口の扉には次のように記されていた。

「第二十六回・お蕎麦と江戸落語を味わう会。出演・東西亭豌豆ほか。入場料・二千円（もり蕎麦付き）」

誰が聴くかい、ときびすを返そうとしたとき、後ろに立った初老の男が、

「兄さん、入るんなら入る、入らないんなら入らない。どっちなんだ」

と言いながら手を伸ばし、扉をがらがらとあけたので、はずみで竜二も店に入ってしまった。かなり広い店内をさっと見回したが、豌豆の姿はない。正面の座敷に高座が作られている。

「二千円いただきます」

レジにいた店員に入場料をとられてしまったので、しかたなく、顔を見られないように、一番うしろのテーブル席についた。店は、すぐに満員になった。トップバッターの前座は「まんじゅうこわい」。竜二は、大阪でよく聴く、くすぐりだくさんでかなり長尺の「まんじゅうこわい」とはまるでちがう、ものすごく軽い、あっさりした噺になっているので驚いた。

（笑うとこないやんけ……）

大阪の「まんじゅうこわい」ならきっちり演じると三十分はかかるが、その前座は五分ほどでオチまで演じきった。つづいて豌豆が高座にあがり、竜二は顔を伏せた。

「さっきまで例のO—1の決勝戦がありまして……」

拍手が起こった。豌豆はにやりと笑って、

「ありがとうございます。おかげさまで優勝は、あたし……じゃなくて、三昧亭あぶ虎の野郎に決まりました。いやー、残念です。なにが残念って、優勝したら賞金でこの店

《え》借りきって、みなさんに大盤ぶるまいしようと思ってたんですけど、ああ残念だ」

客はどっとウケた。

「上方の噺家が三人来てやがったんですが、聴いてると、どれもこれも、餅だ、うどんだって……粋じゃあねえんだね。やっぱり江戸っ子は蕎麦だよ。なにもこの店にヨイショしてるわけじゃねんでやんすが……」

そう言いながら、ゴマをする手つきをする。また、ウケる。

「さてと、何をしようかな。さっき『大工調べ』やったもんだから疲れちまってね、手抜きのできる噺はないか……」

「『時そば』！」

と客席から声がかかった。

「へへへ、『時そば』は今日はどうも……」

「じゃあ『疝気《せんき》の虫』！」

「それもちっとね……。あ、そうだ、まずは陽気に廓噺《くるわばなし》でごきげんをうかがいたいと思いますが……」

「蕎麦屋なんだから、蕎麦の噺をやってくれよ。なあ、いいだろう」

豌豆は顔をしかめ、

「またこのつぎにね」

「芸惜しみするない。俺は蕎麦の噺を聴かせてもらってから、蕎麦をたぐりてえんだ」

「俺も、『時そば』！」

「『そばの殿さま』！」

「うるせえな、この野郎。こちとらぁやりてえ噺をやるんだ。つべこべ文句言わず、おとなしく聴きやがれ」

豌豆が怒気をあらわにすると、客たちは黙ってしまった。

「えー、人間、どんなかたでもうぬぼれてえものがございまして、そのためにむかしは遊廓なんてところが繁盛したもんで……」

竜二がはじめて聴く江戸前の廓噺だった。品のある色気と洒落た会話、客と遊女のかけひき……豌豆はテンポよく演じ、古きよき時代の香りが店中に漂った。客たちはみな、それに酔いしれた。うまい……竜二もそう認めざるをえなかった。サゲを言って頭をさげると、どっと手がきた。豌豆がつぎの間にひっこんだあと、客たちの会話が竜二の耳に入った。

「うまくなったねえ。あの若さで、よく廓の粋が出せるもんだ。彼の噺を聴いてると、死んだ俺の祖父《じい》さんの口跡を思いだすんだ。職人だったんだが、伝法な口調でねえ……そっくりだよ」

「三代つづいた江戸っ子だてえますからね。でも、蕎麦の噺も聴きたかったね」

「そうだよなあ。俺の知るかぎり、彼は蕎麦のネタをやったことはないね。まえにもリクエストしたら、断固拒否しやがった。頑固だねえ」

「蕎麦アレルギーなのかもしんねえな。蕎麦をたぐる仕草をするだけで身体にぼつぼつが出るとか……」

結局、つぎの高座も「時そば」と声がかかったにもかかわらず、豌豆はちがう噺で押しとおした。落語会が終わり、客全員にもり蕎麦が配られた。竜二が一口食べようとしたとき、豌豆たち噺家があらわれ、茶をついだり、蕎麦湯を配ったりしはじめた。豌豆が竜二のほうに近づいてきたので、竜二は蕎麦に未練をのこしつつ、店を出た。

（江戸落語か……）

竜二は、またしても敗北感を味わった。

5

「粋、なあ……」

梅春が眉根《まゆね》を寄せた。

「形のないもんやさかいな。あんた、そのことで東京に引け目感じるんか」

竜二はうなずいた。

「大阪の落語にはないもんやと思います。豌豆やあぶ虎の噺には、たしかに俺が聴いたことのない、なんちゅうか、かっこよさがありました。俺はそれを……」

そのとき、襖ががらりとあき、梅寿が現れた。

「おい、仕事行くぞ。ついてこい」

「は、はい」

その日は、午後一時という早い時間から、西天満《にしてんま》の小さなホールで落語会があり、梅寿は中トリに出ることになっていた。荷物を持った竜二は、梅春とともに、梅寿にしたがった。ホールは七分どおりの入りで、若い客が多かった。パンフレットによると、梅寿は「ひとり酒盛」を演じることになっている。

出囃子が鳴って、梅寿が高座にあがる。

「いてはりまっか。どないだー、暑さで溶けてはるんちゃうか思て、調べにきましたんや。ほんま、かないまへんで。あんたはそないして内側《うちら》にいてはるさかいよろしけど、外に出てみなはれ……」

「蛇含草」だ……！　竜二は思わず身を乗りだした。

「これ……師匠のネタとは……」

梅春はかぶりを振り、

「私はいっぺんも聴いたことない。ネタおろしとちがうかなあ」

最初こそ少したどたどしかったが、中途からはぐんぐん調子があがり、客をひきつけた。飽きあきするほど何度もこのネタを稽古した竜二ですら、はじめて聴くネタのような気持ちがした。

「師匠、いつこのネタ稽古してはったんでしょう。俺、たいがいずっと師匠のそばにいてるけど、師匠がネタ繰りしてるの、聴いたことないんです」

「夜中や」

「え？」

「師匠、ネタ繰ってるとこ、ひとに見せるのいややゆうて、いつもみんなが寝たあと、布団のなかでしてはるねん。私は道を歩きながら、とか、電車のなかとかでネタ繰りしたほうがよう頭に入るけど、師匠はそういうの、かっこ悪いと思てはるんちゃうかな」

「…………」

はじめは、このネタで最下位になった竜二への嫌がらせのつもりかとも思ったが、そうではなさそうだ。

（おもろい……やっぱりおもろいわ、このおっさん……）

竜二は、あらためて梅寿の噺家としての力を見た思いだったが、この日の梅寿は単に「おもろい」だけではなかった。

「……ただで餅よばれるゆうのも愛想ないさかい、ひとつ、餅の曲食いゆうのお目にかけまひょか。見たことおまへんか。さよか。ほなまず、最初は小手調べに……」

餅箱の餅をつぎつぎと焼き、それを食べていく場面である。

「バアッと放りなげといてから、それを口でパクッと受けます。手ぇは一切《いっせつ》使いまへんで。よろしか、見ときなはれや。そおれ、はふっ、はふっ、はふはふはふはふ……」

客がどっと笑う。

「いまのはほんの小手調べだ。ちょっと稽古したら誰でもでけます。つぎはむずかしでっせ。ふたついっぺんに放りますさかい……『お染久松夫婦《めおと》食い』。いきまっせ、見とくなはれ。そおれ、そおれっ、はふっ、はふっ、はふはふはふはふはふはふ……」

竜二は驚いた。「餅」というものは、どう演じても、もっちゃりした、ぼてっと重いものだろうと思いこんでいたが、それはとんでもないあやまりだった。こんがりと焼けた餅が、なんともうまそうに、主人公の口のなかに飛びこんでいく。熱々の餅を手で引きちぎり、醬油《しょうゆ》も砂糖もなにもつけずにほおばり、すすりこみ、熱っちちちちと嚥下《えんか》する。重苦しいとか粘っこいなんてとんでもない。「餅」というものが、東京で聴いた「そばの羽織」の蕎麦よりもずっと洒落た、活きのいい食べものに思えた。この噺の主人公ではないが、餅がいくらでも食べられるような気がした。

（餅て……粋な食いもんやったんや）

高座から降りてきた梅寿に、竜二は何も言わず頭を下げた。梅寿はその頭を、持っていた扇子の要《かなめ》でバチコーン！　と叩いた。はずみで扇子が飛んで、床に落ちた。

「わかったか」

「わかりました」

「東京が粋《いき》なら、大阪は粋《すい》や。よう覚えとけ。引け目を感じることはいらん」

全部、聴いてはったんや……。

「その扇子、なおしとけよ」

その言葉を聴いた瞬間、竜二ははっとした。

楽屋に戻った梅寿の着物をたたみながら、竜二は梅寿と梅春に向かって言った。

「俺、思ったんですけど……あの東西亭豌豆ゆうやつ、三代続いた江戸っ子とかいうてたけど、もしかしたら……関西の人間とちがいますやろか」

梅春がきょとんとして、

「なんで、そんなこと……」

「あいつ、江戸っ子とか粋とか……そんなことにこだわりすぎるし、大阪もんに敵意を見せすぎますわ。そんなんにこだわるのは粋やないです。それにあいつ……楽屋で前座にウォークマンを『なおしとけ』てゆうたんです。前座は、修理しとけ、てゆう意味にとって、それを電器屋に持っていきよったんですが、あれは『片づけとけ』ゆうことやったんとちがうかな。『なおす』を片づける意味に使うのは関西だけでしょう」

「でも、それだけであのひとを関西人て決めつけるのはむりちゃう？」

「たこ焼き屋のまえに立ってたのも、まずいとわかってても、関西の味が忘れられんとこっそり食べにきてたんかもしれませんし、蕎麦のネタをしないのも、蕎麦をうまそうに食べることがでけへんからかも……」

「ぶわはははははは」

楽屋の火鉢で餅を焼いていた梅寿は、楽屋中が振りかえるほど豪快に笑うと、

「おまえ、やっと気づいたんか。わしはとうにそんなことわかっとったわ！」

また、いつものハッタリかと、竜二と梅春が顔を見あわせてくすくす笑っていると、

「あのなあ、たまにはわしの言うこと、信用せえ。わし、ほんまにわかっとったんや」

「推理してわかったんですか」

梅寿はにたりと笑い、

「あの東西亭豌豆ゆうのは、もともとわしの弟子やったんや」

「え……？」

「江戸っ子どころか、河内長野《かわちながの》出身の、べたべたの関西人やで。なんかのはずみでちょっと殴ったら、一週間でやめよった」

絶対に「ちょっと殴った」だけではないはずだ。

「そのあと、東京へ行って、前歴を隠して東西亭へ入門しなおしよったんやろ。わしも、かわいそうやからずっと黙っといたったんや」

たとえ偽の江戸っ子だとしても、あそこまで身につけば、本物以上である。

「ええか、竜二。いびつな噺家になるな。東京や大阪や蕎麦やうどんや……て、こだわるのはもう古い。これからの噺家はグローブでないといかんのじゃ」

グローバルである。

「竜二、餅が食いとうなったか」

「はい」

「まあ、これでも食え」

梅寿が差しだした餅を、竜二は、

「いただきます」

と受けとって口にいれた。

じゃりっ。

ぺっ、ぺっと吐きだそうとするのを、

「こらあ、食いもん粗末にするな！」

「し、師匠、これ、なんですねん」

「それな、あのセールスマンが地面にほかしていきよったやつや。やっぱり、砂ついとったか。絶対、飲みこめよ」

そう言って、梅寿はいつまでもげらげら笑っていた。

天神山

てんじんやま

「恋しくば　たずねきてみよ　和泉《いずみ》なる　信太《しのだ》の森の　うらみ葛《くず》の葉」

「蘆屋道満大内鑑《あしやどうまんおおうちかがみ》」というお芝居は、人間と動物の愛情物語です。さしずめ「狐《きつね》の恩返し」といったところでしょうか。それをパロディにしたのが、『天神山』。狐をめとった安倍保名《あべのやすな》が、噺《はなし》では安兵衛と代わります。

舞台となる一心寺と安居《やすい》天神は向かい同士。四天王寺前と恵美須町《えびすちょう》を結ぶ国道25号沿いに位置しています。「高津の黒焼屋《くろやきや》」は『いもりの黒焼』『親子茶屋』などにも出てきますが、けものなどを焼いて粉にして強精剤などの薬に用いたそうです。

噺の終盤、狐と悟られた嫁は、子どもに「コンコン」と言い聞かせて、そのまま姿を消してしまいます。障子へ書き残した歌一首。

……と、ここで、演者が座布団から立ち上がって、曲書きを見せる型があります。字を下から上へ書いたり、裏から逆に書いたり、筆を口にくわえて書いたり、最後には狐面をかぶって、障子を抜け破って出てくるというもの。また清元舞踊「保名《やすな》狂乱」を踊ったり、歌ったりという型もあったとか。いわゆる「けれん」という手法が、観る者を夢幻の世界へといざないます。芝居の「子別れ」は秋の寂寥《せきりょう》感が漂いますが、落語はのどかな春の噺に仕立てられました。

「恋しくば　たずねきてみよ　南なる　天神山の　森の中まで」

（月亭八天）

1

竜二は思わずききかえした。仏壇から安物の線香の匂いがこぼれ落ちるなか、ステテコ姿の梅寿《ばいじゅ》は、キュウリの浅漬けで茶漬けを食いながら重々しくうなずき、

「武者河原《むしやがわら》ハテナ？」

「知っとるか」

「もちろん知ってます。めちゃめちゃ有名やないですか」

テレビで彼の顔を見ない日はない、というぐらいあちこちのチャンネルに出まくっているから、その名前を知らずにいるほうがむずかしいだろう。武者河原ハテナは、四十九歳。松茸芸能に所属するタレントのなかでももっとも売れている超人気芸人だ。もともとは滋賀の出身で、コテコテの関西弁のまくしたてを売りものにしているが、若いうちに東京に進出し、いまでは自分の名を冠した番組だけでも五本、レギュラーはテレビ・ラジオをあわせると週十一本という視聴率男である。度の入っていない丸眼鏡にマ

ジックで描いたちょび髭《ひげ》、両手を振りまわす派手なしぐさ、「わてなハテナ」、「それがクエスチョン」、「ゆうたれんもんはゆうたれん」……といったギャグの連発などで、エキセントリックなキャラクターを形作っている。恋多き男としても知られ、有名歌手との結婚・離婚やそれにともなう多額の慰謝料でも話題になった。

「あのガキは、わしの親父、先代の笑酔亭《しょうすいてい》梅寿の最後の弟子やった男でな、わしとは兄弟弟子なんや」

年収が、おそらく二桁《けた》ちがう相手を「あのガキ」呼ばわりするのもむちゃくちゃだが、竜二は、ハテナが噺家《はなしか》であったことをはじめて知った。ピンのタレントだとばかり思っていたのだ。

「なんで屋号が笑酔亭やないんですか」

竜二は、縁の欠けた茶碗に冷や飯のおかわりを盛り、熱い茶を注いで梅寿のまえに置いた。年中二日酔いの梅寿は、朝食はいつも茶漬け、それも、おかずは判で押したようにキュウリの浅漬けである。

「噺のでけんもんに笑酔亭はやれん、ゆうこっちゃろ。武者河原ゆう名前は、あいつの出身地にそういう地名があるから、ゆうて会社が勝手につけたんや。噺家のくせに噺がでけん、最低最悪のガキやで。——おい、山椒昆布《さんしょうこんぶ》なかったか」

竜二は冷蔵庫から、瓶詰めの昆布の佃煮《つくだに》をとりだしながら考えた。たしかに、ハテナが着物を着たり、落語をしているところを見たことはない。

「おまえ、ハテナをどう思う」

唐突にたずねられて、竜二は応えに困った。

「あいつは噺家やないさかい、遠慮せんでええ。正直に言え」

「そうですね……べつに興味ないです。トークもおもろないし、司会がうまいからテレビ局から重宝がられてるだけとちがいますか。落語せえへんのやったら、芸のない、ただのしょうもないタレントゆうことでしょう……」

東京から帰ってきて以来数カ月間、竜二は古典落語に専心していた。彼を見下した、東京の噺家たちを見返さねばならない。東京がなんぼのもんやねん。なにが日本の首都やなにが東京タワーやなにが皇居やなにが国会議事堂や……竜二は、東京への対抗意識で凝りかたまっていたのである。額に青筋たててネタを増やし、たまに高座のお呼びがかかると、マクラからオチまでしゃかりきになって熱演する。真剣勝負のつもりなのだ。客の反応はそれほどよくない（つまり、笑わない）が、以前に兄弟子の梅毒《ばいどく》に言われた、

「手抜きせんと、汗かいてがんばったら、お客さんはちゃあんとわかってくれはる。今はウケんでもええ。まっすぐに、きちんとネタに向かいおうとったら、客は笑《わろ》てへんかってもじつは満足しとるんや」

という言葉をよりどころにして、とにかく全力で高座をつとめていた。梅毒はこうも

言っていた。

「客、笑かすのは簡単やで。ちょっと奇抜なことを言うたり、やったりしたら、客なんかあっけないもんや」

梅寿は、二杯目の茶漬けを平らげると、

「ごちそうさん。あー、しんど」

そう言って、ごろりと横になった。

（なんや今日の師匠は元気ないな。まあ、元気ないほうがこっちは楽やけど……）

竜二がそんなことを思ったとき、

「竜二、おまえ、今日からハテナの付き人せえ」

「——え？」

「聞こえなんだか。ハテナの付き人せえ、ゆうとるんじゃ」

「お、俺がですか」

「あのガキ、今日と明日、こっちで仕事らしいわ。マネージャーは東京からついてきよるけど、こっちにおるあいだはいつも、松茸芸能の若い噺家をひとり、付き人にするんや。師匠の世話とかしなれてるからかもしれんけど、漫才のやつより噺家のほうがええて本人がいうとるらしい。まえは梅雨《ばいう》をつけとったんやが、地方の仕事にいくからむりや、ゆうて最前、電話があった。——おまえがせえ」

おかしいな、と竜二は思った。ラジオやテレビの公開録画があると、用事もないのに手伝いに行き、必死でマスコミに顔を売ろうとしている梅雨が、こんなおいしい仕事をひとに渡すだろうか。なにか、胡散《うさん》くさいような……。

「俺、松茸芸能の仕事したことありませんし……」

一応、抵抗してみた。梅寿自身が近頃、松茸芸能となにやらもめているらしく、そのせいで竜二も同社とはまるで接触がない。

「わしの弟子っ子やさかい、かまへん」

竜二はひそかにため息をついた。師匠の言いつけに、いやだとは言えない。

▲

わからんことは梅雨にきけ、と言われたので、電話してみたが、ギャラも出ないし、適当にやっていればいい、と早口にしゃべってがちゃりと一方的に切れた。しかたなく松茸芸能に電話してみたが、ハテナとマネージャーの白羽《しらは》を新大阪に迎えにいってくれと指示があっただけだった。地下鉄で新大阪に行き、松茸芸能にきいた車輛《しゃりょう》番号の場所で待っていたが、それらしい人物は降りてこない。サングラスをかけ、派手なアロハを着た大男がいちばん最後に出てきた。どことなくハテナと似た顔立ちだ。すぐうしろに、白い背広を着た、顔色の悪い中年男が立っている。これが、ハテナとそのマネージャーだろうか。ちがうとは思ったが、念のために声をかけてみる。

「失礼します。武者河原師匠ですか」

大男は、サングラス越しに竜二をにらみつけると、

「なめとんのか、このニワトリ！」

重いパンチがみぞおちに決まった。竜二は、胃液を吐きながらしゃがみこんだ。その胸ぐらをつかんでぐいとまえに出すと、男は竜二の顔面を、がつん、がつん、がつんと三発殴った。

「兄貴、なんですねん」

「こいつが、わしのこと、『刑務所《むしょ》帰り、出所ですか』言いよったんじゃ」

「ええっ、ほんまのことやけど、気ぃ悪うおまんなあ」

「おまえも口つぐんどけ、ダボっ」

「すんまへん」

「これからうっとうしい仕事しにいかなあかんのに、げんの悪いやっちゃで」

そんな会話を聴きながら、竜二は気が遠くなるのを感じていた。

「おい……ちょっと……起きてよ」

誰かが身体を揺すっている。竜二はうっすら目をあけた。

「きみ、ええっと……星祭竜二くん？」

髪を茶色に染めた、三十代半ばぐらいの太った女の顔が目のまえにあった。十字架のネックレスが垂れさがり、先端が竜二の鼻に当たって痛い。

「困るのよね、こんなとこで寝てられちゃ……。ちゃんと迎えにきてくれなきゃ」

竜二は、痛む頭をなるべく動かさないようにして、立ちあがった。

「車輛変更するって、会社のほうに電話いれといたでしょう？　きいてない？」

「は、はい」

「おかしいな。グリーンにヤクザが乗ってててヤバそうだったから、席替わるって連絡しといたのに……。もしかしたら、きみ、携帯持ってないの？」

竜二がうなずくと、女は大げさに肩をすくめてからうしろを振り返り、

「いまどき携帯持ってないような子を寄こすなんて、会社もなに考えてるんでしょ。ねえ、師匠」

そこに立っていたのは、たしかにテレビで見たことのある人物だった。

「しらんがな。とにかく、きみ、鼻血拭《ふ》けや」

おなじみの甲高い声。竜二はあわてて自分の鼻の下をぬぐった。

「とにかく急ぎましょ。読瓜テレビの入り時間ぎりぎりよ」

女性マネージャーは、ハテナの分と自分の分、ふたり分の荷物を竜二に押しつけると、先に立って歩きだした。

「あっ、あれ、武者河原ハテナとちゃう？」

「ほんまや、ハテナや」

「ハテナさーん、写真撮らしてーっ」

一行はたちまち、大勢のファンに取りかこまれた。ほとんどが女性で、皆、手に手に携帯を持って写真を撮っている。

「すいませーん、急いでますんで、ちょっとあけてくださーい」

マネージャーは女性たちをかきわけ、道を作ろうとするが、ファンたちは前へ前へとまわりこんできて、途切れることがない。なかにはハテナの服をひっぱったり、むりやり手を握ろうとするものもいる。

「きみ、ぼーっとしてないで、師匠を先導しなさいよっ」

「は、はいっ」

竜二は、なんで俺がこんなことせなあかんねん、と思いながら、堰《せき》を切ったように雪崩《なだ》れこんでくるファンを制止しようと必死になったが、

「なに、あんた」

「どいてよ、うっとうしい」

髪の毛をつかまれ、胸を押され、背中を突きとばされ、ようやく脱出したときにはぼろぼろになっていた。

「タクシー、どこや」

　ハテナがきいた。

「へ?」

「おまえ、タクシー停めんと迎えにきたんか。アッホやなあ。この暑いさなか、俺に、一般人にまじってタクシー乗り場、並ばす気か」

「こういうときは、タクシーを一台確保してから、ホームに来るものよ。会社もいいかげんにしてほしいわ。いつも来る子は、そのへんの気配り、ちゃんとできてたのに……」

　いつも来る子、というのは梅雨のことだ。

「梅雨兄さんは、地方の仕事に行ってまして、師匠に言われて俺がかわりに……」

「あいつ、逃げたか……」

　ハテナはつぶやくと、竜二にむかって、

「師匠て、おまえも梅寿兄貴の弟子か。噺家志望やな」

　吐きすてるようにそう言うと、ぶすっとしてタバコをふかしはじめた。

「すいません。俺、並んできます」

「時間、ないねん。今から並んでたら遅なるがな」

　たしかにタクシー乗り場は長蛇の列だ。どうしたらよいかわからず立ちつくす竜二の様子に、マネージャーは大きな舌打ちをひとつすると、乗り場の整理をしている老人につかつかと歩みより、なにごとかをささやいた。何かをこっそり手渡すのも、竜二には見えた。サンバイザーをかぶった老人は後ろめたそうに笑うとうなずいた。戻ってきたマネージャーは、

「あっちの建物のかげで待ちましょう」

そう言って、先に立って歩きだした。まもなく、一台のタクシーがそこに横づけされた。

▲

タクシーに乗りこんだ竜二がホッとしたのもつかのまだった。ハテナは助手席の竜二の鶏冠《とさか》頭をじっと見つめ、

「おまえ、その頭で落語しとるんか」

「はい」

悪いんかい。

「新作か」

「いえ、古典です」

「その頭で古典か。——ウケると思てやってるの？」

「いえ……べつに……」

「ほな、やめとけ」

ほっとけや。

「梅寿兄貴は、なんて言うてんねん。切れ、とか言わんのか」

「師匠はなにも言いはりません」

「ほな、俺が言うたる。散髪代やるから、夕方までに頭切ってこい。うざい。そんな頭してるやつに、たとえ二日でも俺の付き人してもらいたない。迷惑や。あのな、一事が万事やで。その頭見るだけで、おまえに笑いのセンスないてわかるわ」

ハテナは、テレビに出ているとき同様、速射砲のようにまくしたてる。

「なんでですか」

「おまえ、それ、自分で新しい思てるやろ。そう思てること自体が、どうしようものう古くさいんや。どうせするんやったら、もっとおもろい、奇抜な髪型にせえ。パッと見て客が笑うような……。中途半端やと、客が混乱して、引く。――おい」

マネージャーが財布から一万円札を出して、竜二に渡そうとした。

「遠慮します。俺はこの頭、気にいってますから」

「なんやと！　俺の言うことがきけんのか」

「はい。師匠が切れて言うてへんもん、なんで切らなあかんのですか」

「きみ、何言ってるの！」

マネージャーは、タクシーのなかで立ちあがろうとして天井に頭をぶつけた。

「痛いっ。——きみ、ここで降りて、帰りなさい。あんたみたいな付き人、いないほうがましよ」

「わかりました」

竜二は、走行中のタクシーのドアをあけようとした。それを横目で見た運転手が、

「ちょ、ちょっとやめてくださいっ」

ハテナは後部座席から腕を伸ばして竜二の手をつかみ、

「アホなことすな。降りんでもええ」

「髪は切りませんよ」

「勝手にせえ」

竜二は、そのあとテレビ局まで、ハテナがなにも話しかけてこなければいいが、と思っていたが、そうはいかなかった。ハテナは黙っていると口に虫が湧く性分らしく、

「おまえ、今、何習《なろ》てんねん」

「え……？　ああ、『天神山《てんじんやま》』です」

ハテナの頰《ほお》の筋肉がぴくりと動いた。

「師匠からか」

「師匠は何も教えてくれません。全部、梅春《うめはる》姉さんにつけてもらってるんです」

「ふーん……兄貴、稽古《けいこ》してくれへんのか」

「はい、一度も」

するとハテナはテレビでは見せたことのないような凶眼で竜二をにらみつけた。ほどなくタクシーはテレビ局に到着したが、新大阪からほんの三十分ほどだったにもかかわらず、竜二にはそれが三時間ほどに感じられた。

2

その日の仕事はクイズ番組の司会だった。お笑い系の若いタレントたちをしきる役目をハテナはそつなくこなしたが、

(つまらん番組や。こんなこと、俺でもできるわ)

竜二は内心そう思っていた。半日におよぶ録《と》りが終わって、イケメンがそろっていることで人気のある「アザラシ探偵団」という若手ばかりのコント集団のメンバーとにぎやかにしゃべりながら楽屋に向かうハテナのあとにくっついていると、前方を「ぬっ」と黒い影がさえぎった。

梅寿が満面の笑みで大きく手を振っていた。ハテナは微《かす》かに顔をしかめたが、

「ああ、兄さん。テレビ局になんぞ用事ですか」

「アホ。おまえに用事があるさかい来たんじゃ」

「俺に？」

ハテナは警戒するような表情になった。

「ひさしぶりに飲もうと思てな。つきあえ」

「けど、俺、これからちょっと……」

「なんやと？　おどれ、わしがわざわざ遠くから足運んできたちゅうのに、つきあいでけんのかい」

わざわざ遠くといっても、梅寿の家からは電車で十五分である。

「でも、今から番組の出演者とかスタッフと……」

「おお、そらええわ。わしも同席さしてもらお。若いもんと飲むのもええもんや。おまえばっかりええ思いしとらんと、たまにはわしにもおすそわけしてくれ。のう、ハテナ」

ハテナは肩をすくめると、事情を説明しにいった。こっそり抜けだそうとする竜二の首筋を梅寿はぐいとつかみ、

「逃がさんで」

「まさか、俺も……」

「あたりまえじゃ。おまえはハテナの付き人やろ」

竜二はがっくりとうなだれた。

▲

「おい、ハテナ、ぐっといかんかい」

「兄さん、俺、明日朝いちばんから番組あるし、そのあと東京戻らなあかんから」

「かめへんやないか。駆けつけ三杯じゃ」

「三杯て、もう十杯以上飲んでまっせ。これぐらいでおつもりにしとかんと……」

「アホ。駆けつけ三倍ゆうて、おまえはわしの三倍飲まなあかんのや。ほら、いけ」

「むちゃくちゃやなあ、もう……」

言いながらも、ハテナは濃い水割りを口にした。最初は太融寺《たいゆうじ》裏の鉄板焼き屋、二次会は東通りの居酒屋、そして三次会はここ、新地《しんち》のスナック〈地獄門〉だった。どの店でも、一番大騒ぎしながら一番酒を飲んでいるのは、何の関係もない梅寿である。同行していたほかの芸人やスタッフはとっくにいなくなっていた。

「じゃあ、明日早いんで、そろそろこのへんでハテナはホテルに引きとらせていただきます」

マネージャーの白羽がハテナをうながすようにそう言いながら立ちあがった。言われたハテナも、腰を浮かしかけたが、

「何言うとんねん。今日は久々におまえと飲めるのを楽しみにしてきたんじゃ。こんなもんでは終わらんで。とことんいこ。吐くまでいこ」

「兄さん、なんぼなんでも飲みすぎでっせ」

「じゃかあしい。誰が酔うとんねん」

そう言ったとき、梅寿は、テーブルのうえのアイスペールをひっくり返し、衣服は水浸しになった。

「師匠、タオルを……」

竜二が言いかけると、

「暑いさかい、わざとかぶったんや。ほっといてくれ」

かなり酔ってきているらしく、呂律《ろれつ》があやしい。

「ハテナ、まあ、ぐっといかんかい」

梅寿は、量るように弟弟子を見すえながら、ハテナのグラスをヴィスキーで満たした。

「兄さん、いくつになりましたんや。歳《とし》考えなはれ」

そう言うと、グラスを持ちあげたので、マネージャーがあわてて、

「ハテナさん、いけません。明日の仕事にさわります。――梅寿さん、あなたは上方落語の重鎮かなにかしらないけど、うちのハテナは全国区のタレントなんです。あなたにつきあわされたお酒で身体でも壊したら、どう責任とってくれるんですか。ハテナさん、すぐにホテルに行きましょう」

「まあ、ええやないか、白羽。兄さんがこうなったらもうあきらめなしゃあないわ。それに今日は……おい、梅駆《ばいく》くん、きみも参加せえ」

ハテナは、竜二のグラスにもウイスキーを注いだ。

「だ、だめです。この子は未成年ですよ。お酒で問題を起こしたら、我々も罪になります。マスコミの餌食《えじき》ですよ」

「そないゆうんやったら、白羽、おまえがかわりに飲め」

「え？　あ、あたしですか？　あたしはお酒は飲めま……」

「ほな、だまってえ」

「わかりました。飲みます」

マネージャーは竜二のグラスをつかんだ。

「それでええねん。ほな、いくで。一《ひぃ》、二《ふ》の三つ！」

ハテナとマネージャーは同時にグラスをあおった。一気に飲みほすと、床にグラスを叩きつける。店の女の子たちは、危ないものを見るように遠巻きにして近寄ってこない。

テーブルのまわりの床は、ガラス片で足の踏み場もない状態だ。

「うはははははははは」

梅寿が大笑いして、ハテナとマネージャーの肩をたたき、

「今日は愉快や。次の店行こか」

チーママを振りかえると、

「後かたづけしとってんか。気ぃつけな、足切るで」

だが、ハテナのマネージャーはウイスキー一杯でぐでんぐでんになり、

「あたし……もう立てましぇん。どこへでも……勝手に行ってちょうだい……寝ます」

そう言いながらソファに崩れおちた。

「しゃあないなあ。ほな、わしらだけで行こ。竜二、ついてこい！」

竜二は、散乱するガラスとそのなかで眠りこけている女性マネージャー、そして、店員たちの殺意に満ちた顔を見渡し、

（ええんかなあ……）

と思いながら、店をあとにした。

「おもろいなあ、ハテナ」

「そうでんなあ、兄さん」

大声で勝手なことをいいあうふたりを見失わないよう、竜二は新地の雑踏を必死にか

きわけた。

▲

そのあと、三人で何軒はしごしたかわからない。梅寿とハテナはほとんど「へべのれけれけ」状態で、

「×××はアホや」

「そや。アホじゃ、あのガキ。〇〇もアホや」

「わはははは。アホや、ドアホや」

何をしゃべっているのか第三者である竜二にはまったくわからないが、ふたりには通じあっているらしく、大笑いしたり、肩を叩きあったりしている。午前四時をまわったころ、梅寿は電信柱に小便をしたあと、その湯気のたつ川のうえにべちゃっとへたりこんでしまった。助けおこそうとした竜二の手を荒々しく振りはらい、

「自分で起きれるわい」

そう言ったものの、立ちあがろうとせず、目を閉じて下を向いている。寝てしまったのだろうか、と思っていると、目を閉じたまま梅寿が言った。

「ハテナ……おまえ、今日が何の日かわかっとったんか」

「――わかってまっせ。親父《おや》っさんの三十三回忌ですやろ」

「そうか……わかっとったか」

「墓参りは行かれへんさかい、寺に花、送っときました。兄さんは法事しましたんやろ」

「そんな金ない。家の仏壇に線香あげただけじゃ。親父の弟子連中、誰も来《け》えへん、電話もかけてこん、お供えもんのひとつも送ってこん」

「………」

「おまえだけやな、親父はおまえに何もしてやらんかったのに」

「そんなことおまへんで、兄さん。親父っさんは俺に……」

あとは聞こえなかった。

「そろそろホテル行きますわ。竜二に送っていかす」

「どこのホテルや。今日はおもろかったです」

「すんまへんな。俺、夜中、ひとりで歩くの怖いさかい」

そう言ったあと、携帯を取りだし、ボタンを押した。

「おかしいな……白羽のやつ、出えへん」

「飲めん酒を飲まされて、つぶれとるんやろ。そっとしといたれ」

「せやけど、俺、どこのホテルか知りまへんのや」

「ええやないか。わしの知ってるホテルに行け」

「急に行って、部屋空いてまんのか」

「絶対だいじょうぶ。そのかわり、ボロいホテルやで」

「かましまへん。どうせ寝るだけですさかい」

「よっしゃ、竜二。天王寺《てんのうじ》の〈ホテル黄昏《たそがれ》〉に連れていけ。タクシーに言うたら、わかる」

「そのあと、俺はどないしたら……」

「おまえも泊まるんじゃ。付き人やろ。わしの名前出したら、ちゃんとしてくれる」

「でも、師匠は……」

「わしはここでええのや。はよ行け。――ほな、お休み」

梅寿は、その場にごろりと横になった。

▲

「長年、運転手してますけど、そんなホテル聴いたこともおまへんわ」

タクシーの運転手は、〈ホテル黄昏〉を知らなかった。夜中のこととてたいへんだったが、あっちでたずね、こっちでき、ようよう場所を探しあてた。裏通りの、そのまた裏にある、ぼろぼろのホテルだった。営業中という看板が出ていたが、どう見ても営業しているようには見えない。ガラスの割れた自動ドアには「故障中。両手で力をこめて引きあけてください」という貼り紙があった。その横に「かなり力をこめないと開きません」という追加情報も貼られている。いかがわしさ満点である。熟睡しているハテナに肩を貸しながら入り口をくぐったが、ロビーの電気が消えており、フロントには誰もいない。何度も大声で呼びだして、やっと痩《や》せおとろえた老人がひとり、目をこすりながら現れた。髪の毛はぼさぼさで、口からよだれが垂れている。

「こんな時間に何の用でっか」

露骨に迷惑そうな口調である。

「ふたり、泊まりたいんですけど。——あ、俺ら、笑酔亭梅寿の……」

梅寿の名前を出した瞬間、老人の顔色が変わった。

「ななななんやと、梅寿？　あああのガキのせいでうちはどれだけ……」

それから老人は、過去にこのホテルで梅寿が行った数々の悪行……風呂場に大便をする、夜中に隣の部屋のドアをばんばん叩く、机の引きだしのなかに嘔吐《おうと》するなどなど……についてまくしたてはじめた。

「あんたは泊められんゆうて断っても、『警察に宿泊拒否やゆうて営業でけんようにしたるぞ』ておどかして、むりに泊まりよる。もう、二度と来てほしいないで」

老人は、手の甲で鼻汁を拭きながら唾《つば》をとばした。

（どこが「ちゃんとしてくれる」や……）

竜二は、梅寿の言葉を鵜呑《うの》みにした自分をうらんだ。

「とにかく二部屋お願いしたいんですけど」

「金は前払いやで。それと、物を壊したり、汚したりしたら料金は倍、いや、三倍や。それでもよかったら泊まって」

料金は信じられないぐらい安かった（領収書をもらおうとしたが、「そんなややこしいもん、ない」と断られた）。鍵をふたつもらった竜二は、ハテナをかつぐようにして、三階まで階段をのぼった。エレベーターはあるのだが、これまた「故障中。むりやり開けたら奈落の底」の貼り紙がしてある。しかも、その階段は、ほとんどのタイルが割れているだけでなく、踏むとベコッとへこみ、そこを軟体動物のようになったハテナを抱えてあがるのは、なかなか骨だった。ようやく三階にたどりついた竜二は、ハテナの身体を引きずるようにして異常に狭い、みしみしきしむ廊下を進み、エレベーターのすぐまえにある部屋のドアのところで、彼を床に落とした。

「痛っ」

さすがにハテナは目をさまし、大きなげっぷをした。

「ここ……どこや」

「〈ホテル黄昏〉です。はい、これ、鍵。俺の部屋はすぐとなりです。なにかあったらドアを叩いてください。明日は何時に起こしたらいいですか」

「えーと……六時半」

ほとんど寝る間はない。

「――ほな、おつかれさまでした」

「おつかれ」

ハテナは、鍵を持ったままドアに寄りかかっていたが、竜二が自分の部屋のまえまで来て振りかえったときには、彼の姿はなかった。部屋に入ったらしい。竜二も鍵をあけ、たてつけの悪いドアを引いて部屋に入り、電気をつけた。黄色というより茶色っぽい光に照らされて、三畳ほどしかない部屋の全貌《ぜんぼう》が浮かびあがった。窓はない。壁は染みだらけ。天井は、埃《ほこり》と蜘蛛《くも》の巣で覆われている。調度品はベッドと木製の机のみ。それ以外のスペースはほとんどない。ベッドに腰をかけると、破れ目から突きでたスプリングが尻にあたった。冷房も故障しているらしく、最強にしても汗があとからにじみ出す。ふーーーーっと一日分のため息をつき、ベッドに倒れこむと、疲労しきっていた竜二はそのまま眠りに引きこまれていった。

▲

「ぎゃあああああっ」

悲鳴で目がさめた。あきらかにハテナの声だった。竜二は飛びおきたが、その悲鳴が夢だったのか、それとも現実のものなのか、にわかには判別できなかった。しばらくベッドのうえでぼうっとしていたが、やはり現実のもののように思われた。ドアを押しあけて廊下に出、隣室のまえに立った。寝ぼけただけかもしれないので、最初はドアを叩くことはばかられた。

「ハテナ師匠……何かあったんですか」

返事はない。

「師匠！　ハテナ師匠！」

大声で怒鳴る。ドアをばんばん叩く。

なかから声がする。

「ひいい……っ」

鍵がかかっているらしい。竜二は渾身《こんしん》の力をこめてドアをひっぱった。だが、開かない。鍵がかかっているらしい。フロントに行けばマスターキーがあるだろうが、今は一刻を争う。竜二は、ドアに体当たりを喰らわした。何度も何度も。四度目で鍵が壊れ、五度目でドア自体が蝶番《ちょうつがい》ごと吹っとんだ。

「ハテナ師匠……」

なかに走りこむと、部屋の電気は中央のひとつだけが点《つ》いている。ハテナはベッドの奥の床に座りこんで、がたがた震えていた。

「どうしたんです」

「化けもんや……化けもんが出た……」

　ハテナは、声までも痙攣《けいれん》していた。

「そんなアホな……。どんな化けもんです」

「なんか変な気配を感じて目ぇ覚ましたら、ベッドのすぐ脇に何かが立っとる。最初は暗いさかい、よう見えなんだけど、急に電気がひとつだけ点いたんや。そしたら、頭を丸坊主にした大男や。俺がちょっと悲鳴をあげたら、あわてて逃げよった。あれはきっと……この部屋に憑《つ》いてる地縛霊や」

　そういえば、前に聴いたことがある。ハテナは、怖い話が死ぬほど嫌いなのだ。小学生のとき、肝試しのまえに寺の坊さんに怖い話を聴かされて、小便を漏らして以来らしい。

「寝はるときに、鍵かけましたか」

「覚えてないけど、たぶんかけてないやろ。べろべろに酔うとったさかいな。俺、明るいと寝つけん性質《たち》やから、電気を全部消したんや。せやのに、なんでかしらん、ひとつだけパッと電気が点きよった」

「その大男が点けたんとちがいますか」

　ハテナは蒼白《そうはく》な顔でかぶりを振った。

「そいつは両腕を垂らしとった。なんもしてへん。それやのに電気が点いたんじゃ……」

竜二は気味悪そうに、黄色い電球を見つめた。

「大男は部屋から出ていったんですか」

「たぶんな……。怖いさかい、ちゃんとは見てなかったけど」

「でも、鍵がかかってましたよ。ハテナ師匠、悲鳴をあげたあとで、中から鍵をかけましたか」

「そんなことできるかい！　俺、ずーっとここで震えとったがな」

その話を鵜呑みにすると、この部屋に窓はないのだから、大男は鍵のかかった密室から消失したことになる。悲鳴を聞いてから竜二が廊下に出るまでには、数分あったと思われるから、その間に、大男が部屋から抜けだすことは可能だが、それだと鍵がかかっていたことの説明がつかない。

「ばっばっ化けもんや……このホテルは化けもんが出るんや。俺が怖いこと嫌いなん、知ってるやろ。おまえ、ここがいわく因縁あるホテルやと知っとって、わざと俺を泊めたんとちゃうか。ぜぜぜ絶対に許さんで」

竜二はあきれて、

「そんなことして、俺になんのメリットがあるんですか」

「に、人気タレントがビビるのを見て笑お、ゆう魂胆やろ」

「そんなしょーもないことするか！」

そのとき。

コツ……コツ……。

足音が聞こえてきた。ハテナの顔から血の気が引き、竜二の背中にも寒いものが走った。コツ……コツ……。足音は、まっすぐこの部屋をさして近づいてきて、ドアのまえでぴたりと止まった。

「えらい音したと思たら、あーあ、ドア、こないに潰《つぶ》してしもて……。ちゃんと弁償してくれるんやろなあ」

フロントの老人の声だ。ハテナは老人に駆けより、今あったことをまくしたてた。

「幽霊や。『天神山』の小糸みたいに、幽霊が戸の隙間《すきま》から入ってきて、出ていきよったんや」

「はあ……泥棒かもしれんわなあ」

人ごとのように言う老人に、

「アホ！　ただの泥棒が鍵のかかった部屋から煙みたいに消えるかいな。——爺《じい》さん、この部屋で昔、丸坊主の大男が首くくって死んだことあるやろ！」

興奮するハテナに老人は、

「それはない。そんなことどうでもええさかい、ドアの修理費もらいましょか」

「なんで俺が払わなあかんねん。ドア壊したん、このガキやないか」

ハテナは竜二を指さしたが、竜二はそっぽを向いた。

「くそっ、いつかぜったいこの礼はするからなあ」

言いながら、ハテナは部屋の中に戻っていったが、

「な、ないっ、財布がないっ」

そのとき、ハテナの携帯が鳴った。

「ハテナさん、今どこですか！　何してるんですか！　あ、あたしは……どこにいるんでしょう」

マネージャーの泣き声だった。

3

怒りくるったマネージャー（明けがたの大阪の街に放りだされ、泣きながら放浪していたらしい）と落ちあったハテナと竜二は、ほとんど寝ていない状態でスタジオ入りした。マネージャーは道々、

「タレントが酔ってるときは、ちゃんとベッドに寝かせるまでが付き人の仕事でしょ。

それをほったらかしにするからこんなことになったのよ！　どうせ出てこないと思うけど、財布、警察に盗難届を出しておいてね。カード類はこっちで全部とめるから」

とヒステリックに竜二を糾弾した。マネージャーは途中で消えてもええんかい、と思ったが、こっちにもいささかひけめがあるので、うなずいておいた。

今日の収録は、ＹＵＫＡＩという三人組の若手アイドルグループが司会をする「ＹＵＫＡＩなことない？」というバラエティである。竜二も何度か見たことがあるが、深夜番組にしてはかなりの高視聴率だと聞いた。コンセプトは非常に実験的である。毎回ゲストをひとり呼び、トークや再現ＶＴＲなどでそのゲストの魅力を解剖するわけだが、司会者サイドではなくゲスト主導で番組が進行するところが変わっている。どんなに脱線してもかまわないし、ゲストが思いつきで言いだした提案にもできるかぎり従わねばならない。司会者たちがゲストに振りまわされるところが魅力なのだ。竜二は、スタジオの隅からその様子を見学していた。こういったバラエティ番組の収録を見るのははじめてなので、珍しげにあたりを見回していると、

「きょろきょろしない！」

マネージャーが叱声《しっせい》を浴びせた。

「みっともないでしょ。きみは天下の武者河原ハテナの付き人で、おのぼりさんじゃないんだからね」

「そろそろ本番いきますので、そこ、静かにお願いします」

ADが声をかけ、マネージャーはふてくされた顔で、

「きみのせいで、どうしてあたしが叱られるのよ、もうっ」

知らんがな、と竜二は思った。

番組はなかなか興味深かった。YUKAIの三人は手慣れたもので、ハテナの両親のこと、少年時代のことなどを、写真を使って紹介しながら、おもしろいエピソードを引きだしていく。そのうちに、彼がどうしてお笑いに興味を持ったか、という話題になった。

「俺はクラスでいちばんおもろいいわれてた子やったんや。どこの学校でもおるやろ、毎日、同級生とか先生を笑かしてるやつ。勉強もスポーツもそっちのけで、ひとを笑かすことに命かけてたなあ。今から考えたら、ギャラももらわんと、なんであんなことしとったんやろ」

竜二はプッと噴きだしてしまい、マネージャーににらまれた。

「あんまりみんなが笑うんで、お笑いの才能あるんちゃうかと思ったんやけど、なんせ田舎もんやから、これは俺の勘違いかもわからんな、という気持ちもあった」

「小学生のくせに、やけに冷静に自己分析してますね」

「そやろ。でも、さいわいちゅうかなんちゅうか、それが勘違いやなかったさかい、今

でもこないして、お笑いの最前線におれるわけや」

「最前線はたいへんですか」

「もうたーいへんたいへん」

ハテナは大仰《おおぎょう》に手を打ちふった。

「でも、俺、けっこう自信あるんです。俺も、クラスでいちばんおもしろい子だったし、先生から、おまえ、松茸芸能行けって言われたりして……物まねとか得意なんです」

吉住《よしずみ》キヨタカという、YUKAIのリーダー格の少年が言った。十八歳ぐらいかな、と竜二は思った。

「へー、ほな、アイドルの地位を捨てて、お笑いに来るか？」

「いつでも行きますよ。ハテナさんと漫才コンビ組もうかな」

大笑いになったが、ハテナの目に一瞬、馬鹿にしたような光が宿ったことに竜二は気づいていた。

「そのころ、どんなお笑いが好きだったんですか」

「そやなあ……やっぱり漫才とコントやな」

「それがどうして落語家になったんですか。漫才師やお笑いタレントを目指そうとは思わなかったんですか」

「高校卒業したら、大学行くか就職するか、選択肢はふつうふたつにひとつやけど、俺は、お笑いに進みたかった。でも、俺、滋賀の田舎におったやろ。そういうツテがなかったんや。親は、アホなこと言うとらんと、まともに就職せえゆうてくるし、とにかくなんとかこの世界に潜りこみたかった。そしたら、うちの師匠が近所の公民館に落語しに来はったんや。もうよれよれでな、まともにしゃべられへんかったけどな」

「それまでに落語って聴いたことあったんですか」

「そんなもんあるかい。せやけど、はじめて生で見たお笑いのひとや。もう誰でもええわと思てな、楽屋へたずねていって、弟子にしてくれ、ゆうたんや。今から考えたら大失敗やったわ。あれが、漫才のひとやったら俺もこんな苦労せんとすんだのに」

「でも、それで先代の笑酔亭梅寿師匠のお弟子さんになりました。――で、せっかく落語家になったのに、どうしてこういう道に進んだんですか」

「言うたやろ。落語家になったんは、芸能界に入るための方便やったんや。ほかに方法を知らんかったからな。入門してみたけど、すぐに『向いてない』て思たな。それに、ネタを覚えなあかんやろ。俺、記憶力ないさかいな」

「あはははは」

「けど俺は、何の台本もなしに、出たとこ勝負で、噺家がネタやる以上の笑いがとれる自信ある。そう考えたら、落語て何やねん、ゆうことになるわな」

「ですよね。ぼくも落語ってよくわかんないし……」

ハテナの表情が一瞬こわばったが、すぐに顔を和らげると、

「落語は、歌舞伎とか能とか狂言みたいな古典芸能なんやから、むずかしいのはしゃあない。昔はそれぐらいしか娯楽がなかったけど、今はゲームとかテレビとか映画とかコンサートとか、ほかにおもろいもんがなんぼでもあるからな」

「そうかもしれませんね」

少年は相づちを打つと、

「ハテナさん、好きな落語とかあるんですか」

「落語はどれもきらいや。しょーもない、辛気《しんき》くさい、長い、だるい、古くさい。あんなもん、いまどきの芸やないで」

「なるほ……」

吉住が何か言おうとしたのにかぶせるようにして、

「せやけど、どうしてもひとつあげろ、いわれたら……」

ハテナは遠い目をして、

「『天神山』……かな」

「なんですか、それ」

ハテナは照れたように、

「ネタの名前や。しょーもない、古くさい、それこそ誰も聴かんような話や。怪談ぽい

ところが、ちょっと気にいらんけどな。――俺の師匠の十八番やった」

竜二は、へえと思った。「天神山」が好きだったとは……。

「それってどんな話ですか」

「どうでもええがな、そんなん。もう忘れたわ」

「そうだ！　今、ちょっとさわりだけでも演《や》ってもらえませんか」

「アホかあっ！　でけへんいうてるやろ」

「お願いしますよ。ねえ、皆さん」

スタジオ見学者に振ると、すごい拍手の嵐が起こった。もちろんＡＤが手をぐるぐる回しているのだが……。

「お客さんもこう言ってます。すごいよなあ、ハテナさんの落語を聴けるなんて……」

「無理むり。俺はだいたいなあ……」

言いかけて、ふと言葉を切り、

「俺はようせえへんけど、――おい、鶏冠！」

ハテナが手招きしている。

「ほら、きみのことでしょっ」

マネージャーに肘《ひじ》でつつかれるまで、竜二は自分が呼ばれているとは思わなかった。

「おーい、おまえ、ちょっとここ来い」

竜二はためらったが、マネージャーが、

「早く行きなさいよ。あのひとの番組だと、こんなことしょっちゅうなの。いつも、だんどりなんてないも同然。きみがぐずぐずしてて流れが切れたら、あとでものすごく叱られるわよ」

（流れ、か……）

しかたなく竜二が立ちあがると、ADが走ってきて、すばやくピンマイクを胸につけた。竜二がハテナの横に立つと、吉住キヨタカが、

「す、すごい頭のひとが出てきましたけど……このひとは何ものですか」

「噺家や。きのう今日と俺の付き人してくれてる笑酔亭、えーと……」

「梅駆です」

「梅駆くんや」

軽い拍手。

「ええっ、落語家さんなんですか？」

「信じられへんやろ。めちゃめちゃ若いからなあ。こんな若いころは、ほかにやることなんぼでもあるはずやけどな。恋とかHとかスポーツとかファッションとか……。それが、落語て……どう？　落語なんかジジイになってからでもできるやろが。でも、どう見ても恋にもHにもスポーツにもファッションにも縁遠い顔ではあるけどな」

「いえ、ぼくが言いたかったのは、絶対、暴走族《ぞく》関係のひとだと思って……。逃げる支度してたところなんですけど」

吉住の言葉にハテナはにやにや笑いながら、

「梅駆くん、こいつ、きみの職業を疑《うたご》うてるで。ここでネタ演って、自分が落語家やと証明したれ」

「はあ……」

竜二は、冗談だろうと思って流そうとしたが、ハテナは許さなかった。

「キヨタカがさっき、落語はようわからんて言うた。きみも聴いとったやろ」

「なんにも思わんのか。落語はおもろないいて言われてんねんぞ」

「いや、そんなことは……」

吉住があわてて手を顔のまえで左右に振り、

「ぼくには落語はわからないって言っただけです。好きな人にはたまらないんでしょうが、漫才やコントにくらべて、ぼくらにはあんまりなじみがないから……」

弁解する吉住の言葉をさえぎるように、ハテナが、

「バラエティ番組は、スタッフも何十人やし、ものごっつい金をかけとる。せやから、落語はバラエティに負けるのはあたりまえや。落語はいつもおんなじことやってるだけやから、いくつかネタを覚えたら一生それば一っかり演ってたらええ。トークはそうは

いかんで。毎日毎日、ちがうことしゃべらなあかん」

「そりゃそうですよね」

「俺ら、二回おんなじ話したら、それこないだ聴いたゆうてぼろくそ言われるけど、落語はおんなじことしゃべってあたりまえや。俺ら、めちゃめちゃ損やで」

「なるほど、そんなもんですか」

竜二は頭がカーッとした。客席の若い女の子たちが、まるでロボットのように吉住に動きをあわせ、一斉にうなずいたからだ。

「俺は……そうは思いませんね」

言ってから、しまったと思ったが、もうあとにはひけない。

「ほー、きみの意見を聞こやないか！」

竜二は、ハテナをにらみつけると、

「落語は……何十年何百年もかけていろんなひとが工夫してきたもんや。テレビのしょうもない、できあいの笑いには負けん……と思う」

「ちゅうことは、この番組もつまらんゆうわけか」

「それは知らんけど、このスタジオに来てるひとら、落語、生で聴いたことないと思う。落語は、むずかしいこともわかりにくいこともない。聴いてもらったら、それがわかってもらえるはずや」

竜二がその言葉を口にした瞬間、ハテナがにやりと笑った。竜二はハッとした。

（こいつ……わざと俺を挑発して……）

ハテナが、竜二の肩を叩いた。

「ほな、彼らにきみが落語聴かせたれ。落語がバラエティよりおもろいことを示したれ」

「い、今ここでですか？」

「あたりまえや。家帰ってから演ってもしゃあないやろ」

「でも、長いし……」

「かめへん。あとで編集で切る。そういう趣旨の番組なんや。——俺が、もうええいうとこまで演れよ」

客は、竜二が困りはてている姿をみて、大笑いしている。客席の最前列から、

「しらけますから、はやくやってください」

というカンペがあがった。

「芸人やったら、出番与えたってんから、喜ばんかい。おまえ、番組潰す気ぃか。——まさか、そんな頭しとるくせに、テレビやさかいゆうてビビッてるんとちゃうやろな」

というハテナの一言で覚悟を決め、

「やります」

「おおーっ、笑酔亭梅駆くんの落語でーす。ネタは、『天神山』です。ガーンと演ってこましたれ」

大拍手。

「て、『天神山』ですか……」

「もちろんや。今の流れでいうたら、それしかありえへんわなあ」

「天神山」は、前半と後半で主人公が変わる、珍しいネタである。前半の主人公は「変ちきの源助」。「変ちき」、すなわち、変人である。髪の毛を半分伸ばして半分剃《そ》り、単《ひと》衣物《えもの》と袷《あわせ》と綿入れを合体させた「四季の着物」を着、足には白足袋《たび》と紺足袋を片方ずつはいている。使い古しの尿瓶《しびん》に酒を、おまるに弁当を入れて歩いているところを、町内の若いものに、

「おおかた、花見にでも行きなはんねやろ」

と声をかけられ、もちまえのへそ曲がりがむくむくと頭をもたげた変ちきの源助、

「いや、わしは墓見に行くのじゃ」

「墓見? 墓見てなんだんねん」

「石塔や塔婆《とうば》見て一杯飲むのじゃ」

そのときは、思いつきでそうしゃべった源助だったが、若い連中とわかれたあと、

「待てよ、わしかて変ちきや。みなと同じように花見て呑《の》んでもおもろない。よし、今

日はほんまに墓見て一杯呑んだろ」

そんな気持ちになって、一心寺で墓を相手にひとりでしゃべりかけ、盃をやったりとったり。その夜、妙ななりゆきから女の幽霊が家を訪ねてくるのだが、源助は、

「変ちきに幽霊の嬶《かか》、これは洒落《しゃれ》たある」

と、幽霊と結婚してしまうのである。後半は、源助の隣に住んでいる安兵衛という男がキツネと結婚する話であり、「葛《くず》の葉の子別れ」のパロディである。いわゆる異種婚姻譚《たん》がふたつ続くという趣向で、設定も古くさいし、登場人物も古風で一癖も二癖もある連中ばかりなので、演じるにはなかなかの力量を要する。

ハテナにうながされて、ステージの中央に私服のまま正座した竜二は、口のなかがカラカラになっていることに気づいた。唾を飲みこもうにも唾が出てこない。ピンスポットが当たっている。複数のテレビカメラが彼を狙《ねら》っている。落語コンテストの「O《オー》−1《ワン》」のときもテレビ録りはあったが、あれはドキュメントだった。こういったバラエティ番組に参加するのははじめてなのだ。「天神山」はまだ稽古途中だし、まったく自信はない。しかも、聴いているのは、落語のことなどまるで知らない、アイドルグループのファンたち……。

（せや、こういうときは……）

彼の頭をふとよぎったのは、兄弟子である梅毒の言葉だった。

「客、笑かすのは簡単やで。ちょっと奇抜なことを言うたり、やったりしたら、客なんかあっけないもんや」

竜二はネタに入った。わざと変な口調で、身振り手振りもふだんの三倍ぐらいにして、顔の表情も大げさに作り、目を剝《む》いたり、口を大きくあけたりした。流行語を使った意味のないギャグもところどころに挟み、徹底的に奇抜さを強調した。

だが。

客はくすりとも笑わなかった。

（なんでや……）

竜二は呆然《ぼうぜん》として高座を降りた。ハテナがぱちぱちと拍手しながら、

「どないや、梅駆くん。落語はバラエティに勝ったか？」

竜二は横を向いて、応えなかった。敗北は明らかだった。

（でも、これは落語の敗北じゃない。俺が負けただけや）

竜二は下を向いたままそう思った。そんな竜二に舌打ちしたハテナが、ＹＵＫＡＩのメンバーに言った。

「よっしゃ、大喜利《おおぎり》するで」

4

「大喜利、ですか？」

「そや。用意してや！」

たちまちスタッフが走りまわって、人数分の座布団がステージに並べられた。ハテナが司会役をつとめることになり、ＹＵＫＡＩのメンバーと竜二が座布団に座った。テレビでタレントなどが参加する大喜利は、ほとんど台本があるのだが、もちろんこの大喜利にそんなものはない。正真正銘のぶっつけ本番である。竜二は、余興や落語会のおまけで何度か大喜利に参加した経験があったし、

（俺は嘘でも噺家や。まさか大喜利でアイドル歌手に遅れをとることはないやろ……）

とたかをくくっていた。しかし、実際にやってみると、ハテナが出す設問に、ＹＵＫＡＩの三人は当意即妙に間髪を入れずに答える。しかも、一人目、二人目はアイドルらしいかわいい回答で、客は大いにウケるが、それだけでは終わらない。三人目は、アイドルらしからぬシュールなボケや、露骨な下ネタ、わざとまちがう、などといった飛び道具をかます。つまり、三人目の答がかならずオチになっているのだ。当然、客は爆笑

する。何の仕込みもないのに、YUKAIの三人は、ひとひねりした笑いの連携プレーを涼しい顔で行っている。そのうえ、司会のハテナは、彼らの答ひとつひとつに食いつき、的確な突っこみを入れ、ボケをかまし、より大きな笑いの渦を作りだす。竜二は、最初こそ意気ごんで、何とか答えようとがんばったが、途中からは彼らのあまりの「予定調和」ぶりに手も足も出なくなった。

(すごい……)

竜二は愕然《がくぜん》とした。そして、心底感嘆した。これが全部即興なのか。だとしたら、自分がやっていること……稽古に稽古を重ねて、昔からあるネタを練りあげる作業に何の意味があるのか。そんなことをしなくても、本番でいきなりしゃべって、これだけの笑いをとれるのか……。

(あかん……このままじゃ負ける)

竜二は、捨て身の反撃に出た。目を剝き、変な声を出し、両手を振りまわしながら、YUKAIの三人を上回る下ネタやベタなネタを連発した。最後には、恥ずかしくはあったが、鶏冠を振りたててニワトリの真似までした。でたらめな歌や踊りも披露した。

だが。

客はくすりとも笑わなかった。

(なんでや……)

番組の収録が終わった。竜二は、ＹＵＫＡＩの三人の冷ややかな視線を背中に感じながら、ふらふらとスタジオの隅に下がった。額に青筋を立てた女性マネージャーが、

「きみ、ほんっとにダメねえ。もう、最低。どうしようもない。せっかくハテナさんがきみにテレビ出演の機会をくれたのに、大しくじりよねえ」

わかっとるわい、ボケっ！

「私、今からプロデューサーとディレクターに謝りに行ってくるわ。あーあ、なんとかフォローできればいいけど……とにかく二度とあたしたちのまえに現れないでね。消えてちょうだい。できれば地球上から。会社にもよく言っておくから」

「あの……俺、松茸芸能の人間やないんです。師匠に言われて来ただけで……」

「あっ、そう。じゃあ、梅寿さんにも、今後、絶対にこんな潰しのタレントを付き人に寄こさないように言っとくわ。あのお爺さん、お酒が頭にまわって、まともな判断できないんでしょ。だいたい、あたしがいるんだから、付き人なんかいらないのよ。ハテナさん、兄弟弟子のよしみで、梅寿さんの言うこと、きいてあげてるみたいだけど、もうそれもおしまいにしましょ。芸能界のこと何もわかってない、酔っぱらいのお爺さんに兄弟子風吹かされてでしゃばられると、いろいろやりにくいのよね」

たしかに梅寿はそのとおりのジジイだが、他人に言われるとなぜかめちゃめちゃ腹がたった。口に出すか、こらえるか……二者択一の決断は瞬時についた。

「今日の俺が最低や、ゆうのは自分でようわかってる。ハテナさんがすごいのもわかった。けどな……あんたにそんなことを言われる筋合いはない」

あーあ、言っちゃった……という声が天井のどこかから聞こえたような気がした。

「な、な、なんですってえ」

茶髪のマネージャーは目じりをつりあげた。

「よくもあたしに向かってそんな口を……。あたしを怒らせたらどうなるかわかってないようね。きみ、芸能界で生きていけないようにしてやるから」

「とにかくもう俺はこれでお役ご免にしてもらいます。それじゃ」

せいせいした竜二が、荷物を肩にかけ、足早にスタジオから出ていこうとしたところで、うしろから声がかかった。

「ちょっと待てや」

ハテナだった。頭に血がのぼっていた竜二は、そのまま行きすぎようとしたが、

「おまえ、俺にさんざん迷惑かけといて、一言の挨拶《あいさつ》もなしかい」

しかたなく立ちどまり、振りかえる。

「ハテナさん、そんな子ほっといて帰りましょう。新幹線の時間が……」

「すぐすむ。——ひとつだけ教えたるわ。きみは、テレビのタレントなんかしょうもない仕事やと思てるやろ」

「いえ……べつに」

「嘘つけ。ずっと顔に書いてあった。テレビのバラエティなんか、ちょっと奇抜なことしたら簡単にウケると思てたやろ。そんな甘いもんちゃうで。現場で、その場の空気や流れを読んで、それに乗って自然に笑いをとらなあかん。奇抜のようでむちゃくちゃやない。一回こっきりの真剣勝負や。それがおもろいんや」

「——はい」

「今、真剣に笑いを追求しようとしてるやつは、落語家にはならんと俺は思う。テレビのまえの何百万という視聴者を笑わせる道を選ぶはずや。そうとちがうか？」

「さあ……」

「わざとけったいな髪型にして、見かけだけでウケを狙ってる、きみみたいなやつはテレビの世界にはいらん。俺が切れいうても切らんしな。いつまでも、狭い落語の世界に閉じこもっとき。顔も見たないわ」

「そうですか」

「さっきの『天神山』には、正直、がっかりしたけど……変ちきの源助、あいつは変人や。せやけど、あいつにとっては、あれが自然なんや。あいつは自分に正直に自然にふるまってるつもりやのに、まわりから見たら、それが変ちきに見えるんやな。きみがウケへんのは、奇をてらってるからや」

竜二は、この場から姿を消したいほどに恥ずかしかった。「奇をてらう」……嫌な言葉だ……。

「テレビ番組ゆうのはひとつの流れにそって、皆、それぞれの役割が割りふられてる。事前に決まってる場合もあるけど、即興的に決まる場合もある。それを瞬時につかんで、自分の役割をこなしながら、なおかつ自己主張をせなあかん。それやのにきみは、前後の流れを読まんと、それをぶち壊してた。ひとりだけ流れとちがうことをしとったんや」

竜二はその言葉にふと冷静さを取りもどした。変ちき……ひとりだけ流れとちがうことをする……もしかしたら……。

「なんや、怒ったんか」

「いえ……ハテナさん、思いついたことがあるんです。新幹線の時間まで一時間ぐらい余裕ありませんか」

マネージャーが金切り声をあげた。

「頭おかしいんじゃない？　きみの気まぐれにつきあってる暇はないのよ」

竜二はマネージャーを無視して、

「今からあのホテルに行きましょう。ここからならタクシーで十五分ぐらいです。俺の考えが正しければ、用事はたぶん十分もあればすむはずです。そこから新大阪までタクシーを飛ばせば、新幹線の時間にはまにあうと思うんですが」

「何バカなこと言ってるの。たとえ時間があっても、ハテナさんがそんなことするわけないでしょっ」

「でも、きのうの事件の真相がわかるんですよ」

「なんやと……？」

ハテナの顔つきが変わった。

▲

フロントの老人は、ハテナが泊まっていた部屋のまえに立って、大きくうなずいた。

「電気が急に点いたわけ……？　もちろんわかるで」

「――えっ」

「そんなことしょっちゅうあるねん。接触が悪いさかいな、スイッチ入れても、二時間ぐらいしてから、パッと点いたりすんねやわ」

「直しとかんかい、ボケっ！」

「直しとうても金がないがな。このホテルの修繕はぜーんぶわしがやっとるんや」

「でも、俺、寝るまえに電気のスイッチ、全部オフにしたで。そこの壁にあるスイッチ四つ並んでるやろ。それをみな、手のひらでべたべたっと切ったのを覚えてるわ」

「それがちがうねん。右を低うしたら切れると思てるやろ。ひとつだけ、わし、逆につけてしもてな、オンオフが逆さになっとるんや」

ひとつだけほかとちがっている、変ちきのスイッチである。

「ということは、まさか、このドアも……」

「そういうこっちゃ。この部屋のだけ、内側に開くんや」

老人はさもあたりまえのごとく言った。

「け、けど、ほかの部屋は手前に開くやないか！」

「ちゃんと理由があるで。ここ、エレベーターのすぐまえやろ。廊下が狭いさかい、ドアが外に開いたら、エレベーターの出入りに邪魔になるよって、わしが内開きに作りかえたんや」

老人は自慢げだった。竜二は頭をかきながら、

「俺、ずっとドア引っぱって開けようとしてた。鍵なんかかかってなかったんか……」

これも、ひとつだけほかとちがっている、変ちきのドアである。

「やっぱりただの泥棒やったんですね。俺が部屋を出るまえに、鍵のかかってないこの部屋をふつうに出ていって、ふつうに階段を下りて逃げただけなんです。なにが幽霊……」

そう言って竜二はハテナをちらと見た。ハテナは目をそらした。

「ハテナさん、もう時間が……」

マネージャーの声が甲高くなり、ハテナは待たせてあったタクシーに乗りこんだ。

▲

ハテナの財布を盗んだ泥棒は、すぐに逮捕された。大阪の暴力団関係者で、組の金を使いこみ、その穴埋めに困っての犯行だった。入り口は手であいたし、フロントには誰もいないので、出入り自由だった、という。ハテナの部屋に入ったのは偶然らしい。

「ふーん、なるほど」

仏壇のまえに横になった梅寿は、脇腹のあせもをバリバリ掻《か》きながら言った。畳の目が汗で身体にくいこんでいる。残暑がこの部屋にはどっかり居すわっているらしい。

「『天神山』なあ……。あれは親父の十八番やった。高座にあがったら、客から『天神山!』ゆう声がかかったもんや。ハテナも、あのネタが好きでな。いつもひとりで稽古しとったわ」

「けど、大師匠に稽古はしてもらってないんですか」

「そら、しゃあない。あいつが入門して、三日目に親父は脳溢血《のういっけつ》で倒れたんや」

竜二は絶句した。それじゃあ……。

「稽古つけるどころやあらへん。親父はそれから一年後に死んだけど、ずっとまともに口きける状態やなかった」

「それじゃ、ハテナさんが噺家のくせに噺ができないのは……」

「いっぺんも稽古してもろてないさかいや。親父はおふくろと離婚しとったし、入門以来、あいつはずっと親父の看病にあけくれて……気ぃついたらひとりや。ほかの師匠の預かり弟子になる道もあったはずやが、あいつはうちの親父以外の弟子になりとうないゆうて、落語を捨てよった。その気持ち、わからんこともないけどな」

「し、師匠、ハテナさんのこと、噺家のくせに噺がでけん、最低最悪のガキやてゆうてはりましたやん」

「そんなん言うたかいな」

このジジイ……！　頭の血管が切れそうになったとき、ふと竜二は気づいた。

「ハテナさんがひとりで看病て……師匠は大師匠が亡くならはったときに何をしてたんです」

「わしはな……女とトウヒコウしとった」

「――はあ？」

「新地の女とええ仲になってな、親父の通帳パクって、九州を二年ばかりうろうろしとった。女に愛想づかしされて、すってんてんになって、久しぶりに大阪に戻ってみたら、親父はこの世におらんかった。あいつが死に水もとってくれたんや」

吐きだすようにそう言った。自分の父親の最期をみとることができなかった悔しい思い、本来、自分がやるべきだったことをかわってやってしまったハテナへの感謝と嫉妬《しっと》などが、複雑にいりまじっているのだろう。

「まあ、ええ勉強になったやろ。もう付き人はせんでええわ」

したくても、むこうから断ってくるだろう。テレビ放映のときも、竜二の落語は一秒も残さず、すべてカットされるらしい。

「付き人のギャラ、ええ小遣いかせぎになっとったんやがなあ、おまえのせいでパーじゃ。アホらし」

梅寿は寝返りをうった。ギャラが出てたのか……と竜二は思った。例によって、梅寿が横どりしていたようだ。

そのとき、黒電話がチリリンと鳴り、竜二はすぐに受話器を取った。いつまでもベルを鳴らしておくと、電話嫌いの梅寿が怒りだすからだ。

「はい、笑酔亭梅寿です。――え？　梅駆？　梅駆は俺ですけど……」

ガラガラ声の男は、浪花《なにわ》テレビのプロデューサー権藤博助《ごんどうひろすけ》となのった。

「きみ、うちの番組、レギュラーで出てみる気ない？」

「どういうことですか」

「武者河原ハテナさんが紹介してくれてねえ、梅寿師匠のところに、鶏冠頭のすごくおもしろいやつがいるから声かけてみろって……ちょっと、梅駆くん、きいてる？」

竜二は呆然として受話器を握りしめていた。

ちりとてちん

ちりとてちん

『ちりとてちん』は三味線の音色から名付けられました。

東京では『酢豆腐』と名を変えます。本来、落語のタイトルというものは楽屋の符丁で、そのネーミングは、江戸落語に比べて、上方落語のほうがモッチャリしていることが多いですよね。しかし、この場合は上方のほうが断然、イ・ケ・て・る。

豆が腐ったと書いて豆腐。それが腐ったら豆腐腐（?）。腐を富に替えて、豆富とするところが増えたのもうなずけます。

沖縄の特産物に豆腐ヨウというものがあります。豆腐を麹《こうじ》で発酵させたもので、これならビール党には大歓迎なのですが……。

わたくし事ですが、冷《ひ》や奴《やっこ》にはなにも付けずに食べるのが好き、豆腐そのものの味がするからです。食堂で先に醤油《しょうゆ》をかけて出されるとゲンナリします。もちろん、お酒をいただくときは、適度な塩気がほしいもの。それでもカラシか土ショウガの上に軽く垂らす程度でしょう。

昨今は健康ブームで、どんな料理にも酢をかける人がいます。豆腐に酢をかけたら、これぞまさしく『酢豆腐』の出来上がり。


（月亭八天）

1

「この店や」

ロケ担当ディレクターの剛田《ごうだ》慎太郎が、商店街から脇道にそれた路地にある仕舞《しも》た屋風の家を指さした。お世辞にもきれいとはいえない、すすけた小さな店だ。まわりは長屋や古い一戸建てばかりが並ぶ住宅街で、商売をしているのはこの一軒だけである。扉の横に「豆腐料理　やまわき」という三十センチぐらいの看板がなかったら、誰もが見過ごしてしまうだろう。

「ここが、きみの『拒んじゃイヤよ』コーナーの記念すべき一発目になる。根性いれてや」

竜二の背中を、剛田が言葉でぐいと押した。スポーツ刈《が》りにサングラスをかけた剛田慎太郎は、身長が百八十五センチ。首は太く、肩幅広く、胸板の厚い男で、あだ名は「ジャイアン」だそうだ。

「あの、もう一度確認なんですが……これって生番組なんですよね。もし、向こうがどうしても最後まで取材をOKしなかったらどうするんですか」

事前に許可をもらっている場合はもちろん、飛びこみ取材の場合でも、あとでスタッフが出演受諾や権利関係について明記した書類を渡し、サインしてもらう。後日発生するかもしれないもめ事を防ぐためだ。相手が取材を拒んだら撮影も放送もできないのがふつうである。

「なんべん説明さすねん。きみが許可をとりつけてくるまではカメラは店のなかには入れへん。おもてで、やりとりを録音するだけや。最後まで取材許可がでえへんかったら、そのときは店の外観のショットと、きみのピンマイクから拾った音声のみでコーナーを構成する。時間は八分間や」

「音声なら勝手に放送してもいいんですか」

「ほんまはあかんやろけど、そこは生番組の強引さで押しきってしまうねん。とにかく絶対あきらめるなよ。どつきあいになってもええから食いさがるんや」

取材拒否の店をあえて取材する企画はたまにあるが、たいていは録画である。生番組中にわざわざそんなコーナーを作るという例はあまりない。いくらハプニングがテレビ的に「おいしい」といっても、番組が壊れてしまうようでは困るし、茶の間に不快感を与えるような展開になってもまずいからだ。しかし、この番組「三時でおますけど」は、あえてそういうコーナーを設けようというのである。

「せやけどこの店のこと、なんにも教えてもらってませんし……」

「それが、ありのままでええんやないか。この店が超のつくマスコミ嫌いや、ちゅうことさえわかっとりゃええねん。——おい、そろそろ性根すえんかい。きみがこれまで演《や》ってた、演芸場やら寄席やらの、片手でつかめるようなしょぼい客相手の仕事やないねん。カメラの向こうには何十万、何百万ちゅう客がおるんや。失敗したらただでおかんからな」

そう言うと、剛田は竜二の腹を拳《こぶし》でドスッと突いた。

「うげぶっ」

「緊張がたりん。もっともっと……もっとテンションあげえ！」

竜二がよだれを手の甲で拭きながら一歩踏みだそうとすると、メイク係が近づき、さっと彼のヘアスタイルを直した。今日の竜二は、とことん派手にしろというプロデューサーの注文で、鶏冠《とさか》頭をいつもの倍ほどの高さにたて、色も極彩色に染められている。

「梅駆《ばいく》ちゃーん！　鳥沢《とりさわ》でーす。新コーナー『拒んじゃイヤよ』のレポーターとして、抱負を一言お願いします」

インカムにスタジオの司会者であるタレント鳥沢しげるの声が聞こえてきた。

「抱負ですか、えーと……がんばります」

「今日は何というお店ですか」

「『やまわき』という豆腐料理専門店です」

「おいしいと評判の店なんですか」

「さあ……たぶんそうだと思いま……痛てっ」

剛田がカメラに映らぬように、後ろから竜二の尻を思いきり蹴《け》りとばしたのだ。

「そこのご主人は、マスコミには絶対に出ないとおっしゃってるんですか」

「はい、そうだと思い……そうです。そうおっしゃってます」

スタジオの笑い声が竜二にも聞こえた。

「じゃあ、よろしくお願いします」

ロボットのような足どりで店に向かう竜二の背中に、剛田がにやりと笑いかけた。

▲

ことの発端は、梅寿《ばいじゅ》の家にかかってきた一本の電話だった。浪花テレビのプロデューサー権藤博助と名のったガラガラ声の男は、竜二にテレビ番組のレギュラー出演を依頼した。梅寿が最近、所属している松茸芸能と不仲なこともあって、直接電話してきたのである。

(俺が……テレビのレギュラーに……)

正直言ってうれしかった。これまではテレビのバラエティやトーク番組で活躍しているタレントたちを、

（芸もないくせに……）

と馬鹿にしていたが、武者河原ハテナとの出会いによって、考えが百八十度変わった。決まったネタを繰りかえし稽古《けいこ》して高座にかける噺家《はなしか》とはちがう、テレビカメラのまえで即興的な生の芸を見せつづけるという厳しい修羅場をかいくぐってきた、鍛えぬかれた「才能《タレント》」たちなのである。

落語という芸は、歌舞伎、能などの伝統芸能と、漫才、コントなど現在進行形の芸能の両方の側面があるが、今の状況では、どちらかというと伝統芸能のほうに傾いているように思われる。竜二はこれまで、古典落語をじっくりと語りこめば、わかってくれるひとはわかってくれる、と信じて稽古してきたが、それでは落語は一部の「耳の肥えた」常連だけのものになってしまう。

（落語はおもろい。もっといろんなひとに聴いてもらわな、もったいない）

武者河原ハテナの付き人をすることでバラエティ番組の世界をかいま見、テレビの力の大きさとテレビタレントの凄《すご》さを痛感した竜二は、自分がテレビに出ることで、落語をより大勢のひとに広めることができるかもしれない、と思った。だが、はたして梅寿がうんと言うだろうか……。

「ちょっと……師匠と相談します」

竜二は受話器を置き、梅寿に事情を説明した。

「テレビ、わしにやないのか。ほんまにおまえにか」

梅寿は何度もたしかめたあと、畳のうえに腹這《ば》いになった。竜二はおそるおそる、

「出てもよろしいでしょうか」

「――かめへん」

梅寿は大きくうなずき、

「若いうちは、いろんな経験をしたほうがええ。来る仕事は断るな。テレビでもラジオでも紙芝居でもな」

「でも、俺につとまるでしょうか……」

「つとまるかつとまらんか、やってみなわからんやろ」

「せやけど、師匠……」

「じゃかあしい!」

梅寿は、手近にあるものをつかんで竜二に叩きつけた。本人は座布団のつもりだったが、そのもこもこしたものは、

「ギャアッ」

と叫んで、竜二の胸もとに激突し、爪で顔面をひきむしった。梅寿が飼っている「お

「おどれ、せっかくテレビがチャンスくれるゆうとるねんさかい、出さらさんかい！」

おいどを顔からひきはがそうと必死になりながら、竜二は心のなかで師匠に感謝した。

いど」という名前の猫であった。

▲

数週間後、テレビ局で事前の打ちあわせがあった。会議室に集まった男たちは、局のプロデューサーの権藤博助、チーフディレクターの吉永誠二、ロケ担当ディレクターの剛田慎太郎、構成作家の浅山五郎、司会者のタレント鳥沢しげる、それに、スポンサーであるヤッコ食品の宣伝部部長南田長介……と自己紹介した。

「ヤッコ食品アワー・三時でおますけど」というその番組は、基本的に局制作のバラエティっぽいワイドショーで視聴率もそこそこだが、今度、新しいコーナーを設けることになった。

「頑固な店主をなんとか説得して取材許可をとりつける。そこが自分の腕の見せどころやん？　落語でつちかった話術がものをいうはずやん？」

年齢のわりに頭が薄く、かわりに鼻毛が長く伸びた吉永誠二が、唇をぺちゃぺちゃなめながら言った。

「マスコミに乗りたがる店は腐るほどあるけど、そんなもん取材してもおもろないやん？　取材お断りの店にあえて乗りこむ。緊張で茶の間はどきどきする。しぶる店主が最後には『あんたの熱意には負けた。よろしゅおます』ゆうて、これまで非公開だった味の秘密を披露する……。視聴率、がーんとあがるやん？」

「そんなことやったことありませんし……」

「だいじょうぶ。自分ならできる。武者河原ハテナさんが若いタレント推薦なんてめったにないことやで。落語家ゆうても、狭い狭い寄席で古くさいことをしゃべってるだけではあかんやん？　もっとテレビに出て、ばんばん顔を売るべきやん？　そしたら、それを見たひとが寄席にも来るやん？　そういう簡単な理屈がわかってない落語家が多すぎるわ。そういう意味でも、これはチャンスやでえ。ただし、そのチャンスをものにできるかどうかは自分次第や。ほら、うちに来てるＡＤの……」

「北川くんですか」

構成作家の浅山が応えた。

「そうそう、北川。あいつも落語家やったらしいけど、チャンスをいかせんかった。結局辞めて、制作会社に就職しよったんや。――とにかく我々の言うとおりに動いてくれたらええ。勝手なことしたら潰《つぶ》すで。わかったか」

「はい……」

「ほな、これで終わりや。来週からがんばってな」

吉永のその言葉をきっかけに、全員が立ちあがった。

「え……？　もう打ちあわせ、終わりですか」

「こんなもん、いつまでもぐだぐだやっとってもしゃあないやん？　それとも、自分が何やるべきかさっぱりわからんほど頭悪いんか」

そのとき、会議室の電話が鳴った。浅山がそれを取り、

「あの、権藤さん……笑酔亭《しょうすいてい》梅寿さんから電話が入ってるそうです」

怪訝《けげん》そうな顔で権藤が電話をかわると、受話器を突きやぶらんばかりの大声が飛びだし、それは部屋のなかの全員にはっきり聞こえた。

「わしや、梅寿や」

「あ、師匠、ごぶさ……」

「なんで、あんなケツの赤いヒヨッコ使《こ》て、わしを出さんのじゃ！」

青い、だろう。

「そうはおっしゃいますが、適材適所ですから。師匠をまさかレポーターに使うというわけには……」

「レポーターかサポーターかしらんけど、わしは何でもでけるで。きのう今日入門したガキをレギラーにしくさって、師匠のわしを使わんゆうのはなにか？　わしに喧嘩《けんか》売っとるんか」

むちゃくちゃな理屈である。

「とんでもないです、師匠。実は今、打ちあわせ中でして、師匠には来々週、ゲストとして出ていただこうと話してたところなんですよ。いただいたお電話で恐縮ですが、お願いできますか」

「ほんで、ギャラはなんぼくれるねん。わし、どうしても金のいることがあってな……」

ふたりはしばらくぐじゃぐじゃと話をしていたが、権藤はやがて電話を切ると、

「あのジジイに言われたらしゃあない。来々週のゲスト枠まだあいとるやろ。コメンテーターの端っこに入れといてくれ」

吉永がうなずく横で、竜二は赤面して顔を伏せていた。近頃、梅寿は会社と仲違《なかたが》いしており、あまり大きな仕事が入ってこない。金に困っていることは内弟子の竜二も身に染みてわかっていたが、こうまでされると情けなくなってくる。

「でも、絶対しゃべらすなよ。狸《たぬき》の置物みたいにしとくんや。落語界の大御所かなにかしらんけど、滑舌《かつぜつ》悪いし、話は古くさいし、場の空気も読めんからな、しゃべらせたら番組壊れてしまうわ」

「わかってます。見かけも汚らしいから、なるべく映さんようにしときますわ」

「図々《ずうずう》しいから勝手にしゃべりよるかもしれん。そしたらマイク切ってまえ」

竜二は驚いた。ここに弟子がいるというのに、悪口の言いたい放題なのだ。あきれ顔でその会話を見守る竜二に、隣席の浅山がそっと耳打ちした。

「これがテレビや。よう覚えとき」

2

大きく深呼吸し、扉をあけようと手を伸ばした瞬間、

「何考えてるのっ。こんな店二度と来ませんからねっ」

怒声とともに扉が勝手に開き、なかから目をつり上げた中年女が猪《いのしし》のような勢いで飛びだしてきて、竜二に衝突した。厚化粧のその女は、竜二に謝るかと思いきや、

「あんた、ここに食べにいくつもり？　やめときなさい。しようもないわ。何が『香水が臭すぎる』よ。こんな店、潰れてしまえばいいんだわっ」

叫ぶように言うと、肩を怒らせて去っていった。竜二は思わず、くさっ、と鼻をつまんだ。もし臭《にお》いに色がついているならば、女の後ろには長々と臭いの航跡が続いているのが見えただろう。出鼻をくじかれた感じだが、時間がない。竜二は、臍下丹田《せいかたんでん》に力を

こめると、一歩を踏みだした。

「こ、こんにちはー」

薄暗い店内に圧迫感を覚えながら、竜二はできるだけ声を張った。だが、何の返事も返ってこない。

「こんにちはー。どなたかいらっしゃいますか」

気味の悪いほど、静まりかえっている。右手の奥に掛け軸が掛かっており、布袋和尚《ほていおしょう》が美味《うま》そうに豆腐を食べる図が描かれているのを見て、竜二は、最近、稽古をはじめた「ちりとてちん」というネタを思いだした。

いつもタダ飯を食べにきては、まずいまずいと悪口を言い、あれこれ知ったかぶりを並べたてる「竹やん」という男に仕返しをしようと、腐った豆腐を箱に入れて包装し、「長崎名産のめったに手に入らない『ちりとてちん』という珍味」とでたらめを言って食べさせる。竹やんは、架空の名前である「ちりとてちん」のことを、

「知ってます。ご飯に載せてよし、酒の肴《さかな》によし。長崎にいたときは三度三度食べてましたが、最近は人気が高くて、偽物が出回ってるから、私が本物かどうか食べて確かめてあげますわ」

とまで言いきるが、一口食べて苦悶《くもん》する。涙が出るほど苦しんだあげく、

「わしら食べたことないんでわからんけど『ちりとてちん』ていったいどんな味や？」

「ちょうど、豆腐の腐ったような味ですわ」

というのがサゲである。このネタ、何度稽古してもうまくいかず、梅春《うめはる》に叱られまくっているのだ。

カウンター式の客席にも、二つあるテーブル席にも客はいない。店内はこぎれいに片づいてはいるが、椅子やカウンターなどはかなり年季が入っており、修繕の跡がめだつ。厨房《ちゅうぼう》のなかは暗くてよく見えないが……。

「こんにちはー、あのーどなたか……」

「いっぺん言うたらわかる」

厨房の奥の、闇《やみ》のこごったようなところから、ゴムラッパのようなダミ声が聞こえてきた。目をこらすと、禿頭《とくとう》にタオルで鉢巻きをした、枯れ木のような老人が立っている。

「あのー、浪花テレビから参りましたレポーターの……」

「テレビやと？」

老人の表情がみるみる険しくなった。

「は、はい。こちらのお豆腐がおいしいと評判だそうなので、ぜひ取材させていただきたいと……。おもてにカメラも来ているんです。お願いできませんか」

「あんた、どこでその評判を聞いたんや」

「——え？」

「うちの豆腐がうまいて、どこで聞いてきたかてゆうとんじゃ」

「それは……皆さんそうおっしゃっておられます」

「どの豆腐のことや」

「はい？」

「うちの、どの豆腐がうまいて言うとんや、その『皆さん』は」

竜二は焦り、目だけをきょろつかせた。壁に薄汚れた品書きが掲げられている。冷や奴百五十圓也、湯豆腐百八十圓也、厚揚げ焼き百五十圓也、飛竜頭《ひりようず》百五十圓也……どれもめちゃめちゃ安い。だが、それとは別の紙がそのすぐうえに貼ってあり、

最高級グルメ豆腐。最高級の材料を惜しげもなく使用した食通のための一品。時価。まずかったら代金はお返しします。

とある。これだ、と思った竜二は、

「最高級グルメ豆腐です。あれがえらい評判で……」

老人は、目を細めて笑うと、吐きすてるように、

「またか。カスめが」

「なんかおっしゃいましたか」

「なんでもない。うちは取材はお断りや」

「そこをなんとかお願いします。大勢のひとにこの店のおいしい豆腐のことを知ってもらいたいんです」

「いらんことしてもらわんでもええ。わしは、わしの作る豆腐の味をわかってくれる常連相手に店やっとるだけで十分や」

「もったいないやないですか。せっかくのこだわりの豆腐の味を、テレビを通してもっとたくさんのひとに教えてあげましょうよ。おいしいものを一部の常連さんだけに独占させておくのはいけないことです。たとえば、豆腐好きなのにここの豆腐を一生知らずに死んでいくひともいてはるわけでしょう。かわいそうじゃないですか。そういうひとに、ご主人のおいしい豆腐を食べるチャンスをあげようと思いませんか」

「思わん。――あんた、ぺらぺらしゃべるけど、何もんや」

「え？　あの……笑酔亭梅駆と申します。噺家の卵です」

　老人は、目をぎょろりとひんむいた。

「わし、噺家とウジ虫は大嫌いやねん」

「あはは……ウジ虫やなんて……」

「帰り」

「は？」

「聞こえんかったんか。帰れちゅうとんねん。噺家はな、ひとが朝早よから夜遅うまで汗水垂らして必死に働いてるときに、短い時間、へらへら笑《わろ》て、しょうもないこと言うて、うまいもん食うてええ酒飲んで、うまいだのまずいだの勝手なことほざきよる。人間の屑《くず》の屑のまた屑や。——去《い》に」

竜二はカウンターに両手をつき、頭を下げた。

「お願いします。レポーターとして、今日が初仕事なんです。どうか取材させてください！」

老人は無言で刺身包丁を手に取り、竜二はぎくっとして身を引いた。だが、老人は包丁を砥石《といし》で研ぎはじめただけだった。竜二はしばらく黙って、老人の仕事ぶりを見つめていたが、インカムから剛田の罵声《ばせい》が聞こえてきた。

「黙ってたら番組にならんやろ。なんでもええからしゃべらんか、ボケっ」

しかたなく竜二は重い口を開いた。

「あの……なんでそんなにマスコミ嫌いなんですか。昔、何かあったんですか」

「やかましいな。仕事の邪魔じゃ。ウジ虫はどけ」

「どきません。取材させてもらうまでここにいさせてもらいます」

「豆腐ぶつけるで」

「かまいま……うわあっ」

老人が、できたての熱々の豆腐を竜二の頭からぶっかけたのだ。

「熱アツアツアツアツア……！」

竜二は顔や首についた白いものを払いおとすと、

「何さらすんじゃ、このジジイ！」

言ってから、しまった、と思ったがもう遅い。生放送なのだ。

「あんたが、かまへんて言うたからかけたんや。何が悪い」

老人は落ちついた声で応える。竜二は深呼吸して自分を抑えた。インカムから、スタジオの笑い声が聞こえてくる。

「アホや。何考えてんねん」

「『このジジイ』やて。怒らすだけやん」

司会者やタレントたちが口々に竜二を馬鹿にする。ぶすっとした顔で髪の毛や服からも豆腐の残骸《ざんがい》を払いのけていた竜二は、ふと手をとめてつぶやいた。

「ええ香りやな」

「兄ちゃん、今、なんて言うた」

老人が包丁を研ぐ手をとめて、彼のほうを見ている。

「あ、いや……茹《ゆ》でた大豆のええ香りが漂ってるなあ、と思て」

「ふーん……鼻だけは一人前やな。――あんた、味はわかるんか」

「グルメレポーターやったら、舌はたしかやろな」

「それは……そうですね」

「ほな、これ食うてみ」

老人は、皿に載せた豆腐を竜二のまえに置いた。

「あんたがさっき言うとった、うちの自慢の『最高級グルメ豆腐』や。この味をあんたがうまいこと表現できたら、取材に応じてもええ」

「ほ、ほんまですか」

竜二はごくりと唾《つば》をのんだ。

「ここが山や。しっかりやらな殺すで！」

剛田ディレクターの脅し文句が耳のなかに響く。わかってる。これをうまく乗りきれば……。竜二は、目のまえの白い、ぷるぷるした物体を見つめた。

「醤油《しょうゆ》、かけてもいいですか」

「好きなようにせえ」

竜二は、醤油をほんのちょっぴり豆腐のうえに垂らすと、箸《はし》で豆腐を少し突きくずし、神妙な顔で、まず、香りを嗅《か》いだ。

（わからん……）

「味……」

とくに、これといった香りはないようだ。いよいよ食べる段になって、急に緊張が高まってきた。うまく「味」を伝えられるだろうか。テレビでよく見るレポーターは、さも驚いたような顔をしながら、判で押したように、「おいしい！」と言うだけだが、噺家としてそれだけではすまされまい。何か、気の利いた、的を射たコメントをしなくては……。

少量の豆腐を口に含む。舌のうえで押しつぶし、ゆっくり味わってみる。

（これが……最高級グルメ豆腐……？）

もう一口食べる。脇のしたから汗が流れだす。心臓がどきどきしてきた。

（――豆腐や。豆腐の味や。うまいんかまずいんか……でも……どっちかというたら、これは……）

「どや、兄ちゃん」

老人が、値踏みするような視線を竜二にぶつけてきた。それに押されるように、竜二は言った。

「おいしい！」

そして、ひきつる顔にむりやり笑顔を浮かべた瞬間、老人が鬼のような形相になり、

「出てうせい！」

大喝するや、そこにあった豆腐やおからや厚揚げや大きな杓文字《しゃもじ》や大豆や醬油さしや

皿や小鉢や……あらゆるものを雨あられとぶつけてきた。たまらず竜二は店の外に逃げだすと、そこにカメラがでんとすわっており、彼の顔をアップにした。ADが紙に書いたものを掲げ、読むようにうながした。竜二は機械のようにその文章を読みあげた。

「すんませーん。第一回レポートは失敗に終わりました。ごめんちゃい。次回がんばりますので、これに懲りずによろしくお願いします。今からスタジオに戻りまーす」

「鳥沢でーす。梅駆ちゃーん、戻ってこなくていいよー」

「そんな冷たいこと言わないで、行きますから。許してちょんまげ」

読みながら、自分でぞっとするようなコメントだったが、これがテレビなんや……そう思った。

「はい、カット」

剛田がそう叫ぶのを聞いて、竜二はへなへなと崩れそうになった。剛田は、疲労の極みにあった竜二の胸ぐらをつかみ、首をしめあげた。

「今日は最初やから勘弁したる。次、こんな下手《へた》打ったら承知せえへんぞ。わかったか」

「は、はい、わかりましたわかりました」

剛田は竜二を地面に投げすてると、

「おい、行くで」

ＡＤに向かってあごをしゃくり、早足でロケバスに向かった。

3

スタジオの控え室でメイクを簡単に直してもらっていると、チカコが入ってきた。チカコは、松茸芸能の養成所出身で、漫才師を目指していたが、相方《あいかた》と意見が衝突して解散、今はピン芸人としてライブ活動をしながら、漫才師の付き人などをしている。

「お、おまえ、何しとんねん」

「ゲストの柿実《かきのみ》うれる・うれない師匠についてきたんや。あんたの晴れ舞台、ずっとモニターで見てたで。まあ、音しかなかったけどな。おもろかったわ」

「晴れ舞台て……皮肉なこと言うな。もう最低や」

「皮肉やない。ほんまうらやましいわ」

「それ本気で言うてるんか」

「あたりまえやん。浪花テレビの昼バラのレギュラーやで。誰かてうらやむわ。あたし、テレビなんか出たことないし」

「そ、そうかあ……」

「えげつないジジイやったなあ。ジジイのめちゃくちゃさがあんたのレポートでよう伝わってたわ。あのコーナー、きっと人気出るで」

「せやろか。それやったら、今回かぎりいうことはないみたいやな。安心したわ」

「スタジオ、大爆笑やった。司会者もディレクターも腹抱えて笑てたわ」

「俺、このコーナー、一回でも長く続くようマジでがんばるつもりや。これを足がかりにして、いろんな番組から声かけてもらうねん」

「そうし。ただし、あんたはこれからずっとヘタレキャラでいかなあかんけどな」

意味がわからず、ききかえそうとしたとき、ADが呼びにきた。

「梅駆さん、すぐにお願いします」

「あ、はい」

うなずいて椅子から立ちあがる。売れっ子タレントになった気分である。竜二はあわただしくスタジオに向かった。

「突撃取材の笑酔亭梅駆くんでーす」

女性アシスタントの紹介にぺこりと頭を下げ、竜二はゲスト席の末端に座る。ロケとはべつの緊張感が押しよせてきた。なにしろ、まわりは有名な先輩芸能人、文化人ばかりなのだ。

「戻ってくるな、て言ったのに戻ってきてくれた梅駆くん、第一回目の収録、感想をどうぞ」

司会の鳥沢がいきなり振ってきた。

「取材にこぎつけることはできませんでしたが、精一杯やりました。次回は絶対取材許可をもらうようがんばりますので、応援よろしくお願いします」

「ほんま、長く続くようにがんばってや。――じゃあ、今回は失敗ということで、罰ゲームをお願いします」

「え……？　そ、そんなん聞いてませんけど」

「そりゃそうやろ。教えてなかったんやから」

呆然《ぼうぜん》とする竜二の顔の大映しに、スタジオは爆笑した。

「失敗の場合は毎回罰ゲームがあるから、覚悟してね。今日は、えーと……片方の鼻の穴から蕎麦《そば》を、もう片方からうどんを吸いあげて、口のなかで『あいのりざる』にしてもらいます。では、どうぞ」

そ、そんなアホな……。

「どないしたん、梅駆くん。顔色が悪いで」

逃げだしたかったが、生放送中というのが足かせになった。「このコーナー、一回でも長く続くようマジでがんばるつもりや」とチカコに宣言した手前もある。ここでケツを割るわけにはいかない……。

「さあ、こちらへどうぞ！」

皿に盛ったうどんと蕎麦が運ばれてきた。逡巡《しゅんじゅん》する竜二に、ADが「時間がない。早くしろ」と書かれたカンペを掲げ、隣に立ったディレクターの吉永が、その紙をバーン！と叩いた。選択の余地はなさそうだ。竜二が、椅子に座って、箸でうどんをつまみあげたとき、

「つゆにつけんでもええんですか」

ゲストのひとりが言った。

「そら、つけてもらわな。梅駆くん、たっぷりとお願いします」

司会者がにやにやしながら言う。いらんことを……と思ったがしかたがない。やむなく、うどんをつゆに浸そうとすると、べつのゲストが、

「ワサビをおつゆに溶かしたほうがおいしいんじゃないでしょうか」

「そら、溶かしてもらわな。梅駆くん、ぼくがやってあげるわ」

ちゃんとワサビも用意されており、司会者がそれをどばどばとつゆに溶かしこんだ。

そのときハッと気づいた。つゆにつけろ、だの、ワサビを溶かせ、だのといったセリフは、吉永ディレクターがカンペを出して、ゲストに言わせているのだ。吉永をにらみすえながら、竜二がうどんをワサビ大量入りのつゆにつけて左の鼻の穴まで持っていくと、

鳥沢が、

「ぼくが蕎麦のほうを手伝いましょう」

と言って、箸でこれまたワサビ入りつゆに蕎麦をどっぷり浸けて、竜二の右の鼻孔の下まで持っていった。少し息を吸っただけで、ワサビの強烈な刺激が鼻から入りこんでくる。これをすりこんだりしたら……どうなるかたいがい予想はつく。

「早くしないとせっかくの麺《めん》が伸びてしまいます。さあ、どうぞ！」

ずるずるずるずるずるずるずるっ……。

「うぎゃあああああっ」

竜二は吠えた。鼻のなかに信じがたい激痛が走り、脳天を直撃した。竜二は喉《のど》を両手で押さえて、床を転げまわった。涙と鼻汁が一度にあふれた。

「げえええっ」

うどんと蕎麦が両方の鼻から口腔《こうこう》にまわり、呼吸ができない。必死で吐きだそうとしていると、耳もとで司会者がカンペを見るようながした。何とか顔をあげると、「吐くな」とある。

（そんなこと……言われたかて……このままやったら……死ぬ……）

番組などどうでもよかった。鼻汁と涙まみれの竜二は、口からうどんと蕎麦をげろげろ吐きだしたが、間一髪で映像はべつのカメラに切りかわった。

「昼間から汚い映像をお見せして申しわけありませんでした。梅駆くん、次回はどうしても取材に成功しなくてはなりませんね。では、つぎのコーナーです」

司会者が笑いながら言い、その後はだれも竜二に関心を向けようとしなかった。竜二は文字どおり這うようにしてスタジオの隅まで行くとそこにへたりこみ、服で鼻汁と涙をぬぐったが、あとからあとからあふれでてくる。鼻のなかを火箸で突きさしたような激痛がおさまらないのだ。スタジオを出、給湯室で顔を洗い、何杯も何杯も水を飲んだ。鏡を見ると、鼻がぶざまに赤黒く腫《は》れあがっている。息も苦しく、吐き気も続いている。

(俺……何やってるねん……)

涙が出てきた。今度はワサビのせいではない。

いつのまにか来ていたチカコがタオルをさしだした。竜二は、それを振りはらうと、

「だいじょうぶ……?」

「見るな」

「せやけど……」

「あっち行ってくれ」

「うん……わかった。でも、ちょっとひどすぎるよね……」

「……」

「あんたみたいに不良っぽい外見したやつに視聴者は反感を持つやろ。そいつが頑固な店主にぼろかすにののしられたり、罰ゲームでひどい目におうたらスカッとする。あん

たはそういう『ちょい悪』でヘタレなタレントの役なんや」

そこへ吉永があらわれた。

「こんなとこで油売っとったんか。手分けして探しとったんやで。勝手にスタジオを出たらあかんやん？　すぐ戻ってもらうで」

「今はむりです……こんな顔で……息もできませんし……」

「顔なんかどうでもええ。つぎのコーナーに出てもらうはずやった俳優の矢島勇作くんが渋滞に巻きこまれてな、到着までなんとかつながなあかんのや。自分、なんでもええからつなげ。噺家やったらなんか芸あるやろ。そや、噺家がよう、アホのひとつ覚えみたいに、うどん食べる真似してるやん。そや、それがええわ」

竜二の頭の血管が、ぶち、と音を立てて切れた。凶悪な視線を吉永の両眼にぶつける。

「な、何にらんでるねん。自分の替わりなんぞなんぼでもおるんや。俺の腹ひとつで、自分なんかお払い箱にできるんやで。あーあ、嫌やなあ噺家は妙にプライド持ってるから。テレビに出したるゆうたら、普通のお笑い芸人はどんなことでもしよるで。そこのきみ……」

吉永は、チカコに声をかけた。

「きみやったら、テレビ出したるゆうたら裸にでもなるわなあ。それが芸人やん？」

チカコはいきなり吉永の頬《ほお》を張りとばした。

「な、何すんねんっ！　俺を誰やと思とるんや」

激昂《げきこう》した吉永が、チカコにつかみかかろうとしたとき、

「――わかりました。やらせてもらいます」

竜二はそう言うと、先に立って廊下を歩きだした。

「やめときいや、もう！」

チカコは叫んだが、竜二は振りかえりもせずに言った。

「やる、ゆうたらやるねん」

▲

竜二は、思いっきりにこやかな顔つきでスタジオ入りした。吉永が耳もとで、

「ええか、自分は矢島くんが来るまでのつなぎにすぎん。矢島くんが来たらすぐにハケるんや。一回こっきりでケツ割りとうなかったら、言うとおりにせえよ」

「わかってます」

司会の鳥沢が、

「梅駆くんがまたまた戻ってきました。きみもよく行ったり来たりするね。もう用事はないんだけど」

用事がある、ゆうから戻ってきたんじゃ、ぼけ。

「どうしてもまだ何かしたいの？　しょうがないなあ。じゃあ、ちょっとだけだよ。いったい何をしてくれるのかな」

「そうですねえ。何をしようかなあ……」

「うどんを食べる仕草とかどうかな？」

「それはできません！」

司会者の表情がこわばった。

「で、できないの……？　じゃ、じゃあ何ができるの？」

「こんなことやったら……」

竜二は、カメラが十分自分に寄ってきているのを見さだめてから、いきなりズボンをおろし、後ろむきになって、カメラに尻を押しあてた。逃げようとするカメラを右手でつかまえ、左手で自分の尻の山を割りながらレンズにべちゃっとひっつけた。冷たい感触。吉永が、

「カメラ、切りかえろ！」

と叫んだときにはもう遅かった。昼三時四十分、茶の間に竜二の尻が放送されたのだ。

「何考えとんねん。番組むちゃくちゃにしやがって」

吉永が殴りかかってくる腕のしたをかいくぐって、竜二は下半身丸だしのまま、スタジオ内を駆けまわった。

「あいつをつかまえろ！」

数人のADが走りよってきたが、竜二はたくみにひょい、ひょいとかわして、台のうえに乗ったり、梯子《はしご》によじのぼったり、ゲストのタレントたちのまえで踊りを踊ったりと、孫悟空のように大暴れしたあげく、そのままスタジオから逃げだした。控え室に飛びこみ、自分の荷物をひっつかんで、出ていこうとすると、年嵩《としかさ》のADが入ってきた。取りおさえにきたのか、と身構えると、相手は目を輝かせながら、

「きみ、すごいわ。普通、ここまででけへん。ああ、昔の俺にきみみたいな根性があったらなあ……」

「根性でやったんとちがいます。気ぃついたら、こうなってたんです。あのディレクターが、芸人やったら裸にでもなる、とか、ケツ割るな、ケツ割るな、てしつこく言うんで、裸になってケツ割ったったんですわ」

「あっはははははは。吉永やろ。あいつ最低やからな。——俺、北川徹《とおる》ゆうて、元は噺家やったんや。久しぶりに胸がすーっとしたわ」

竜二は、打ちあわせのときに聞いた、チャンスをいかせず、辞めていった噺家の話を思いだした。

「どこの門下やったんですか」

「ははは。それは勘弁してくれ。恥ずかしいさかい……。それと……きみには感謝せな

あかんねん。じつは、あの豆腐屋なあ……」

そのとき、チカコが入ってくるなり、

「あんた、やったなあ！」

と叫んだので、北川は竜二の肩をぽんと叩くと、控え室から出ていった。

「見たで、見たで。今、局のえらいさんが集まって怖い顔で話《はなし》してるわ」

「なんか、身体が熱ーいわ。ポリの車かわしもって単車で走ってたときみたいや」

「これからどうすんの」

「どうせお払い箱や。このまま帰るわ」

「それやったらさあ……」

チカコは視線をそむけながら、

「見せびらかしたい気持ちもわかるけど、そろそろそれ、しまったら？」

竜二は赤面した。

4

生放送だけに、帰る途中の電車のなかで、竜二は何度も、

「あれ、お尻出したアホな子ちゃうん？　昼間から汚らしいもん見せんとってほしいわ」

「おやつ食べてるときやったから、お茶噴いてしもたがな」

という大声のささやきを耳にした。

家まで帰りつくと、すでに弟子の誰かからのご注進があったらしく、カレンダーを見つめていた梅寿は梅干しを百個ほど食べたような渋面を竜二に向けた。

「おまえ、ケツ見せたんか」

「はい」

「肛門は？」

「さあ……わかりません」

「どアホっ！　死ね、アホんだら！　おどれみたいな弟子はもういらん。顔も見たあない。どこなと勝手に行きくされ」

梅寿は、竜二の頭を、近くにあった電話帳の角でガキーン！　とどついた。

「新聞やらテレビやらから、ケツ出したアホな弟子についてどう思うかゆう電話あったさかい、あの弟子はもう死にました茶臼山《ちゃうすやま》に埋めましたオホーツクの流氷に乗せて流しました、ゆうて切ったったわ。もう、わしは絶対電話に出んからなあ」

最初、竜二は梅寿がなにを怒っているのかよくわからなかった。たしかに騒動を起こしたことは認めるが、梅寿はああいう大騒ぎは好きなほうではなかったか。ようやった、とほめてもらいたいぐらいだ。

「これで来週の、わしの出番なくなってしもた。あのギャラ、あてにしとったのにパーやがな。全部おのれのせいや。どないしてくれるんじゃ」

「そんなん言われても……。師匠が出はっても、ぜったい怒りはると思います。ディレクターとか司会者とか、みんなむちゃくちゃですから」

「ボケ、カス、ひょっとこ、まだわからんのか。堪忍のなる堪忍は誰もする、ならぬ堪忍するが堪忍。これ以上我慢でけん、ゆうところをぐっと我慢する。芸人ゆうのは辛抱が肝心なんじゃ。おのれみたいにすぐにケツ割るようなやつはなあ……」

電話が鳴った。ケツ出し芸人の取材だろうか。竜二が出ると、いま一番聞きたくない声が聞こえてきた。

「浪花テレビの吉永です。その声は梅駆やな。じ、自分はもう二度と使わんからな」

「そうですか」

「きみ、とんでもないことをしでかした、視聴者に迷惑かけた、ゆう自覚がないんとちがうか。だいたい謝罪もせずに帰るなんてどういうつもりや」

「そっちが謝ったら、俺も謝ります」

「な、なんやと……！」

「師匠にご用でしょう。かわります」

「ちょ、ちょっと待て、自分……」

「師匠、浪花テレビの吉永ディレクターからお電話です」

むっつりした顔で梅寿は受話器を受けとると、

「へ、梅寿でおます。へ……へ、わかっとります。弟子の不祥事はわての責任でおます。申しわけおまへん、よう言いきかせときますよって……。訴訟？　それはご勘弁……しばらく謹慎させますさかい……それではあかんのですか。へ……へ……すんまへん……そうでっか……わかりました。ほな、今からそちらへうかがいます。へ……へ……」

梅寿はへこへこしながらしゃべっていたが、電話が終わると、受話器を壁に叩きつけた。壁土が、ドカッと床に落ちた。梅寿は、竜二の鶏冠をむんずと摑《つか》むと、畳のうえに引きずりたおした。

「痛い痛い、し、師匠、痛い」

「今から浪花テレビ、行くぞ」

「何でですか」

「謝りにじゃ」

「そんなん行かんでもよろしやん」

「じゃかあし！　われのドタマかち割ってでも連れていくさかい覚悟せえ」

竜二は震えあがった。

▲

四十分後、ふたりは浪花テレビの事務所の一角にある接客スペースにいた。梅寿は、権藤プロデューサーと吉永ディレクターをまえにして、頭を下げている。謝ることが何よりもきらいな梅寿の性格は、竜二もよーく知っている。さすがの竜二も、申しわけない気持ちになってきた。ただし、それは師匠にであって、番組に対してではない。

「こら、おどれも謝らんかい」

「すんません」

「そんな謝りかたあるかあっ」

梅寿のパンチが竜二の右頰に炸裂《さくれつ》した。

「すいませんでした」

「誠意が伝わらんのじゃっ」

つぎは左頰、そしてまた右。竜二の顔面はぼこぼこになり、鼻血は垂れ、あちらこちらに青あざができた。これでとどめとばかりに、大きなガラスの灰皿で竜二をどつこうとする梅寿を、権藤があわてて制し、

「わ、わかりました、師匠。視聴者の皆さんに対して良い番組を提供する義務がある

我々としては、まだまだ許せない気持ちですが、師匠の謝罪の心は十分に伝わりました。先ほど重役と、損害賠償請求も検討しましたが、それは取りさげましょう」

「ありがたいこっておます。こら、おどれもお礼言わんかい」

「ありがとう……ございます」

「これで手打ちちゅうことですわな。来週のわてのゲスト出演はお流れになりまへんな」

「そ、それは……そうですね」

「うはははは。それが一番気になってましてん。ああよかったわ。ホッとしました。そのことでひとつ、お願いがおまんのやが」

「何でしょう」

「わてのギャラ、振りこみやのうて、はじまるまえに現金でもらえまっか。実は手元不如意でえろう困ってまんねん」

「わかりました。当日、印鑑をお持ちいただけますか」

「了解しました。ほな、わしらはこのへんで……」

梅寿が腰を浮かしかけたとき、やってきたのはＡＤの北川だった。

「なんや、きみを呼んだ覚えはないで」

吉永がそう言ったのと、梅寿が、

「おお、梅尊《ばいそん》やないか」

と言ったのが同時だった。

(兄弟子やったんか……)

竜二はまじまじと北川の顔を見つめた。

「師匠、ごぶさたしております。今日は、家内とこども来ておりまして……」

北川の後ろに立っていた、地味な服装をした三十代半ばぐらいの女性が進みでて、深々と頭を下げた。五歳ぐらいの男の子を連れている。

「師匠、お久しぶりです。ごぶさたばかりで申しわけありません」

「おお、紀美子はんか、よう来てくれた。豆太郎ちゃんも大きいなったなあ」

梅寿は相好《そうごう》を崩して男の子の頭を撫《な》でている。意外とこども好きで、自分の孫も猫かわいがりするが、小学生ぐらいの悪ガキには容赦しない。以前、すれ違いざま、「変な顔」と言った近所のガキをフルチンにして、電信柱に縛りつけ、警察沙汰《ざた》になったことがある。

「梅駆さん、北川の妻の紀美子と申します。今日は梅駆さんにどうしてもおききしたいことがあったので参りました」

紀美子と呼ばれた女性は竜二にそう言った。

「え？　俺？」

「梅駆さんがお会いになったお豆腐屋さんのことなんです。場所は、主人がロケに行ったADさんに確認して、もうわかっているんですが……お店の店主さんはどんな様子でしたか」

「ああ、あの頑固ジジイですか。頭から熱い豆腐をぶっかけられました。噺家はウジ虫や、てゆうてましたわ。ほんま、最低のクソジジイです。それが何か」

「私の……父なんです」

竜二の脳内を「口は災いのもと」という言葉が高速回転したが、もう遅かった。紀美子は笑いながら、

「たしかに頑固なクソジジイなんです。元気そうでしたか」

「はい……めちゃめちゃ元気そうでしたけど……これは俺の感じなんですが、なんかちょっとさびしそうでした」

「そうですか……」

紀美子は肩を落とした。竜二は、豆太郎という、目のくりくりした男の子と遊びながら、徹と紀美子の話を聞いていた。

今はテレビ番組の制作会社に勤めている北川徹は、もともと梅寿の弟子だった。十年まえ、ある番組のレポーター役に抜擢《ばってき》され、一回目の訪問先が、豆腐料理店「やまわき」だった。店主は取材依頼を快諾し、徹は満を持して店に乗りこんだ。はじめのうち、

取材はうまくいっていた。店主も、味についてはかなり頑固だが、嫌みなところはなく、撮影には熱心に協力してくれたし、店主の娘だという若い女性もあれこれ手伝ってくれた。徹は、壁に貼られた「手作り豆腐教室生徒募集」のポスターを見ながら言った。

「素人さんに豆腐の作り方を教えておられるんですね」

「はい、最近の豆腐は水っぽくてまずいですが、うちは昔ながらの作り方を守っておりますので、そういったおいしい豆腐はどうやって作るのかを、主婦のみなさんにも知っていただこうと思いましてね」

「我々噺家もそうですが、伝統を受けつぐというのは大事なことですね。では、いよいよ『やまわき』さんのお豆腐をちょうだいしたいと思います。うわあ、おいしそうですねえ」

徹は、店主の娘が運んできた豆腐をうまいうまい、こんなおいしい豆腐を食べたのは生まれてはじめてだ、大豆の味が濃いですよねえ……とベタ褒めしながら食べすすめた。

「ぼくが普段食べている豆腐とはまーったく味がちがいます。さすがこだわりの職人さんですね」

「あんたは若いのに味がわかってはるわ。そういうひとに食べてもらえるのは、豆腐屋冥利《みょうり》につきます」

店主はかすかに涙ぐんでいた。

「何年このお仕事をやっておられるんですか」

「四十年です」

「いやあ、それはすごい。味に四十年の重みがありましたよ。ぼくなんかまだ、入門してから二年半ですから」

「芸も味も、短期間では身につかん。あんたもケツ割らんように、じっくりと……お、おい、これ、どこにあった豆腐や！」

突然、店主が娘に向かって叫んだ。

「そこの流しの横にあったやつですけど」

「あ、あ、アホおっ！　あれは、生徒のおばはんが作ったできそこないやないか。あんなもん、ひとさまに食べさせるやなんて……」

そこでふと店主は徹に向きなおると、

「あ、あんた、あの豆腐、まったく味がちがうとかこんなおいしい豆腐食べたのは生まれてはじめてや言うてたな。出ていけ。出ていってくれ」

「そんな……すんません」

「結局、落語家なんか、口の先でうまいこと言うとるだけや。味なんかどうでもええんやな」

「そうやないんです、これは番組で……」

「もうえ……もうええわ！」

店主は烈火のごとく怒ると、周囲にあった豆腐やおからや厚揚げや大きな杓文字や大豆や醬油さしや皿や小鉢などを徹に向かって投げつけはじめた。店主の娘が徹とスタッフを店の外に連れだし、

「うちの父、こうなったら手がつけられないんです。どうか今日はもうお引きとりください」

その背後からは、ものの割れるガチャン、ガチャンという音が聞こえていた。

▲

「そのときはそれですんだのですが、私がまちがえて徹さんに出した豆腐を作った、豆腐教室の生徒のかたが……」

店主の娘……北川紀美子は言った。

「私が作った豆腐を、テレビのグルメレポーターがおいしいおいしいと言って食べた、とご近所で言いふらしたんです。そしたら、それを聞きつけたある雑誌が、父の店のことを『素人に作らせた豆腐を客に出す豆腐料理専門店』といって記事にして……」

客足はばったりと途絶え、店は開店休業状態になった。徹は責任を感じて、そのあと何度も紀美子のところに足を運び、それが縁でふたりはつきあうようになっていたが、

そのことも店主は気に入らないようだった。ことあるごとに、あんな味のわからんウジ虫に……と徹をクソミソにくさした。落語家に娘を奪われた……そう思ったのだろう。店主は酒びたりになり、店のなかは荒れはてていった。

ある日、娘に一言も告げずに店主は失踪《しっそう》した。以来、まったく音信不通になった。必死になって探し、警察に捜索願も出したが、どこでどうしているものやら、生きているのか死んでいるのかすらわからぬ日々が続いた。母親は早くに死んでいたので、身よりがなくなったに等しい紀美子の親代わりとなったのは、徹の師匠であった梅寿夫妻だった。

あるとき、梅寿は徹を呼びつけて、

「おまえ、今日かぎり噺家を辞め。見こみない」

「そんな……ぼく、落語が好きなんです。何でもしますから噺家続けさせてください」

「あかん。おまえはカタギになれ。ほんで、紀美子はんと結婚せえ。おまえが噺家としてうだつがあがるのを待っとったら、ババアになってまうで」

こうして、徹と紀美子は梅寿夫妻の仲人で結婚し、徹は番組制作会社に就職した。こどももできた。幸せな日々ではあったが、紀美子の父親の消息は杳《よう》として知れなかった。

そして……。

「今日、梅駆さんのレポートを聞いていて、父の店だとわかったんです。今から、三人で行ってきます。梅駆さん、ありがとうございました」

紀美子は頭をさげた。

「そうしたれ。孫の顔見せたら、頑固ジジイの気持ちも溶けるやろ」

梅寿がそう言いかけたとき、

「もろたーっ！」

今まで聴きいっていた吉永が、テーブルをドン！　と叩いた。

「これ、『三時でおますけど』で取りあげさせてもらう。番組がきっかけで、頑固な豆腐作りの職人が十年ぶりに、孫を連れた娘と再会。人情話の一席や。これはいけるやんっ、いけるやんっ。尻出しの一件で下がったイメージも回復できるで。――北川、もちろんかまへんな」

有無を言わせぬ口調でそう言うと、彼は北川の背中をどやした。

「は、はあ……」

紀美子は何か言いたそうだったが、制作会社のＡＤが局のディレクターに逆らえないことはよくわかっているとみえ、吉永に向かって、

「父は頑固もので偏屈なので、また今日みたいに取材拒否をしてご迷惑をかけるかもしれませんが……」

「ええんやええんや、こういう場合はかえって映像《え》がないほうが感動になる。とにかく

来週の目玉にしよ」

吉永が独りぎめして盛りあがるほど、周囲は冷めていった。

5

竜二の「ケツ出し事件」のことは、一部のスポーツ新聞に取りあげられた程度だった。「犯人」が知名度に欠けることが扱いの小さい原因と思われたが、竜二は胸をなでおろした。

そして、いよいよ「三時でおますけど」の収録の日、梅寿は竜二を伴って家を出た。すでに朝からかなり飲んでいる梅寿はご機嫌だったが、竜二はいらついていた。弟子がしくじったのだから、いつもの梅寿なら、そんな腐れ番組に誰が出るかい！　と啖呵《たんか》を切ってもいいところだ。竜二にむりやり謝罪させ、プロデューサーやディレクターの足をなめるような真似をして、出演取り消しを回避した梅寿に、竜二は失望していた。そこまでして金が欲しいのだろうか。

事前のミーティングの際、番組スタッフは誰も、梅寿と打ちあわせをしようとしなかった。ほかのゲストとは、だんどりを綿密に話しあっているというのにだ。それだけで

も相当梅寿は不快なはずだが、まるで気にしている風がない。ただ、最後に一言、

「今日のギャラ、わてだけ現金でお願いしてましたんやが、どないなってます」

「はい、こちらに」

ＡＤのひとりが差しだした封筒をその場であけ、中身をたしかめると、

「おおけに、ありがたくいただいときます」

そう言うと、ふところにしまいこんだのを見て、吉永が言った。

「師匠、えらくお酒臭いですな。お金を先払いさせたうえに、酔っぱらって仕事するなんて、いいご身分ですね。さすが落語家さんは豪快だ」

「酔うとっても、仕事はきっちりさせてもらいます」

「昼間の番組ですから、出演者が酔っていたら観るひとが不愉快になりますからね。そのあたり、わかっておられないようで……お弟子さんがお弟子さんなら師匠も師匠、ということですね」

「ははは、そういうことだんなあ」

露骨な当てこすりにも、梅寿はまるで動じないのだ。

打ちあわせが終わったあと、吉永が竜二を見とがめて、

「おい、自分、ここで何をしとるんや」

「師匠の付き人です」

「本来、自分は生涯、この局に足を踏みいれることはできないはずや。少なくとも、私の番組にはかかわってもらいたくない。出ていけ」

「こないだちゃんと謝りました」

「あのときは、訴訟はしない、と言っただけや。許すとは言うてない」

梅寿があいだに入り、

「今日は帰れ。――かまへん、わしひとりでちゃんとでける。これな……」

梅寿は今もらったばかりのギャラを、すでに切手の貼られた封筒に移しかえると、べろっとなめて封をし、

「ポストにほりこんどけ」

竜二はぺこりと頭を下げると、局を出た。言われたとおり、封筒を道ばたのポストに入れたあと、足は自然と「豆腐料理　やまわき」に向かっていた。現場についたとき、店のまえにはロケ隊が集合していた。北川夫婦と豆太郎もいる。ロケ担当ディレクターの剛田が、

(何しにきやがったんや)

という目で竜二をにらむ。北川は、竜二を中継車に連れていき、中に入れた。彼は、会社の同僚らしい中継スタッフに竜二のことを手短に紹介すると、

「ここにおってくれ。モニターで様子は全部わかるから」

やがて本番がはじまった。案の定、梅寿はほとんど話を振られないばかりか、カメラにも映らない。まるで、そこにいないかのように扱われている。竜二はむかむかしたが、当人が涼しい顔なのだからどうしようもない。

そしてついに「感動の親子再会」のコーナーになった。モニターに「豆腐料理　やまわき」の入り口が映っている。すでに、北川たちはなかに入っているようだ。音声だけが聞こえてくる。紀美子の声だ。

「お父さん、急におらんようなったから、私、どんなに心配したか……」

「…………」

「居場所ぐらい教えてくれたらええのに」

「…………」

「でも、またこないして店出してんねえ。あの布袋さんの掛け軸、懐かしいわ」

「…………」

「お義父《とう》さん、ごぶさたしております」

「…………」

「これが、お義父さんの孫の、豆太郎です。豆腐にちなんで、そう名づけました」

「けったいな名前やのう」

「お祖父《じい》ちゃん！　けったいな名前やないで。ぼくの名前、ええ名前やで。なんでか言

うたろか。大豆て、ものごっつう栄養あんねんで。豆腐もおからも醤油も味噌も納豆も
……みんな大豆から作るねんで。お父ちゃんが教えてくれたんや」
「…………」
「ぼく、豆腐大好きや。いっつもお父ちゃんがもろてきてくれるねん。うちのお父ちゃ
ん、テレビのお仕事しててな……」
「あ、あの、お義父さん、番組のスポンサーがヤッコ食品なんです。その関係でよく
……」
「へー、お祖父ちゃん、これがお祖父ちゃんの作った豆腐か。え、さいこうきゅうグル
メどうふゆうの？　ぼく、食べてみたい」
「…………」
「あ、ありがとうございます、お義父さん。――どないしたんや、豆太郎。お祖父ちゃ
んの作ってくれはった豆腐、おいしいやろ？」
「うーん……あんまりおいしない。これやったらいつもの豆腐よりまずいわ」
「な、何言うねん。お義父さんすいません。こいつ、こどもやさかい、まだ味がわかっ
てなくて……」
「待て。――豆太郎、ほんなら、こっちの豆腐、食べてみ。これは、わしがいつも店で
出してる、普通の豆腐や」

「あ、これ……めちゃめちゃおいしいっ。うわあ、ぼく、こんなおいしい豆腐食べたんはじめてや！　ヤッコ食品の豆腐なんかよりずっとずっとおいしいわ！」

音声が途切れた。映像はスタジオに戻り、真っ青な顔の司会者が、今のコーナーはなかったかのようにまったく別の話題をゲストに振っている。中継スタッフが泣きそうな顔で竜二に、

「これ、えらいことになるんちゃうか。スポンサーの豆腐がまずい、て言いきりよったで」

ふと竜二は思った。もしかしたら、あのジジイ……。竜二は中継車を出ると、店まで駆けもどった。扉をあけると、なかでは老店主と娘夫婦が硬い表情のまま無言で座っていた。豆太郎だけが、にこにこ顔で冷や奴をスプーンでしゃくって食べている。

「お、あんた、こないだの……」

老人の顔が、心なしかホッとしたように見えた。

「ひとつだけききたいんです。もしかしたら、最高級グルメ豆腐というのは……」

「そういうこっちゃ。あれは、たしかに最高級の材料を使とるけど、作り方がむちゃくちゃなんや。つまり……十年まえにこの男が食べてうまい言いよった、近所のおばはんのやりかた通りにこさえたもんや」

「ということは……まずいんですね」

「もちろん。ええ材料を使て、いかにまずう作るかがわしの腕の見せどころや」

「なんでそんなアホなことを……」

「あんなまずい豆腐をこの『グルメレポーター』がベタ褒めしたん見てな、いったい誰のために何のために豆腐作っとったんやろ、わしの修業て何の意味があったんやろ、て自暴自棄《じぼうじき》ゆうんか、何もやる気のうなって……」

「失踪したんですね」

「日雇いとか、いろんな仕事を転々としたけど、やっぱり豆腐が作りとうなってなあ、二年まえにここに店出したんや。安うてうまい豆腐を普通の客に食うてもらいたい。『グルメ』には食うていらん。せやから、ああいうメニューも置いてみた。たぶん、あれを食うて『まずい！』て言うてくれる客を待っとったんやろな。——けど、この二年間、ひとりもおらんかった。あんたもこのまえ、おいしい言うたな」

「す、すんません！」

「謝らんでもええ。わし、この子がうまそうに豆腐食うの見てて、ちょっと気ぃ変わった。世の中のグルメたらゆう連中は皆殺しじゃ、てずっと思とったけど、いつのまにか自分を客よりうえに置いとったんやな。増長しとったんかもしれん」

「でも、お義父さん……」

北川徹が身を乗りだした。

「お義父さんの気持ち、今になってようわかります。テレビでも、まずいもんはまずい、て言えるような番組、作っていかなあかんと思います」

「あのなあ、お祖父ちゃん、なんぼおいしいもんでもおなかいっぱいのときは食べとうないし、まずうてもおなかぺこぺこやったらごっつうおいしい思えることあるで。——おかわりちょうだい」

豆太郎が皿を差しだした。その様子を見ながら、竜二は店から出ていこうとした。孫のために冷《ひ》や奴《やっこ》を盛りつけながら、老人が竜二に向かって頭を下げた。

ロケバスのまえで、剛田がインカムに向かって怒鳴っている。

「番組終了やと？　そんなアホな……スポンサーが降りた？　こどもが豆腐がまずいて言うたからか？　な、なんやて？　梅寿が……ケツを出した？」

竜二は、笑いをかみ殺しながら、そっとロケバスのよこを通りすぎた。

▲

翌日、梅寿が不在のときに、北川紀美子から電話があった。

「あ、梅駆さんですか。梅寿師匠からお祝いを送っていただきましたので、お礼をと思いまして……」

「お祝い、ですか」

「豆太郎が生まれたときに、わしはなんもでけへんけど、男の子やさかい、七五三のときの紋つき、袴《はかま》、それに羽織代は必ずわしが出す、言うてはったの、ちゃんと覚えてくれてたんです。こんなたくさんいただいて……」

電話を切ったあと、自分がポストにほうりこんだ封筒のことを思いだし、竜二は思わず舌打ちをした。

(かっこええことするやないか、師匠……)

そのとき玄関があいて、不機嫌きわまりない顔つきの梅寿がぬっと顔を出した。

「竜二、これはなんじゃあっ！」

梅寿は、持っていたスポーツ新聞を竜二に叩きつけた。

「こないだのおまえの記事より、わしの記事のほうが扱い小さいやないか。どういうこっちゃ！」

彼の頰を平手でパーン！　としばいておいて、どすどすと家にあがった梅寿のあとを追いながら、竜二は、しらんがな、そんなん……とつぶやいた。

道具屋

どうぐや

東西にあるポピュラーな噺《はなし》です。

いまでも祭りや縁日には、出店、屋台店が付きもの。定期的に蚤《のみ》の市、骨董《こっとう》市を開いているところもあります。若者には、フリーマーケットのほうが馴染みがあり、ピンとくるかもしれません。

高座の善《よ》し悪《あ》しを見定める炯眼《けいがん》の持ち主を「見巧者《みごうしゃ》」といいます。これには試験もなければ、資格も要りません。足しげく寄席に通い、ただひたすら鑑定する力を鍛えてもらうしかないのです。

同じく、絵画や書、陶磁器や骨董などの真贋《しんがん》、価値を見定める目利きは「美術鑑定士」と呼ばれます。専門の学校はなく、ベテランの鑑定士に弟子入りし、審美眼を養う修業を積みます。資格のない分、経験と信頼がものをいうそうです。

ロレックス、カルティエ、ヴィトン、シャネル……高級ブランドの偽物が出回っている昨今。タレントのそっくりさんは職業として成り立っているのに、偽ブランドは法に触れてしまう。だから彼らは、そっと耳打ちしてくれます。

「これ、ホンマもんそっくり」と。

（月亭八天）

1

「それでは、このへんで『笑酔亭梅駆《しょうすいていばいく》のあーだこーだそーだ』のコーナーにまいりたいと思います。それでは梅駆くん、どうぞ」

日替わりクイズのコーナーを終えたパーソナリティーの釜村文男《かまむらふみお》が、ガラス越しにディレクターをちらと見てそう言うと、竜二に向かってうなずいた。

チャンチャーカ・チャンチャンチャンチャン、チャンチャーカ・チャンチャンチャンチャン、スッチャカスチャラチャ、チャカランチャンチャン……。

毎度おなじみのテーマソングが流れだした。胃が痛くなる瞬間だ。竜二は、マイクにかぶりつくような勢いでしゃべりはじめた。

「はいはいはい、今日もはじまりました『笑酔亭梅駆のあーだこーだそーだ』、月曜から金曜まで、だいたい三時頃からお送りしております。私が、上方落語界の尻出し男、笑酔亭梅駆です。街で拾ったおもろい話を皆さんにお届けしようというこのコーナー、八分間の長丁場をフルスロットルで駆けぬけます。どうぞ最後までよろしくお願いいたします！」

釜村とアシスタントの園城のり子は小声でつぎのコーナーの打ちあわせをしている。竜二に与えられた時間はたった八分。この短い時間に、いかにして自分を売りこみ、リスナーにアピールするか……それが今の竜二に与えられた課題だった。

「芸人は、街で顔さす、ゆうのが売れてるかどうかの判断基準になりますな。たとえば、こないだ桂豚三郎《ぶたさぶろう》師匠を道頓堀《どうとんぼり》のかに道楽のまえで見かけたんですが、あっ、テレビで見た顔や、ゆうて大勢の女子高生やらおばちゃんやらが携帯で写真をパチパチ撮りまくってました。ああいう目にいっぺんおうてみたい……そう思てたら、きのう、風呂屋の脱衣所で服を脱いでたら、こどもが、あっ、テレビで見た尻や……。顔よりも先にお尻のほうが有名になるやなんて情けない話です。そうそう、こんなことがありました……」

間をあけずに、ノンストップでしゃべりまくる。持ち時間が短いこともあるが、間があくと不安なのだ。ラジオのリスナーというのは、目に見えない。テレビのバラエティ番組なら、スタジオに観客を入れる場合もあるし、そうでなくても大勢のスタッフがいる。彼らの反応を見ていれば、自分が受けているかどうかわかるのだが、ラジオの場合は、スタッフは二、三名だし、釜村たちも竜二のしゃべりはまるで聴いていないようだ。

マイクの向こうには大勢のリスナーがいる、とわかっていても、どうにも頼りない。だから、自分で目一杯テンションをあげて、とにかくしゃべってしゃべってしゃべりたおすのだ。

「ではこのへんでおハガキ行きましょう。えーと、八尾《やお》市の『ちょいと出ました三角野郎』さんからいただきました。ありがとうございます。いつも楽しく聴かせていただいております。——三角野郎さん、ありがとうねー。梅駆さんがきのうの放送で言っていた、天六《てんろく》にある、店員がみんな、プレスリーのコスプレをした銀行のことですが、私はプレスリー命なので、さっそく行ってみたけど見つかりませんでした。本当にあるんですか？　あはははは、あるわけないでしょう。銀行はマネーゲームをするでしょう。マネーゲーム……真似ゲーム……。以上！　つぎのおハガキは……八尾市の『梅駆さん大好きっ子』さんからです。えー、私は十六歳の女子高生ですが、『おおきにはばかりさん、釜村文男です』を毎日聴いています。なかでも、梅駆さんのコーナーが大好きです。——大好きっ子さん、ありがとうねー。うちの両親は倦怠期《けんたいき》で、しょっちゅう喧嘩《けんか》をしています。見ているのがあまりにつらくて、友だちに相談すると、そういうときは鶏《とり》の唐揚げを食べさせたらいい、と教えられ、やってみるとすっかり仲直りしました。倦怠期がつらいときはチキンがいいですね。倦怠期つらいどチキン……なんちゃって。あはははは」

竜二のコーナーがはじまって、もう二週間以上になるが、実は、リスナーからのハガキなど一通も来ていない。いや……放送できるハガキが、というべきか。

「おもろない」

「やめてまえ」

「公共電波の無駄」

といった苦情のハガキなら山ほど来ているらしい。だから、読みあげる内容は、全部、竜二の創作である。

「何言うてるかわからん。もっとゆっくりしゃべれ」

カンペを見た瞬間、頭がカーッとなって、よけいにしどろもどろになり、なんとか立てなおそうとしているうちにあっというまに八分がたつ。

「もっともっとしゃべっていたいんですが、今日はここまで。合図が出たので、十五分に、二十分に……そのうち番組を乗っとることができるようにがんばりますので、皆さんの応援よろしくおねがいしまーす。それではバイバイバイク、笑酔亭梅駆のコーナーでしたあっ！」

終わるとぐったりする。

「はーい、梅駆くん、あいかわらずの元気なノリでした。では、このへんでＣＭ行きましょう」

エンジニアがテープを回し、「墓地は墓地屋」という「山中霊園」のコマーシャルが流れだした。

「――どうでしたか」

竜二が、勢いこんで今日の出来を釜村にきくと、

「うーん……どう、と言われてもなあ……。悪くはないんやけど、なんちゅうかその……きみのあとはやりにくいねん」

「どういうことです」

「口では説明しにくいなあ。まあ……もうちょっとがんばって」

「わかりました」

これで竜二の役目は終わりだが、一応、放送終了まで席に残り、エンディングテーマを聴いてからブースの外に出る。

「あのなあ、梅駆くん……」

さっそくディレクターの本条大二郎がやってきた。

「すんません、ネタ、おもろなかったですか」

毎日のことなので、反射的に謝ってしまう。

「ネタはどうでもええ。それより、なんぼでたらめ言うてええ、ゆうたかて、来るハガキ来るハガキ、八尾市はおかしいやろ。ちょっとは変えてくれ。それに、なんで平日の

昼間のラジオを、女子高生が毎日聴いとんねん」

「あ……」

「あ、やあらへんで。気ぃつけてや。それからな……」

放送終了後、本条に十五分はダメだしを食らうのが日課のようになっている。

「本ちゃん、お茶でも行こか」

釜村が声をかけるのをきっかけに、

「ほな、明日も頼むで」

「——あの、さっき釜村さんに言われたんですけど……俺のあとってやりにくいんでしょうか」

「うーん……かもな」

「どうしたらええんでしょう」

「わしにもわからん。自分で考え。とにかく、もっとがんばり」

「はいっ」

竜二は頭を下げた。

▲

「ラジオかみがた」のディレクター、本条大二郎から梅寿《ばいじゅ》宅に電話があったのは、一カ月ほどまえだ。竜二に、昼の看板番組の「おおきにはばかりさん、釜村文男です」のなかの一コーナーを担当しないか、というのだ。浪花テレビでの尻出し放送を見て、

「おもろいやつがおる」

ということになったらしい。そんな常識のないやつを使ってだいじょうぶか、という声もあったようだが、

「イキのええ若手を起用していかな、番組が年寄り臭くなってしまう。それに、ラジオでは尻も出せんやろ」

と本条が周囲を説得したのだ。

「どや、短い時間やけど、このコーナーで人気出たタレントはいっぱいおるで」

彼は、十人ほどの前任者の名前を挙げた。いずれも、今では東西のマスコミで大活躍しているタレントばかりだ。桂しまい、林家めんたい子など、噺家《はなしか》も数人含まれている。やってみたい、という気持ちの反面、浪花テレビでの一件で竜二は大いにへこんだ。マスコミに対する恐怖心が植えつけられた。その傷がまだ回復していないのに、ラジオの帯番組など自分にできるだろうか……。

梅寿に相談すると、

「そら、やったほうがええ。若いうちはなにごとも経験や。それに、ラジオはしゃべりの稽古《けいこ》にもなる。稽古して金もらえるやなんて、こんなぼろいことあらへんで」

いつになく賛成する。竜二はその仕事を受けることにした。

「たかがラジオや。気楽にやったらええねん」

そうはいかない。やる以上はがんばらねば。竜二は、この仕事に賭《か》けてみようと決意した。ラジオから火をつけて、また、テレビに復活したる……。

だが、ことは竜二の思いどおりには運ばなかった。彼のコーナーの人気ははかばかしくなく、リスナーからの（苦情以外の）ハガキはほとんどなかった。何が悪いのか。いろいろなひとに相談してみたが、

「どこがどうあかん、とは言われへん」

という応えが返ってくるばかりだった。自分の放送を何度もテープで聴きなおしてみるのだが、こうすればよい、という解決策は見つからなかった。

だが……。

竜二は充実していた。毎日、早朝から梅寿の世話をしたあと、昼過ぎにはラジオ局入りし、その日にしゃべるべきネタをチェックする。放送が終わるとすぐに、つぎの日にしゃべる内容をあれこれ考え、ノートに書きだす。どういうマクラを振って、どう本ネタにつなげ、どうオチに持っていくか……。それを、翌日、すぐに試すことができる。放送時間は八分とひじょうに短いが、その八分が今の竜二にとっては高座以上に大事な「仕事の場」だった。

▲

快い疲労とともに、帰宅する。長屋の玄関で、ぴたりと足がとまった。なんとなく、梅寿の機嫌が悪いような気がしたのだ。長い内弟子生活で、竜二にはそういう「気配」がわかるようになっていた。おそるおそる扉に手をかけたとき、竜二はぎょっとした。なかから妙な叫び声が聞こえてきたのだ。

「アパラチラレレロリルラニャアオウ……」

竜二は、梅寿の頭がおかしくなったのかと思い、あわてて飛びこむと、

「こらあ、竜二！」

梅寿が、あがりがまちであぐらを組んで怒鳴っている。

「な、なんです？」

「これ、どないなっとんじゃ」

見ると、梅寿が股間《こかん》に挟んだラジカセのボタンをあれこれいじっている。異常な声がしたのは、どうやら再生と早送りを同時に押したせいらしい。ボリュームも最大になっている。しかも、カセットのなかからテープを引きずりだしたらしく、あたりに茶色い磁気テープが蛇のようにとぐろを巻いている。

「わけわからん！　しょうもない機械こしらえよって、こんなもん使われへん」

そう言うと、ラジカセからテープをむりやり取りだそうとした。

「師匠、そんなことしたらカセットが……」

竜二が梅寿の手を押さえようとしたときにはすでに手遅れだった。テープがからまっているのを、力ずくで引っぱりだしたので、カセットがメキッと音を立てて半分に割れた。

「何してはるんですか！」

「久しぶりに、やしきたかじんでも聴こ、と思たんや。最近のテープレコーダーはすぐに潰《つぶ》れよる。やわに作って、買いかえさせようちゅう、ど腐れメーカーの陰謀じゃ」

梅寿は、普段、演歌を含めて音楽など聴くことはないが、やしきたかじんだけは好きだった。人まえで歌うことはないが、ときどき、一杯機嫌のときに、小声でたかじんの曲を歌っている、というか、唸《うな》っているのを竜二は何度か耳にしたことがある。

「わしのラジカセ、ちゃんと直しとけよ」

俺のラジカセや、と言いかえしたかったが、もちろんそんなことを口にして、竜二に万に一つの得もない。

「ところで、おまえ、近頃、稽古に行ってないらしいな」

梅寿は、獅子頭《ししがしら》のような形相で竜二をにらみつけた。

「梅春《うめはる》が電話してきよった。『道具屋』の稽古つけてるのに、全然来《け》えへん、ゆうてな」

　そのとおりだった。ラジオのネタを考えるのに忙しく、また、その日の放送を終えたら「一仕事やり遂げた」という充実感と心地よい疲労にひたってしまうため、「道具屋」の稽古は、二日間行っただけであとはほったらかしになっていて……。

「で、でも、ネタは梅春姉さんに教えてもらって、しっかり覚えました。そのあとは、自分なりにちゃんと稽古してます」

　もちろん嘘である。

「なんか俺、ずっとみてもらうより、最初にざっとつけてもらったら、あとはひとりでいろいろ工夫するほうが性におうてるみたいです。せやから……」

「ふーむ……」

　梅寿の目が、三分の一ほどに細くなった。

「そない言うねやったら、ここで演《や》ってみい」

「え……？」

「今からやれ、ゆうとんじゃ」

「あ、俺、用事を思いだして……」

「どアホっ！」

　梅寿は竜二の後頭部を抱えるようにして、土間に叩きつけた。

「早よやらんかい」

「ここでですか」

「せや。しばかれたいんか」

やむなく、竜二は土間に正座すると、「道具屋」を演じはじめた。

何もせずにぶらぶら遊んでいる喜六《きろく》に、甚兵衛《じんべえ》さんが自分の商売である「夜店出しの道具屋」をやってみないかと提案する。ところが、この甚兵衛さんの売り物にろくなものがない。火事場で拾ってきたノコギリや、首の抜けるひな人形、横腹に穴のあいた花瓶、三本脚が一本欠けて二本脚の電気スタンドなどなど。くわえて、喜六には古道具の知識が皆無で、「鯉《こい》の滝のぼり」を描いた掛け軸を見て「おもろい絵やなあ。『ボラが尾で立って素麵《そうめん》食うてるとこ』でっしゃろ」と言ったりする。そんな喜六が夜店を出したのだから、客との応対もむちゃくちゃで、「この文晁《ぶんちょう》の掛け軸は偽物《ぎぶつ》でしょうな」とく客に、「正真正銘の偽物です。偽物やなかったらお金を返します」と応じたり……といったにぎやかな噺である。おもに前座がやる軽いネタで、とりたててストーリーはなく、くすぐりだけでつなげていくので、どこで切ってもよい。そのくすぐりも、古めかしいものが多く、最初に聴いたとき、

(なんや、しょうもなあ……)

と思ったのも、稽古から足が遠のいた理由のひとつだった。

(こんなくすぐりでは、今どきの客には受けへんわ。落語会の客はともかく、ラジオの

リスナーやったら、苦情のハガキがいっぱい来るで)

そんなことを考えながら、竜二がうろ覚えの「道具屋」を、それなりに一生懸命演じているると、半分ほど過ぎたあたりで、

「もうええわ。やめ」

「——え?」

「おもろないからやめてくれ、ゆうとる」

「は、はい……」

立ちあがった梅寿は、

「やっぱりや、このガキ」

とつぶやいてから、いきなり竜二の頭を拳固でどついた。

「痛いっ」

思わず竜二が叫ぶと、

「アホっ。わしの手ぇのほうが痛いわい」

むちゃくちゃな理屈を言いながら、二発、三発と殴る。竜二が横倒しになってからは、ゲンコツの雨あられだ。

「な、何するんですか、師匠」

ぼこぼこになった頭を両手で抱えてうずくまる竜二に、梅寿は言った。

「おまえ、林家猿右衛門《さるえもん》を知っとるか」

「林家……猿右衛門……」

ずきずき痛む頭で竜二は考えた。名前を聞いたことはある。上方落語界の重鎮、林家犬右衛門《いぬえもん》の弟で、たしか目が不自由だったような……でも、顔が浮かんでこない。

「わしの昔からのダチ公《こ》や。わしが電話で頼んどいたるさかい、おまえ、明日から猿右衛門のところに『道具屋』稽古に行け」

「な、なんでですか」

「あんな下手くそな『道具屋』、わし、聴いたことない。おまえみたいな弟子はわしの恥や。『道具屋』しあがるまで戻ってくるな」

「そんなむちゃな。俺、ラジオで忙しいのに稽古なんか……」

「何がラジオじゃ、ぼけえっ！」

梅寿は、竜二に馬乗りになり、後頭部を十数発どついた。

「ラジオなんかどうでもええ。『道具屋』をちゃんとせえ」

「でも……師匠……若いうちはなにごとも経験や……ラジオはしゃべりの稽古にもなるし……金もくれるて……」

「じゃかあっしゃい、どアホ！」

梅寿は、馬乗りになったまま、竜二の首を絞めあげた。

「うげっ、うげえっ……し、死ぬ……」

「死ね。おまえはいっぺん死にくされ！」

竜二のどこかにあるスイッチが、ぷちっと音をたてて切れ、頭のなかのテレビ画面が急速に暗くなっていった。

2

そんなわけで、竜二は、林家猿右衛門のところに稽古に通うことになった。猿右衛門は梅寿よりひとつ年下である。数年まえに眼病をわずらい、以来、右目は完全に失明し、左目の視力もほとんど失われているという。

竜二はこれまで、ほとんどのネタを一門の先輩である梅春につけてもらっていた。よその一門に出稽古に行くのははじめてである。午後一時ぐらいから行われるのが普通だが、竜二は午後二時にはラジオ局入りしなければならないので、無理をいって、午前中にはじめてもらうことにした。十時の約束で、竜二は九時五十五分に住吉大社の裏にある小さな家のチャイムを押した。猿右衛門の実兄である犬右衛門は夙川《しゅくがわ》に豪邸を構えているから、よほど大きな家を想像していたのだが、みすぼらしさでは梅寿の家に負け

ぬボロ家だ。門柱に、「チヤイムハ壊テイマス。大キナ声デ呼デミテクダサイ」という
メモが貼りつけてあるのに気づいたのは、五回ぐらいチャイムを押したあとだった。
「師匠。猿右衛門師匠」
指示のとおり大声を出すと、ドアが開いて顔を出したのは、猿右衛門だった。よれよ
れの浴衣《ゆかた》を着ている。その面相を一目見た竜二は、噴きだしそうになるのを必死にこら
えた。梅寿から、
「猿右衛門はな、福禄寿《ふくろくじゅ》みたいな顔しとる」
と聞いてはいたが、まさしくそのとおりだった。「ちょうずまわし」に出てくる市兵
衛のように、額からうえがやたらと長い。まさか本人が出てくるとは思っておらず、竜
二はどぎまぎしながら、
「し、笑酔亭梅駆です。よろしくお願いします」
「梅寿はんとこのお弟子さんか。よう来はりましたな。ま、入って、入って」
人当たりのいい笑顔である。ほっそりした小柄な身体でひょこひょこ歩く様子を見て
いると、とても目が不自由とは思えない。六畳ほどの和室に通された。三十代後半とお
ぼしき清楚《せいそ》な女性がお茶を持ってきた。きちんと着物を着ており、「大和撫子《やまとなでしこ》」という
言葉がぴったりである。顔だちも整っている。
「清美《きよみ》、この子の頭、どや」

猿右衛門はその女性に声をかけた。女性はとまどったような笑みを浮かべ、

「あの……すごく思いきった髪型をなさってます」

そう答えると、部屋を出ていった。

「どえらい頭したやつがおる、て若手から聞いとったんやが、思いきった髪型か。ものは言いようやな。目が見えたら、じっくり鶏冠《とさか》を拝見するとこやのに残念やわい」

「――お嬢さんですか」

ほかに雑談のタネもないので、そうきいてみると、猿右衛門は照れたように顔を手で撫《な》でまわし、

「えっへっへっへ。それがなあ、家内でんねや。お恥ずかしい」

げっ。いきなりしくじったか。そのあと、竜二は黙って、下を向くしかなかった。

「きみ、わての噺、聴いたことあるか?」

じつは、まったく聴いたことがない。竜二が返答に困っていると、

「へっへっへ。わて、あんまり落語会に出てへんさかい、そらしゃあないわ。けど、きみ、兄貴の噺は聴いたことありそうやな」

「はい、何度か」

「爆笑ジジイ」と呼ばれている林家犬右衛門の落語は、テレビやラジオでもよく流れているし、高座も何度も見た。大仰《おおぎょう》な動き、すっ頓狂《とんきょう》な大声、おおげさな表情……年齢

を感じさせぬ、パワフルきわまりない落語だ。ねちっこいしゃべりかたと細かいくすぐりの積みかさねで、客席を強引に爆笑にひきずりこむ。笑いすぎて呼吸困難になり、ほんとうに苦しんでいる客を竜二は目撃したことがある。上方落語への長年の功績が認められ、数年まえに、東西のすべての演芸人が対象となる「日本お笑い大賞」の特別賞を受賞した。関西での同賞受賞者ははじめてである。

「兄貴の芸、どない思う？」

「はい……あの……おもろいと思います」

間抜けな返答になってしまった。猿右衛門はにっこりと笑い、

「そやろな。兄貴の芸はすごいからな。言うとくけど、わては兄貴とはまるでちがうから、もしああいうのを期待してんねやったら、わるいけど持ってかえってもらわれへんで。兄貴が太陽としたら、わては、そやなあ……冥王星か。とにかく、地味ーな芸なんや」

竜二は、猿右衛門が自分を卑下しすぎることより、その口から「冥王星」という言葉が出たことに驚いた。

「猿右衛門師匠に教わりたいと思います」

「さよか、ほなけっこう」

猿右衛門は座布団のうえにちょこんと座った。相対した竜二は、部屋のなかを見渡し

た。福禄寿を描いた絵があちこちに掲げられている。古い水屋には、大小さまざまの土人形の福禄寿がずらりと並んでいる。床の間の掛け軸も、墨絵風の福禄寿の絵だった。ただ、掛け軸の下方にある置物は、なぜかせとものの天狗《てんぐ》の面で、鼻をうえにして置かれていた。

「福禄寿、お好きなんですか」

「好っきやなあ。わては、この顔やろ。みなが、福禄寿や、福禄寿やて言いよる。若いうちは、なんかしてけつかんねんてムカッ腹たてたこともあるけど、そのうち慣れてきてな。考えてみたら、福禄寿ゆうのは七福神のひとりや。それに似てるやなんて、こんな縁起のええことない。それで、福禄寿の額やら絵やら置物やらを集めだしたんや。わてには見えへんけど、なんとのう落ちつくんや。ま、しょうもないもんやけどな」

言葉とはうらはらに、自慢したくてしかたがないようだ。

「いちばん気に入ってるやつはどれですか」

「そやなあ……やっぱり兄貴からもろたやつかな。わてが目を患《わずろ》うたとき、兄貴がくれたやつや。なんというてもあれが最高や。大事に大事にしてる」

「犬右衛門師匠のことがお好きなんですね」

「兄貴とは、若いうちから一緒に苦労してきた。今のわてがあるのも、みんな兄貴のおかげなんや」

マスコミで売れに売れている犬右衛門に、さぞ嫉妬《しっと》や恨みを感じているだろうと思っていた竜二は、あてがはずれた思いだった。強がりではなく、心底「兄貴」を慕っている風なのだ。

「稽古はじめまひょか。もう、ひととおりは覚えてるねやろ。やってみなはれ。気づいたところ、ちょいちょいと直すさかい」

「いえ、師匠、一から教わりたいんです」

猿右衛門はうなずき、

「わかった。最初から四つに区切って演るさかいな……」

丁寧で、わかりやすい稽古だった。竜二には、猿右衛門がひとつひとつの言葉を大事にしているのがよくわかった。間延びすることも性急になることもなく、ゆるやかだがリズムはあるし、メリハリもはっきりしている。うまい。うまいだけではない。おもしろい。梅春に習ったものにくらべると、全体にくすぐりは少なく、いささか頼りない感じではあるが、そこは自分で工夫しろということかもしれない。ただ……これほどうまいのに彼が無名でいる理由が、竜二にはわからなかった。

「ほな、ここまで演ってみなはれ。わて、目ぇがこれやさかい、仕草までは直せんけどな」

竜二が、言われたとおりに演じると、猿右衛門は首をかしげ、

「ふーん……なるほどなあ」

「どこがいけませんか」

「説明しにくいなあ。きみは上手やわ。けどなあ……」

「けど……？」

「ま、今日はこのぐらいにしとこ。つぎは、来週の水曜日にしよか」

「ありがとうございました。それでは失礼させて……」

「まま、ちょっと待って。今、用意さすさかい」

猿右衛門が手を叩くと、さっきの女性が酒肴《しゅこう》を載せた盆を運んできた。

「師匠、おかまいなく」

「ええやないか。わても飲みたいねん。相手してえな。それとも、こんな年寄りの相手は嫌か」

「滅相もありません。でも、俺、未成年で」

「噺家に法律は適用されへん。ええ刺身があんねん。まあ、一杯いきなはれ」

「ありがとうございます。いただきます」

竜二はげんなりしていた。ラジオがあるっちゅうに！　だが、そんなことは言えない。

結局、猿右衛門の家を辞したのは、午後一時半をまわっていた。亀のように遅いチンチン電車に乗り、「恵美須町《えびすちょう》」で降りたあとは、地下鉄、ＪＲを乗りついで、なんとか放送ぎりぎりに局にたどりついた。ブースに入った途端、釜村文男が言った。

「梅駆くん、ただいま到着しました。なんや酒臭いで。顔も赤いし」

「すいません。林家猿右衛門師匠のところで飲んでましてん」

釜村の表情がこわばった。咳《せき》ばらいをひとつして、

「あははは。梅駆くんも冗談がきつい。きみは未成年でしょう」

「あ、そうでした」

「酒は飲んでいないよね」

「は、はい、もちろんです」

「じゃあ、どうして遅れたの？」

「寝坊……ですかね。うぇっぷ」

放送終了後、竜二は烈火のごとく怒ったディレクターにさんざんしぼられ、酒はすっかり抜けてしまった。

▲

翌日、寺田町の商店街に落語会の手伝いに行った竜二は、先輩たちに猿右衛門のことをたずねた。

「せやなあ。猿右衛門師匠はめったに落語会にも出はれへんからなあ」

「そうなんですか」

「どこの事務所にも属してないし、関西落語協会にも入ってはらへん。出番はほとんど、犬右衛門師匠の会やな」

犬右衛門の独演会のモタレ（トリをとる演者のひとつまえに出る役割）が、猿右衛門の仕事の大半だというのだ。

「なんで、もっといろいろ出はらへんのですか。もう歳《とし》やからかなぁ」

「いや、ずーっと昔からあんな感じや。犬右衛門師匠がらみの仕事しかしはらへん。ほかの会に出るのが怖いんかもしらんな」

「兄があれだけ売れてしもたんで、やりにくいんやろ。世のなかをすねてしもたんかもな」

きのう会ったかぎりでは、そんな印象はみじんもなかった。どちらかというと、飄々《ひょうひょう》と今の暮らしを楽しんでいる風だった。

「ようするに、おもろないねん。典型的な賢兄愚弟やな。犬右衛門師匠も、実弟やからしゃあなしに自分の会に使《つこ》てはるけど、内心はやっかいものと思てるはずや。ぼくやったら、兄の人気を頼って、あんなみじめに生きていくぐらいなら、噺家辞めるわ」

言いきって、その場を凍らせたのは、竜二の兄弟子の梅雨《ばいう》だった。

「犬右衛門師匠はほんまにすばらしいで。あの歳でレギュラー番組何本ある？　ぼくはまえから尊敬してる。来週の独演会、鳴りものしに行くねん。どうせ、モタレは猿ジイやろ。客席、シシラシーンとしてしまうで。ぼくを使てくれたら、なんぼでも爆笑とるのになあ」

「寄らば大樹の蔭」という方針に変更はないようだった。

「猿右衛門師匠は、兄さんの言うような下手くそやないです。ごっつうまいひとやと思います……たぶん」

「ほう、おまえに噺家のうまい下手がわかるんか。暴走族あがりが偉《えろ》なったもんやな。ほな、きくけど、猿ジイに才能あるんやったら、なんでもっと活躍してへんねん」

「そ、それは……」

竜二が口ごもっていると、それまで皆の会話を黙って聞いていたその場の最年長の桂ししおどしが、

「あのな、梅雨、おまえ、犬右衛門師匠の会、手伝いに行ったことないやろ」

「はあ」

「行ったら、びっくりすると思うで」

その理由を竜二もききたかったが、ちょうど開演時間になった。竜二は二番太鼓を力強く打ちはじめた。

3

翌週も、朝は梅寿の世話、昼からラジオ、という生活に変わりはなかった。竜二のコーナーは相変わらず人気がなく、同コーナーに寄せられるハガキはほとんどが苦情だった。ディレクターの本条は、日課のように竜二を叱りつけるが、「辞めてしまえ」的なことは言わず、ある種の期待を持ってくれているようである。それがまたプレッシャーとなり、竜二は毎日、スロットル全開で八分間しゃかりきになって、目に見えぬリスナーと格闘していた。だが、がんばればがんばるほど泥沼に入ったように身の自由がきかなくなっていく。ストレスで、夜中に飛びおきることもあった。こうなると、最初は、ラジオのネタづくりの邪魔になる、と疎ましく思っていた猿右衛門との稽古が、唯一の息抜きのようになってきた。水曜日、猿右衛門の家に行き、福禄寿に囲まれた部屋で「道具屋」をしゃべりはじめるとホッとした気分になれた。

「どうでしょうか」

「うーん……そこそこできとるとは思う。けど、そないに噺全部に力入れんでもええねん」

「はあ……」

「きみ、ずっと、俺を見ろ、俺の噺を聴け、耳をそらすな、こっちを向け、て思てへんか？」

「あきませんか」

「あかん。落語ゆうのは基本的には聴き手をリラックスさせる芸や。客を緊張させてどないすんねん。笑わしたろ、思たらあかんで。まずは客をなごませて、力を抜かせる。そのあとは、ちょっとしたことで客は勝手に笑いよる。自然に笑うのを待つんや。こっちから笑わせにいくもんやない」

竜二には理解できなかった。客が自然に笑うのを待つ……そんな悠長なことを言っていたら、漫才やコントに負けてしまう。先手をとって、がんがん笑わせにいく。それが現代の笑芸というものではないのか。

そう思った竜二ではあったが、猿右衛門に言うことはできなかった。それを察したのか、猿右衛門は天狗の置物の鼻をゆるゆる撫でながら、

「納得してへんようやな。ま、むりもないが……。今日はこのへんにしとこ。つぎは、来週の水曜日や」

「ありがとうございました。それでは失礼……」

「そないあわてんでもええがな。喉《のど》かわいたやろ？　ま、喉をしめしてから帰りなは

れ」

そう言うと、猿右衛門はパンパンと両手を叩きあわせた。

「いえ、今日はほんとに……」

「若いひとに稽古つけるときは、これが楽しみでなあ……えっへっへっへっ」

竜二は、猿右衛門のにこやかな表情を見ているうちに、断るタイミングを逸し、結局、またしても痛飲するはめになった。

「あ、そや、今週の土曜日な、兄貴の独演会があるねや。わてもモタレで出るんやけど、『道具屋』やるさかい、きみ、もしあいてたら、手伝いに来てくれるか」

竜二は、「犬右衛門師匠の独演会に行ったら、びっくりする」という桂ししおどしの言葉を思いだし、

「行かせていただきます」

そう言って、盃をあけた。

▲

林家犬右衛門の独演会は、さすがにたいそうな混雑ぶりだった。まだ開場時間はずっと先なのに、ホールまえには長蛇の列ができ、また、四つある楽屋はどれも大入り満員である。マスコミでも活躍している超大物噺家なので、演芸評論家、仲の良い芸能人、

贔屓《ひいき》の客などがひっきりなしに出入りし、それにくわえて、手伝いにはせ参じた各一門の若手たちの数もふつうの会よりもずっと多く、竜二は身の置き場がないほどだった。大きなホールでも満席にできる人気者の犬右衛門が、三百人ほどしか入らない、こんな小さな場所に出るなどめったにないことだけに、チケットは即日完売だったそうだ。

桂ししおどしの師匠である桂ししまいが来ている。ししまいは「あーだこーだそーだ」をきっかけに売れはじめ、今ではテレビのレギュラーを何本も持つ売れっ子タレントだが、今日は犬右衛門の会に花を添える。竜二はししまいに、ラジオでうまくしゃべるコツをききたかったが、さすがに初対面の大先輩にそれは言いかねた。

「おまえ、いたんか」

梅雨が、ゴキブリでも見つけたような口調で言った。

「猿右衛門師匠に誘われましたんで」

「今日は人手は足りてる。帰ってもええで」

「兄さんこそ、俺がやっときますから、帰ってもいいですよ」

「ふん」

梅雨は鼻を鳴らすと、楽屋のひとつに入っていった。

「もう少し、下座《げざ》のカエリ（モニタースピーカー）の音量あげてもらえまっか」

舞台から聞きなれた声が聞こえてきた。猿右衛門がマイクのチェックをしているのだ。

犬右衛門はまだ来ていないらしい。プログラムは、開口一番が林家羅山《らざん》の「黄金《きん》の大黒《こく》」、つづいて桂しまいの「崇徳院《すとくいん》」、そのあと犬右衛門が一席演って中入りになり、モタレが猿右衛門の「道具屋」、トリが犬右衛門の「船弁慶」……という順番だった。独特のくすぐりが多く盛りこまれた「船弁慶」は犬右衛門の十八番として知られた爆笑ネタだが、納得いくように演じるにはかなりの体力を必要とするらしく、近頃はめったに高座にかけられることはなかった。それが久しぶりに演じられるというので、客の期待はいやがうえにも高まっていた。

「めくりの位置はいけてまっか？　塩鯛くん、ちゃんとみといてや。――ほな、行きまっせえ。一席目は『青菜』やさかいえとして、『船弁慶』のほう、合わせときましょか。まず、のっけのところです」

猿右衛門はしゃきっと背を伸ばすと、

「おい、いつまでごちゃごちゃわけのわからんこと言うとんねん。はよおりてこんかい。通い船のーん！」

太鼓《おおど》がどどんと鳴った。竜二は耳を疑った。いつものののんびりした口調とちがい、猿右衛門は犬右衛門が乗りうつったような勢いでネタを吐露していく。「兄貴」の息と間を再現しようということなのだろうが、腕のない噺家にできることではない。また、下座も、猿右衛門の語勢につられるように、迫力のある音を奏でている。ぴーんとはりつめる高座と下座の空気を、竜二は幸福感とともに味わっていた。そんな竜二の感慨をよそに、猿右衛門は「船弁慶」のはめものの入る箇所をピックアップし、兄に替わってつぎつぎと合わせていく。

「ちがうちがう！」

途中、珍しく猿右衛門が語気を荒らげて、下座をさえぎった。屋形船「川市丸」のうえで喜六と清八が酒を飲んで大騒ぎする場面には、「まけない節」というにぎやかなお囃子《はやし》が入るのだが、橋のうえからその様子を見ている雷のお松に視点が移った瞬間、下座はすっと音を下げる。イケコロシといって、音量で距離感を表現しているのだ。そのあと、お松が喜六を見つけたシーンでは一瞬音をあげ、また、清八を見つけるところでも音を大きくする。こちらは心理的な遠近法である。

「そこは、もっとぐーっと、聞こえんぐらいに音をおさえとくなはれ」

「お言葉ですが、かなり下げたつもりですけど」

太鼓を叩いていた梅雨が反論した。大先輩に対して傲岸《ごうがん》な態度であったが、猿右衛門は落ちついた態度で、

「もっとおさえなあきまへん。鳴りものゆうのは、自分では音を殺したつもりでも、客席で聞くと、あんまり小そなったようには聞こえんもんや。生《お》やす（大きくする）のは限界あるから、そのまえに、ちょっとやりすぎかな、と思うぐらい目一杯殺しとかんと、

つぎに生やすときにしんどなるねん。メリハリゆうやっちゃな」

竜二は、なるほどと思った。以前、ロックバンドでボーカルをしていたとき、一時的にホーンセクションを加えたことがあった。そのとき、日頃はジャズを演っているトランペット奏者が、

「クレッシェンドやデクレッシェンドというのは、自分が思っているよりも少しばかり大げさにつけないと、なかなか客にはわからないもんだよ。露骨すぎるかな、と思えるぐらいやらないと、ダイナミクスが出ないんだ。だから、フォルティシモででかい音を出す場面の直前には、わざと音量を下げておく。そうすると、でかくしたとき、客にはものすごい落差がついたように聞こえるんだよ」

と言っていた。今の猿右衛門のダメ出しは、まさにそれと同じではないか。

「もっぺんやりまっせ。——こらこらこらこら、こらこらこらこら、わあーっ。一方、こちらは雷のお松っつぁんでございますが……」

下座は、梅雨も含めて、猿右衛門の指示を守り、見事に音のメリハリをつけた。猿右衛門は今度は満足したらしく、

「おおきに。それでよろしわ。ほな、つぎですけどな……」

猿右衛門がだんどりよく運んだために、音合わせは意外なほどの短時間で終わった。目が見えないとは思えない、てきぱきとした仕切りぶりである。

「ご苦労さんでした。七時開演でっさかい、よろしゅお願いします」

立ちあがって、猿右衛門が頭を下げたときに、入り口がざわついた。

「おはようございます」

噺家たちの口々の挨拶《あいさつ》が聞こえてくる。犬右衛門が到着したのだ。それを見ると、猿右衛門はすっと高座から降りた。主役が来るまでに、すべてのだんどりを終えて、あとはどうぞ演ってください、というまでの状態にもっていく。これで気分よく演じられないわけがない。

(すごいなあ……)

竜二はまたしても感心した。桂ししおどしが言っていたのは、このことだったのだ。

(これやったら、しょうもないマネージャーはいらんわ……)

黒いコートを着た犬右衛門は、弟を信頼しきっているのだろう、舞台には目もくれず、楽屋口に直行した。背が高く、恰幅《かっぷく》がよい。七十前とは思えないほど、肌に皺《しわ》やくすみもなく、顔立ちも、福禄寿の弟とは比べものにならないほど男前だ。竜二は、取りまきに囲まれた彼がすぐ横を通過するとき、背筋がぞくっとした。横綱に国技館の通路で出くわしたふんどし担ぎの気持ち、みたいなものか。ただ、まえに見たときにくらべて、顔色が悪く、目にも精気があまり感じられないのが気になった。足取りも、なんだかおぼつかないようだ。以前は、どう見ても五十代に思えたものだが、今の外観は歳相応といったところである。

（どっか悪いんかな……）

　竜二は首をかしげた。

▲

　林家羅山の「黄金の大黒」、桂ししまいの「崇徳院」と順調に二席が終わって、いよいよ犬右衛門の登場である。竜二は、舞台袖から犬右衛門の高座を見つめていた。いつもどおりの、ねちっこいしゃべりかた、大げさな動き、ときどきあげる頓狂な声……ただ、全体に声に元気がないようだ。それが客にも伝わるのか、客席もあまりウケていない。猿右衛門は、見えぬ目を必死に高座に向けている。

「犬右衛門師匠は、心臓が悪いんや。世間には隠してはるけど、春に家でいっぺん倒れはったしな」

　竜二のすぐ後ろで、出番のあと楽屋に引っこまずにずっと袖にいた桂ししまいが、誰に言うともなくそう言うと、

「これが、名残の高座や。竜二、よう見て、目に焼きつけとけ」

　竜二はぎくっとして振りかえった。立っていたのは梅寿だった。

「まさか……」

だが、梅寿は笑っていなかった。竜二がふたたび高座に目を戻すと、

「このあと、この植木屋が家に帰りまして、真似をしようとしてしくじるという、おなじみの一席でございますが、半ばにて失礼させていただきます」

犬右衛門が、急に頭を下げた。あわてて梅寿が梅雨に合図したが、梅雨は気づかない。梅寿は拍子木をひったくると、チョーン、チョーン！　竜二が太鼓のバチを持つまで、ゆっくりめに二丁刻んだ。

「お中入りーっ！」

竜二が叫び、ハッと我に返った他の下座がそれに合わせる。ざわつく観客。オチまで演らないと意味がない「青菜」を途中で切ったのだからむりもない。ぱらぱらとした拍手とそれを上まわる囁《ささや》き声のなかを、犬右衛門はよろよろと前のめりぎみにひきあげてきた。

「師匠、すばらしかったです。『青菜』、勉強させていただきました」

お追従《ついしょう》を言った梅雨を、犬右衛門はぎろりとにらみ、

「耳、腐っとるんか……」

そう呟《つぶや》くと、出迎えた猿右衛門の腕のなかに倒れこんだ。

「い、医者や！　医者呼んでくれっ」

猿右衛門が、マネージャーのひとりに向かって叫んだが、その場に寝かされた犬右衛

門は弱々しく手を振り、

「だましだましやってきたけど……もう……噺は無理みたいやな……」

「あ、兄貴、そんなこと言わんといてくれ」

「猿よ、おまえにひとつ言いたいことがあるんや……」

「もうなんもしゃべるな。今、救急車が来るさかい」

「猿よ、わしの……気持ちは……福禄寿に……」

「福禄寿？　わての顔のことか……？」

「猿、くれぐれも……頼んどく。この会……きちんと最後までやってや。あんな『青菜』聴かせてしもて……客には悪いことした……。誰かに……トリを頼んでくれ。そや……梅寿師匠……」

梅寿が顔を寄せると、

「あんたの顔……近くでみると……ほんまに鬼瓦みたいやなあ……」

「ほっといてくれ。なんか用事か」

「あんた、トリとってくれへんか。なあ……お願いですわ」

「わしはようせえへんけど、あんじょう手配りしとくさかい心配すな」

「おおきに……あんたに……まかすわ」

そこまで言って、犬右衛門は白目を剝《む》いた。

4

犬右衛門は、救急車で運ばれていった。付きそおうとする猿右衛門に、梅寿は言った。

「おまはん、犬右衛門の頼みごと、聞いとったやろ。この会を最後まできちんとやれ、ちゅうとった。おまはんがおらんようになったら、この会、潰れてしまうで」

「そうかて、兄貴が……」

「心配なんはようわかるけど、おまはんが行かんかて……」

梅寿は袖から廊下の方までを見通した。あれだけ大勢いた手伝いの噺家やマネージャー、演芸評論家たちはほとんど残っていない。みな、犬右衛門の心証をよくしようと、病院についていってしまったのだ。

「あの取りまき連中がなんとかしよる。それより、この会や」

「そ、そうでした……。でも、トリは誰に……そや、師匠、演っとくなはれ」

「それはでけん。犬右衛門目当ての客のまえでわしがトリとるゆうのは、水戸黄門のかわりに遠山の金さんが出てくるようなもんやさかいな」

わけのわからない比喩《ひゆ》である。

「せ、せやかて、兄貴のかわりでける噺家なんぞ、ほかには……」

「誰をトリにするか、あんた、わしに任すか？」

「そらもう、兄貴もそう言うてましたさかい」

梅寿はうなずき、竜二を振りかえった。

「おまえ、やれ」

まったく予想外の言葉に、竜二は冗談としか受けとれなかった。

「あ、アホなことを……そんなんできるわけな……」

「やれ」

梅寿の顔は真剣そのものだった。

「なんで俺が」

「ししまいはさっきあがったし、残った噺家ゆうたら、おまえをいれて何人かしかおらん。——ええからやれ」

「絶対むりです。犬右衛門師匠目当てのお客さんが、がっかりします」

「猿右衛門がモタレやさかい、だいじょうぶや」

なにがだいじょうぶなものか。

「師匠、竜二には荷が重すぎますわ。なんやったらぼくが……」

しゃしゃりでようとする梅雨を、梅寿はひとにらみですくませた。

「勘弁してください、師匠。できません」

梅寿は、竜二の顔面を三発ビンタした。

「覚悟決めえ、根性なし。わしは犬右衛門から任されとるんじゃ」

竜二はその場に土下座した。

「すんません。やっぱり自信ありません」

「自信か火事かしらんけど、そんなもんのうてもでけるわい」

とうとう竜二はキレた。

「こらあ、黙って聞いとったら、わけのわからんことばっかり言いやがって。こんな場で俺にトリとる力あるかどうか、わからんのか。だいたい、そういうことは猿右衛門師匠が決めるべきやろが。出しゃばって勝手に決めるなや」

言ってしまったあと、竜二は、激怒した梅寿からの鉄拳あるいは破門という言葉を覚悟した。だが、案に相違して、梅寿は笑いだした。

「そうか、猿右衛門が決めるべきか。そらそやわな」

梅寿は、猿右衛門を振りかえると、

「おまはん、どない思う。おまはんのモタレでこいつに『子ほめ』かなんぞでトリとらす、ちゅうのは」

猿右衛門がにっこり笑った。

「えっへっへっへ。——なるほど、それはありでんなあ。それに、兄貴が師匠に任したんやさかい、わてに異存はおまへん」

梅寿は、仁王のような形相で竜二の胸ぐらをつかみ、

「これで決まりじゃ。わかったな」

その瞬間、竜二の胃がきりきりきりと痛みはじめた。

▲

林家犬右衛門、急病につき、トリには出演できません、というアナウンスが流れたために、にわかに喧噪《けんそう》があふれた客席も、軽快な出囃子に乗ってにこやかに登場した猿右衛門の落ちついた態度を見て、しだいに静まっていった。

「えー、まことにもうしわけございませんが、兄貴が急に具合が悪うなりまして、今、代役を探しているところでおます。お客さまのなかに、それでは納得いかんとおっしゃるかたがおられましたら、本日の入場料はお返しいたします。ですが、兄貴は、この会は最後まできちんとやってほしいと申しまして、その……病院に参りました。できれば、お客さまがた、おしまいまでお聴きいただければそれにまさる喜びはございません。兄貴ともどもよろしくお願い申しあげます」

無理強《じ》いもせず、卑屈にもならず、まことに堂々とした態度であった。客席からは自

然に拍手が起こり、誰ひとり、席を立つものもいなかった。

「ありがとうございます。えー、落語のほうではわけのわかったようなわからんような男が二人、わけのわかったようなわからんような話をしてるのが、はじまりでございまして……」

あっさりと「道具屋」に入った。実兄が倒れたというのに、このくつろぎはなんだろう。とんでもない場面でトリをとることを強要された竜二だが、猿右衛門の噺を聴いているうちに、心身ともにリラックスしていく自分を感じていた。まるで、少しぬるめのお湯に浸かっているような、それでいて、弛緩《しかん》しきってしまうのではなく、脳のどこかがいつもより覚醒《かくせい》しているような、なんともいえぬ心地よさが全身を包んでいる。客は、噺の世界にどっぷり入りこんではいるが、笑ってはいない。そうだ……客はひとりとして笑ってはいないのだ。

「やっぱり、誰も笑わんやんけ。あかんなあ、猿ジイは。こんなんやったら、鳴りもの放りだして、病院についていったらよかったわ」

腕組みして聴いていた梅雨が、吐きすてるように言った。竜二が反論しようとして、言葉を探していると、隣にいた桂ししまいが言った。

「よう見てみ。客は笑《わろ》てないけどな、微笑んでるやろ」

そう言われて、竜二は驚いた。誰も笑っていない。だが、すべての客が微笑んでいる……。

「これが、あのひとのマジックなんや」

ししまいは感嘆するようにそう付けくわえた。

▲

一席終えた猿右衛門が降りてきた。さすがに青い顔をしている。

「ほな、わて、病院へ行きますわ。あとは、梅駆くん、頼んだで」

犬右衛門の弟子に付きそわれて、猿右衛門は袖から退出した。出囃子が鳴っている。袖から客席を見る。皆、いったい誰が犬右衛門のかわりをするのだろう、と興味津々《しんしん》の表情で、こちらを注視している。

（あかん……どない考えてもむりや。出ていかれへん）

足がすくんでしまい、一歩が踏みだせない。後ろを見ると、梅寿がゲンコツを振りあげている。前門の客、後門の梅寿である。躊躇《ちゅうちょ》する竜二の肩を、桂ししまいが軽く叩き、

「あのな、なかなか猿右衛門さんのあとにトリとる機会なんかないで。得がたい経験になるはずや。それに、犬右衛門師匠のかわりやゆうたかて、客はたかだか三百人やないか。ガーン！　とかましたれ」

「………」

「なあ、替わったろか。替わったるわ。替わったる。そのほうがええと思う。なあ、竜二」

梅雨のしつこい言葉に、竜二はぶち切れかけ、

「猿右衛門師匠に頼まれたのは俺です」

「ほー、そうか。ひとがせっかく親切に助け船出したってるのに、ほな、失敗して恥かいてこいや」

恥でもなんでもかいたろやないか。カッとした竜二は、荒い足どりで高座にあがった。

案の定、客席は騒然となった。上方落語界の大看板の代役が、こんな、見たこともない、鶏冠頭の若手とは……。当然といえば当然の反応である。

「なんや、あいつ」

「知らん顔やなあ」

「犬右衛門師匠のかわりやで。なんで、あんなけったいなやつがトリやねん」

「ほかに誰かおらんかったんかいな」

しかし、座布団に座った瞬間、竜二はなぜか、と一んと落ちついた。客が騒げば騒ぐほど、

(そら騒ぐわなあ。俺が客やったら、絶対、金返せ、ゆうてるわ)

あまりに客がうるさくて、誰も聴くものがいなかったら、途中で打ちきって、帰ればええやないか。そういう気持ちになった。

(でも、これは俺の仕事やから、皆さん、すんません、とりあえずはやらしてもらいまっせ)

一礼すると、一呼吸置いて、しゃべりはじめる。

「えー、犬と猿のあとに……」

彼は鶏冠頭を撫でて、

「キジが出てきましたが、このあとなんぼ待っても桃太郎はでてきません」

客の五分の一ぐらいが、軽く笑った。

「わたくし、笑酔亭梅駆と申しまして、笑酔亭梅寿の弟子なんです。そう、あの、酔っぱらいのおっさんです。今、そこの舞台袖で、ブルドッグみたいな顔で立って、こっち見てはります」

また、一部の客が笑った。

「犬右衛門師匠のかわりにはもちろんなりませんが、師匠の言いつけですので、精一杯やらせてもらいます。どうかおつきあいください」

半分ぐらいの客は、ぶすっとした顔でこっちを見ているが、残りの半分のまた半分ぐらいの客が拍手をしてくれた。

「こんにちは。今、そこでよっさんに会《お》うたらね、あんたとこへ早いこと行ってこい、ただの酒があるさかいよばれてこい、言われまして、とんで来ましてんけど、ただの酒があるんやったら飲ましとくなはるか……」

「子ほめ」である。トリに、なんでこんな前座ネタを……という表情になった客も少なからずいたが、無視して噺をすすめる。

「赤ん坊、奥に寝てるか？　うわあ、これか。竹やん、大きいなあ。こらびっくりするで。大きいだけやのうて、生まれたてのくせに、歯が抜けて皺だらけで……」

くすぐりのたびに、ちゃんと笑いが起きる。

「そら、お爺《じ》やんが昼寝しとんねん！」

笑いの数が増えていく。

（なんでや……。なんでかわからんけど、めっちゃやりやすい……）

しっかりとした手応えが、客席から返ってくる。最初は、なんやこいつ、というような目で見ていた客たちも、だんだんと笑いの渦に巻きこまれていき、しまいにはほぼ全員が口をあけて爆笑していた。竜二は、入門以来、これほど客を笑わせたことはなかった。ギャグを言うとき、強く押せば押すほど笑いが増えていく。普段は、押しすぎると、かえって客がひいてしまうが、今日はそんなことはなかった。

（なんぼでも笑わせられるやん。俺ってすごい！　もしかしたら名人……？）

途中で切るつもりだったが、気分がよくなった竜二はとうとうオチまで演じきり、

「本日はありがとうございました。林家犬右衛門になりかわって、お礼申しあげます」

そう言って頭を下げると万雷の拍手だった。酔ったような気分で、竜二は高座を降りた。

「どアホっ！」

袖に入ったとたん、梅寿の怒声が耳もとで炸裂《さくれつ》し、竜二は鼓膜が破れたかと思った。

「おまえ、なにをイキっとんねん。かんちがいすなよ」

「な、なんのことです」

「客がウケたんは、おまえの実力やと思たらおおまちがいや。それがわからんのか、ボケっ」

「え……？」

梅寿は、苦虫を嚙《か》みつぶしたような顔で、桂ししまいに、

「おまはん、このアホに説明したってくれ」

ししまいは頭を搔《か》きながら、

「きみがウケたのは、モタレの猿右衛門さんの力なんや」

「はあ……」

「猿右衛門さんは、笑いをとれるところでも、あえてそこを押さん。ええモタレゆうの

は、爆笑させたらあかんねん。そんなんしたら、トリの出るころには、客がバテてしまう。トリが爆笑をとるためには、そのまえで、一旦、客を抑えなあかんのや」

竜二は、ハッとした。さっきの鳴り物のイケコロシ……。フォルティシモででかい音を出す場面の直前には、わざと音量を下げておく。そうすると、でかくしたとき、客にはものすごい落差がついたように聞こえる……。

目から鱗《うろこ》が落ちる思いの竜二に、ししまいは続けた。

「犬右衛門師匠が『爆笑ジジイ』になれたのも、猿右衛門さんがおったからや。猿右衛門さんのモタレとしての腕があったからこそ、トリでどっかんどっかん笑いをとれた。それだけやないで。犬右衛門師匠の独演会は、昔からずっと、ネタ選びから演じる順序、マクラから細かいくすぐり、演出、ほかの出演者の選定、三味線や鳴りものの人選まで……全部、猿右衛門さんがやってはったんや。すごいおひとやで、あのひとは」

そ、そうだったのか……。

「それに、わしがこないしてマスコミで多少売れるようになったのは、ラジオの番組がきっかけやったんやけど、あれも、最初はまるでうまいことといかんかったんや」

そんな話は初耳だった。

「がんばってしゃかりきになればなるほど、全然ウケへん。悩みぬいて、梅寿師匠に相談したんや。そしたら、猿右衛門さんのところに稽古に行け、言われてな」

しまいは竜二を見て、にやりとした。竜二は梅寿を探したが、いつのまに立ちさったのか、どこにも姿はなかった。

5

竜二のラジオでのトークはその日から変わった。ネタもあまりきっちりしこまず、メモを取る程度にしておいて、あとはそのときのノリで思いつくままましゃべっていく。猿右衛門の「道具屋」の「間」を思いだしながら、がんばりすぎることなく、力を抜いて……。「押す」のは、ここぞ、というところだけでいい。八分の放送なら、一カ所ぐらいだ。

「それでええねん」

ディレクターの本条も、ついにOKを出した。

「リスナーからのハガキも増えてきた。この調子で頼むで」

竜二は、猿右衛門との稽古によって、知らぬうちに「しゃべり」の流れやメリハリを身につけていたのだ。こうなると仕事がおもしろくてしかたがない。猿右衛門に礼に行かなくては……と思っているうちに日が過ぎてしまった。

そんなある日、林家犬右衛門の訃報が届いた。結局、犬右衛門はあれ以来病院から出ることなく、ついに息をひきとったのだ。梅寿とともに通夜に行った竜二は、「兄貴」を失った猿右衛門がうちひしがれた様子で弔問客の応対をしているのを見て、胸が詰まった。

「梅寿師匠……今からわての家で飲みまへんか」

「遺族は残っとらんでええんか」

「この家では……緊張しまんねん」

客たちがみな帰ってから、猿右衛門が見えぬ目をこすりこすりそう言った。竜二にはその気持ちはよくわかった。なにしろ、プールもついた、ホテルのような豪邸である。

もちろん梅寿は快諾し、三人はタクシーで猿右衛門の家に向かった。

「ああ、やっぱりこのボロ家がいちばん落ちつくわ。兄貴もな、世間体でああいう家を構えてたけど、ほんまは長屋が気楽やなあ、商売がらそうもいかんけど、ていつも言うとった」

喪服を脱ぎすて、パッチ姿でくつろいだ猿右衛門は、若い妻に指示して、酒肴の用意をさせた。福禄寿に囲まれた部屋に、猿右衛門と梅寿は相対してあぐらをかき、少し離れて竜二が座った。

「兄貴は幸せもんや。生きたいように生きた一生やった。満足して、あの世へ行ったやろ」

猿右衛門は、やたらと飲み、飲むほどに饒舌《じょうぜつ》になった。梅寿は黙ったまま、スルメをアテにしてコップ酒をあおっている。竜二も飲まされ、あっというまに一升があき、二本目が空になった。

「なあ、師匠もそう思いまっしゃろ。兄貴は、満足やった、て」

「せやろな……」

梅寿はそう言うと、しばらくスルメをしがんでいたが、

「竜二、飲んでるか」

「は、はい。飲んでます」

「おのれのしょうもないラジオ聴かされて、耳腐るかと思たさかい、猿右衛門に預けたんじゃ。猿右衛門のうまさがわかったか」

「はい……世間では猿右衛門師匠のことを犬右衛門師匠の添えものみたいに言うてますけど、ほんまは逆さまやったんですね」

言いながら、梅寿が竜二のラジカセをいじっていたのは、やっぱり、彼のラジオを録音したテープを聴いていたのだな、と思った。

「うわははは、そういうこっちゃ。なんでも、ひとつの角度からやのうて、別の角度から見んとあかんのや。——で、おまはんはどやねん」

「へ？」

「おまはんは、犬右衛門の縁のしたの力持ちでよかったんか。犬右衛門を光らせるだけ光らせて、それで満足やったんか」

猿右衛門は少しのあいだ押しだまっていたが、やがて口を開き、

「満足でおました。わてのだんどりで、兄貴がトリで爆笑をとってくれる。それがわての喜びでもおましたさかい」

「それ、ほんまにほんまですかっ」

酔っぱらった竜二が口を挟んだ。

「猿右衛門師匠のこと、世間は下手くそな噺家やと思てますよ。俺は……それがくやしいねん」

「梅寿師匠、こいつ、あんたよりも酒癖悪いんちゃいますか」

猿右衛門は笑いながらそう言った。竜二はかまわず、

「それにね、亡くなった犬右衛門師匠かて、猿右衛門師匠のことどう思てはったか。体《てえ》のええマネージャーぐらいにしか思てなかったかも……」

さすがに猿右衛門はムッとした顔で、

「死んだもんのこと、悪う言わんといてくれ。酒がまずなる」

「せやけど、師匠……」

「もうええ！　わてがええ、言うとんねんさかい、もうええねん。わては満足しとるゆうたやろ」

会話を打ちきるように猿右衛門が言い、あとは三人とも無言で飲んだ。三本目の一升瓶があき、猿右衛門の妻が四本目の封を切っているとき、

「あのな、わて、気になってることがありまんねん」

スルメを嚙み嚙み、猿右衛門が言った。

「兄貴が倒れたとき、わてに、ひとつ言いたいことがある、て言うたん覚えてまっか」

「はい」

竜二はすぐにうなずいたが、梅寿は完全に忘れているようだった。

「兄貴は、こう言うたんや。『猿よ、わしの……気持ちは……福禄寿に……』てな」

そのとき、竜二には、猿右衛門の妻の顔がこわばったように見えた。

「家に帰ってきてからも、あの言葉が頭から離れん。うちにある福禄寿になにかあるんかいなと思て、こいつに言うて……」

猿右衛門は妻に顔を向けると、

「この部屋にある福禄寿、全部、調べさせましてん。でも、なにもおまへなんだ。兄貴がええかげんなこと言うわけないし、どういうことかいなと思て、いまだに気になって気になって……。でも、もう兄貴にはきかれへんしねえ」

「どうせ、病気で頭がアホになって、わけのわからんこと言うとったんじゃ。気にせんと、さあ、飲も飲も」

梅寿は、猿右衛門のコップにどぼどぼと酒をつぎ、みずからも酒をあおりつける。

「ほんまに福禄寿だらけの部屋やのう。掛け軸まで福禄寿か。ごっつう高いもんなんやろな」

「なんの、それこそ偽物《ぎぶつ》ですわ。えっへっへっへ」

猿右衛門の笑い声を聞いているうちに、竜二はふと思った。道具屋……掛け軸……鯉の滝のぼり……。

「あの……猿右衛門師匠がまえに、いちばん気に入ってるて言うてはった、犬右衛門師匠からもろた福禄寿ゆうのはどれですか」

「ああ、これやがな」

そう言って、猿右衛門が手さぐりでつかんだのは、床の間に置かれていた天狗の面だった。あっけにとられている竜二と梅寿のまえで、猿右衛門は、天狗の鼻をさすりながら、

「なかなかええ出来やろ。まあ……わてには見えんけどな」

「おまはん、アホちゃうか。それは天狗……」

言いかけた梅寿に、竜二はすばやく耳打ちした。しばらく聴いていた梅寿は、やがて

腕組みして唸ると、

「なるほど……そういうこともあるかもしれん。い、いや、わしも考えんでもなかったんやがな」

「奥さん、呼んできましょうか」

梅寿はうなずくと、コップ酒を飲みほした。すぐに竜二は、台所にいた猿右衛門の妻を連れてきた。心なしか、顔が青ざめている。

「なんでしょうか」

梅寿は、重々しい声で、

「猿右衛門を悲しませたない、と思た、その気持ちはようわかるけどな、いつまでも隠しとおせるもんやない。あとでばれたときに、傷つくさかい、もうこのへんで謝っとき。わしも口添えしたる」

「ほ、ほな、梅寿師匠は……」

「わしはなにもかもお見通しや」

猿右衛門の若い妻は夫のまえに両手をつき、

「す、すんまへん、あんた、許しとくなはれ……」

「な、なんやねん、おまえ。なんぞあったんか」

「悪いとは思ってましてんけど、ずっとあんたをだましてたんや」

「なんやと？」

「あんたがお兄さんからもろて、大事に大事にしてた福禄寿の置物なあ、掃除のときに割ってしもたんだす。あんたに叱られる、思て、かわりになるもんをいろいろ探したら、駅前の雑貨屋に売ってたこの天狗のお面が、横にしたらあの福禄寿に瓜二つやってん。それ以来、あんたの目が不自由なんをさいわい、ゆうたら悪いけど、ずっとこのお面をかわりに置いといたんやわ」

「ほ、ほな何か。これは福禄寿やのうて、天狗やったんか……！　まるで気ぃつかんかったわ」

「『道具屋』で、普通は『鯉の滝のぼり』に見える絵が、喜六には『ボラが尾で立って素麵食うてるとこ』に見えたわけで、ひとつのものを別の角度から見たら、ちがったものが見えてくる……そうでしたよね、師匠」

竜二が梅寿を見ると、

「そや。竜二、よう覚えとけよ」

梅寿はそう言って、げふっ、と酒臭い息を吐いた。

猿右衛門は、とほほ……という表情になり、

「わては、天狗の面を、兄貴からもろた人形や思て撫でさすってたんか。えっへっへっへ。間抜けな絵面《えづら》でしたやろなあ」

「おまはんの嫁はんはな、おまはんに惚《ほ》れとるんじゃ。せやさかい、おまはんのいちばん大事なもんを壊してしもたんであわててしもたんや。堪忍したれ」

「堪忍するもせんも……清美、もうこれからは、わてをだまさんとってくれ。わて、おまえに怒ったりせえへんがな、なあ」

「わっはっはっは。お通夜の晩にのろけをきかされるとは思わなんだ。まるで『くやみ』やな」

「えっへっへっへ」

猿右衛門は頭を掻いた。竜二は、猿右衛門の妻に、

「すいません。奥さんが壊してしまった福禄寿の置物ゆうのは、どこかにありますか」

「はい……紙に包んで、箪笥《たんす》にしまってあります」

しばらくして、彼女が持ってきた新聞紙をひらいてみると、そこには上半分が折れてしまった福禄寿の人形が入っていた。

「ははあ……これは天狗の面とおんなじ型で作ったもんやな。たぶん職人が、冗談でやったんやろ」

梅寿はそう言って、人形を竜二に渡した。竜二はそれをひょいとひっくり返し、裏側を見た。

「し、師匠、これ……」

竜二が指さした箇所に梅寿は目をこらし、

「ふーん……『日本お笑い大賞特別賞』か。受賞者への記念品やな。そのうえに、『猿、これはおまえがもらうべきもんや』と筆で書いてあるわ。――猿右衛門、おまはんの兄貴はちゃんとわかっとったみたいやな」

猿右衛門は、壊れた福禄寿を震える手で握りしめ、見えぬ目でその文章をいつまでも凝視していた。

猿後家

さるごけ

「鏡よ鏡、鏡さん。この世で一番美しいのはだぁれ？」

これは、有名なディズニーの「白雪姫」に登場する王妃の台詞《せりふ》。

狂言の演目に『附子《ぶす》』というのがあります。「附子」とはトリカブトの塊根《かいこん》のことらしいです。漢方では、トリカブトの根を「附子《ぶし》」や「烏頭《うず》」と呼び、鎮痛・強心剤として神経痛やリウマチの薬に用いられていますが、アコニチンなどの猛毒が含まれているため、誤って口に含むと神経機能が麻痺し無表情になるといいます。そこで無表情のことを「附子」、転じて不細工な顔を「ブス」と言うようになりました。

桂文珍師の落語『商社殺《しょうしゃごろし》 油地獄《あぶらのじごく》（新篇・能狂言）』の中でも、ちゃんと解説されていますよ。

ベッピンとブスの境目はどこにあるのでしょう。世の中さまざまで、ダイエットブームでありながら、あえて太った人が好き＝デブセンという人もいるくらい。ブスフェチ、オカチメンコマニアだって、きっといます。それがその人の個性なのですから。ことに猿は人間に一番近い動物です。そう気にすることもないはず。おそらくベッピンとブスは紙一重なのでしょう。それでも、美容整形クリニックに通う女性があとを絶たないのはどうして。

おお、神秘なる生き物……、それが女性。

そんなことを言っているわたしは、ちんぷなる生き物（？）。

（月亭八天）

1

「しょうもない！　どこがおもろいねん、こんなもん」

梅寿《ばいじゅ》のひとことで、それまでなごやかだった楽屋の雰囲気が一変した。モニターには、今売りだし中の若手漫才コンビ「ラリルレロバの耳」の健造と仲吉がシュールなボケと鋭い突っこみで客を沸かしている舞台の様子が映っている。松茸芸能の漫才養成所を出たばかりで、竜二と同じぐらいの歳《とし》にもかかわらず、人気は鰻《うなぎ》のぼりで、テレビで彼らの姿を見ない日はないほどだ。

「あははは、師匠もあいかわらずすごいこと言わはりますなあ。こいつら、うちの期待のホープでっせ」

松茸芸能の桑山《くわやま》部長がとりなそうとすると、となりにいた若い女が口を挟んだ。

「彼ら、才能ありますよ。お年寄りにはおわかりにならないかもしれませんけど」

竜二も、彼女と同意見だった。「ラリルレロバの耳」がリズムに乗って展開する猛烈

なスピードの漫才と、熱気が渦を巻く客席の反応を聴いていると、

(俺のやってる落語では、こいつらには勝てん……)

そういう気持ちになる。

「なんやと、このクソガキ。誰じゃ、おのれは」

「『ラリルレロバの耳』のマネージャーの、江田寿子《ひさこ》です。そういうあなたは、出演者でもないのに勝手に楽屋におられるようですが、どなたですか」

「お、おい、江田くん、こちらは笑酔亭《しょうすいてい》梅寿師匠や」

桑山があわててそう言うと、

「笑酔亭……？　落語家のかたですか。今日は、落語のブッキングはないはずですけど」

梅寿は、竜二に小声で、

「テレビの料理教室のことか」

「それはクッキングです。ブッキング、つまり、今日は落語家の出番は予定にない、ゆうことですわ」

梅寿は、ぐいと顔を突きだし、

「ネエちゃんよ、出番がなかったら楽屋におったらいかんのかいな」

江田寿子は、ふふん、と笑い、

「そうじゃありませんけど……お暇なんだなあと思って」

「なんやとこらあ！」

梅寿は、湯飲みをテーブルに叩きつけた。竜二はびくっとした。桑山部長が汗をぬぐいながら、

「こ、こら、江田くん、きみはどうしてそういう……すこし口を慎みなさい」

「だって部長、そうじゃありませんか。用事もないのに楽屋に来て、若手にああだこうだと文句をつける。こういう古いひとたちがまだいるから、若手が潰《つぶ》れたり、やめていったりするんです。はっきり言って老害ですよ」

「もうええ。きみは出ていきなさい」

「いやです」

「お願いやから出ていって。なあ、お願い」

「出ていきません。マネージャーとして、モニターで今日のできをチェックしなければ」

「舞台袖でしたらええやないか」

「正面から見ないと、テレビに映ったときの状態の善《よ》し悪《あ》しがわからないんです」

「じゃあせめて黙っててくれ。梅寿師匠には、ぼくの用事で、会社に来てもろたんや」

最近、会社ともめていて、松茸芸能がらみの出番がまったくなかった梅寿が、どうし

て今日呼ばれたのか、竜二にもわかっていなかった。最初、梅寿は、

「会社のやつらの顔も見たあない」

と嫌がったが、どうしても来てほしい、という桑山の懇願に負け、

「わしも言いたいことがあるのや」

と言いながら足を運んだのである。

「それなら上の事務所で打ちあわせすればいいでしょう。漫才コンビにとって、ネタあわせとか、衣装チェックとか、打ちあわせとか、楽屋でやらなくてはならないことがいっぱいあるのに、邪魔しないでください」

普段、梅寿に対してここまで言う人間はまずいない。

「きっついネエちゃんやな。漫才漫才言うけど、楽屋は噺家《はなしか》も使《つこ》とるんやで」

「今月は落語家さんの出番はありません。ていうか、今後、ここは漫才とコントだけでいくことになったはずです。そうですよね、部長」

「ちょ、ちょっとそれはまだ正式決定じゃなくて……」

梅寿は、江田をちらと見て、

「やっぱりそうか。噺家の、演芸場の出番をなくすゆう噂《うわさ》はほんまやったんやな。わしが今日来たんは、その話をしたかったからなんや」

「すんません、そのことはまたいずれゆっくり……。今日、私がお呼びたてしたのはで

すね……」

「部長、はっきり言うてあげたらええやないですか。落語家ではお客が呼べない、ゆうて。会議で決まったことでしょう」

「頼むよ江田くん……」

泣きかかっている桑山を無視して、江田は梅寿に向きなおり、

「梅寿さん、あなたは落語家を演芸場に出すことに、どれだけ弊害があるかわかっているんですか。落語の間中、漫才を見にきた若いお客はとなりのひととしゃべったり、これ見よがしに欠伸《あくび》をしたり、ロビーでタバコを吸ったりして、誰も聴こうとしません。お客にとっても、うちにとっても、落語は邪魔なんです。それに、落語家をひとり出すことによって、漫才の出番がひとつ減るわけです。うちの養成所を出た若手が、山のようにに出演の機会を待っています。落語家が彼らのチャンスをうばっているんですよ」

「噺家にかて、チャンスを与えたってえな」

「今度、天満に落語だけの定席ができるそうですね。どうせ古典芸能なんだから、落語家はそこで、落語が好きなお客のまえで、落語だけやっていればいいじゃないですか。演芸場でやっても、今の若いひとにはちんぷんかんぷんですよ」

梅寿が拳《こぶし》を握りしめたのが竜二にはわかった。殴ろうとしたら、とめねばならない。しかし、梅寿は握った手をゆっくり開くと、

「あんた、落語、聴いたことあるんか」

「もちろん。丁稚《でっち》がどうとか、駕籠《かご》がどうとか、お奉行がどうとか……なんのことか全然わかりませんでした」

「おのれの耳は腐っとるようやのう。でかい耳かきで掃除したろか！」

梅寿の一喝にも女はひるまず、

「師匠こそ、耳が錆《さ》びついて、最近の笑いについていけてないんとちがいますか」

「なんやと……？」

「落語は、師匠に弟子入りして、教えてもらったとおりにやれば、舞台にあがれて、お金ももらえますけど、漫才はそうはいきません。若いコンビには、師匠もいません。養成所を出たら、あとは自分の力だけでやっていくしかないんです。彼らは必死ですよ。なんとかよそのコンビよりもおもしろいことをしよう、なんとか目立とうって切磋琢磨《せっさたくま》しています。それに比べたら、落語家なんかぬるま湯じゃないですか。だから、落語はおもしろくないんです」

その瞬間、梅寿の拳が江田の顎《あご》に炸裂《さくれつ》した。とめる間もなかった。江田は、座っていたパイプ椅子から落ち、床に仰向けにひっくり返った。

「お、お、女を殴ったわね！　う、訴えてやる！」

「どないでもせんかい」

梅寿はことなげに言うと、楽屋を出ていこうとした。入れちがいに、舞台を終えた「ラリルレロバの耳」が入ってきて、両脚を高くあげた姿勢で床に倒れているマネージャーを呆然《ぼうぜん》として見つめていた。

▲

近頃、梅寿のイライラが頂点に達しているのは、竜二にはよくわかっていた。自分の弟子はもちろん、よその弟子、アーちゃん（お母ちゃんの意。梅寿の妻、千都子《ちずこ》のこと）、近所のひと、落語会の客にも当たりちらす。ちょっとでも気に入らないことがあると相手を罵倒《ばとう》しまくる。酒が入るとことにひどくなり、飲み屋での喧嘩沙汰《けんかざた》は毎晩の恒例行事となっていた。竜二の推測では、原因は、松茸芸能が噺家の出番を削りはじめ、それに反発した梅寿が会社の担当者とことあるごとにもめ事を起こし、その結果、梅寿の仕事が激減したことにある。台所はまさに火の車で、借金はかさむ一方。取りたてにやってくるヤクザを追いかえすのが竜二の日課だった。だから今日の打ちあわせが決まったときも、竜二は、

（なにか起こらなければいいけど……）

と思っていたのだが、見事に恐れていたとおりになったわけである。

「うちの社員がたいへん失礼しました」

事務所で、桑山が深々と頭を下げた。

「あとで、よう言いきかせときます。自分の担当してる芸人のことで頭がいっぱいみたいで……すんません。ですが……殴ったのはまずかったですね。あいつ、ほんまに訴えたりせんやろな……」

「仕事熱心なのはかまへん。けど、落語がおもろない、ゆうのは許せんのや。女を殴るつもりなかったけど、つい手が出てしもたわ。あとで、顎にメンソレでも塗っといたってくれ」

「で、今日、ご足労いただいた件なんですが……」

桑山は、来月行われる「松茸芸能六十三周年記念興行」に、梅寿に出演してほしい、という。

「六十三周年？」

ふつうは五十周年とか六十周年とか、きりのいい数字を選ぶものではないか。

「しゃあないんです、若がそれでいけ、て言うてはるから」

「若」というのは、松茸芸能の現社長、志井《しい》威男《たけお》の長男鯉太郎《こいたろう》のことである。

「たぶん、そのイベントの席上で、社長就任を発表するんやと思いますわ」

「あの赤ん坊やった鯉太郎がなあ……。わしも歳とるわけや」

半年ほどまえ、鯉太郎は、創業者でもある現社長から社長職を引きつぐことが内定した。以来、創業からずっと、現社長の威男の考えのもとに行われてきた会社のさまざまなことが、少しずつ変わりはじめた。噺家の演芸場の出番が減らされるようになったのも、そのころからだ。

「威男はんは体調、かなり悪いんか」

「そうみたいです。ずっと入院したきりで……」

志井威男は、戦後まもないころ、数人の噺家を専属にして、松茸芸能の前身、松茸演芸会社を立ちあげた。シイタケよりも松茸のほうがよい、という理由からの命名であったときく。威男は一滴も酒を飲めないので、自然とつきあいも限られてきたが、梅寿にとっては、半世紀近くにわたって公私ともにつきあってきた戦友のような相手である。

「漫才とコント中心で、あと、歌舞伎役者とか俳優、テレビタレント……なんかに出演してもらう、ゆうことになってまして、とんでもない豪華メンバーなんで、チケットも一枚一万三千円もしますのに、おかげさんですぐに完売しました」

「一万三千円！　えげつない商売しよるな」

「ネットオークションでは、一枚十万円やそうですわ」

竜二も驚いたが、きら星のような芸能人が一堂に会して共演するというのだから、ファンなら十万円払っても観たいと思うのかもしれない。しかし、自分の就任行事でぼろ儲《もう》けしようとは、

（新社長、なかなかやり手やなあ……）

　と竜二は感心した。

「最初は、若の意向で、噺家はどなたも出ていただかないことになってました。それがきのう、社長が急に若を病院に呼びはって、梅寿師匠にはどうしても出てもらえ、と」

「ふーむ……」

「松茸芸能の今日《こんにち》があるのは、梅寿師匠はじめ噺家の皆さんのおかげや、と社長が申しまして、急遽《きゅうきょ》、番組を組みなおすことになりましてん。師匠は、うちの噺家ではいちばん大きな看板です。どないでしょう、一席お願いできませんか」

「鯉太郎は、ずいぶん嫌がったやろなあ」

「い、いえ、そんなことは……。若も、納得したうえでの話です」

　絶対、もめたはずや、と竜二は思ったが、口にはしなかった。威男が息子を押しきったのだろう。梅寿はしばらく考えていたが、

「ギャラはなんぼやねん」

　桑山の口にした金額に、梅寿は一瞬、笑みを浮かべかけたが、すぐに顔をひきしめると、

「わかった、出していただくわ。会社の仕事するのも久しぶりやで」

「ありがとうございます。出番は十五分ほどですねんけど、ネタは何を……？」

「そやな……『猿後家《さるごけ》』にしとこか」

「『猿後家』……ですか。下ネタやないでしょうね」

「おまはん、『猿後家』知らんのか。何年、この仕事しとんねん」

「不勉強ですんません。えーと、了解しました。申しわけありませんが、一応、お祝いごとですので、どんなネタか私のほうで調べさせていただきまして、そのうえでポスターに掲載ゆうだんどりでいきたいと思います。よろしいですか」

「猿後家」は、顔が猿に似ていることを異常に気にしている、大金持ちの後家さんの話である。大店《おおだな》の主《あるじ》であるこの後家さんのまえでは、「サル」は一種の忌《い》み言葉になっている。万一、口にしてしまったら、使用人はすぐにクビ、出入りのものは出入り差しとめ……というわけで、皆ぴりぴりしている。「猿」という意味でなくても、「船場《せんば》のさるおうちに……」というのも許されず、店名、地名、ことわざ……およそ「猿」を連想させるあらゆる言葉は使用禁止なのである。この後家に幇間《ほうかん》のように取りいっていたある男、奈良見物の報告中にうっかり「猿沢の池」と言ってしまい……という噺。梅寿は、近頃、このネタを気に入っているらしく、ことあるごとに高座にかけている。

「ところで、さっきも言うたけど、わしもおまはんに話あんのや。松茸芸能の演芸場はどこも噺家を出さんようにする、ゆうのはほんまか」

「え？　いえ……それはですね……」

「あの高慢な女が、もう会議で決まったことや、て言うとったやないか。それやったらどうせそのうちわかるこっちゃ。いまさら隠さんでもええやろ」

「はあ……実は……そうですねん。漫才、コント、漫才師による大喜利《おおぎり》、それに喜劇でいくゆうことに……」

「鯉太郎の考えか」

「——はい。人気があって儲かる旬《しゅん》のもんを並べるべきや、お客さんはそれを望んでる、て言わはって……」

「松茸芸能主催の落語会はどうなるねん。まさか、それもやめるゆうんやなかろうな」

「いや、それもその……はい……」

「なんやと？　ほな、わしら噺家は出る場がないやないか」

「関西落語協会の定席ができるそやないですか。そちらの出番で、皆さん、忙しなるんとちがいますか」

「ドアホ！　それはそれ、これはこれやないか。落語好きのまえで落語だけをじっくりやるのも大事やけど、漫才やコントに伍《ご》して、斬《き》りあっていく場所がないと、あの女の言うてたみたいに、落語は古典芸能になってまう。若い噺家も皆、伝統の継承者になってしまいよるで。それはそれでけっこう居心地ええもんやからな」

「と、とにかく、会社としましては、これからは演芸場の出番がなくなる分、噺家の皆さんをテレビやラジオに売りこんで、そちらを中心にバックアップをしようと……」

「そんなもんどうせ、一握りの売れっ子だけの話やないか。若い連中にチャンスをやってくれ、言うとんのや。頼むわ。わしにでけることやったらなんでもさしてもらうさかい」

入門以来、梅寿がこんなに真剣になっているのを見たことがない。梅寿がいらだっている原因は、やはりそのことだったのだと竜二は確信した。

「すんません、師匠。若が決めはったことで、我々にはくつがえす権限はおまへんのや。堪忍しとくなはれ」

桑山は早口でそう言うと、

「六十三周年、よろしくお願いします！」

頭を下げて、逃げるようにその場を去った。梅寿は、じろりと竜二を見ると、

「おまえは金のことでわしが出演決めたと思とるやろ」

「いえ、そんなことは……」

「この歳になると、金なんかどうでもええねん。わしが今考えとるのは……」

そして、ふと言葉を切ると、

「おい、今日の帰りのタクシー代、もろてへんやないか！」

2

耳慣れぬ言葉に竜二がききかえすと、チカコが答えた。

「松茸芸能総合芸能学校……つまり、若手漫才師の養成所や」

「ラリルレロバの耳」のマネージャーが、養成所、養成所と言っていたのはこれか、と竜二は思った。

梅寿は「むかつく」の百連発のすえ、先にタクシーで帰ってしまった。ラジオの仕事がある竜二が、ひとり残ってラジオ局に行く準備をしていると、ばったりチカコと会ったのだ。

「おまえは何しにきてるんや。また一から漫才の勉強か」

「アホか。あたしはここの第十一期卒業生やで。今日はあたしは先生しにきたんや」

チカコは少し誇らしげな顔で背の低い身体を反らせた。

「お、おまえが先生？」

「MSS？」

「今日の講師は柿実《かきのみ》うれる師匠やってんけど、どうしても断れん営業入ってな、おまえ行っといてくれ、て。そういうこと、あの師匠、ちょいちょいあるねん」

「その学校は、誰でも入れるんか」

「中卒以上やったらな。一応面接あるけど、たいがい入学できるわ。でも月謝はけっこう高いよ」

竜二は、その額を聞いて目を剝《む》いた。めちゃめちゃ高いやんけ。

「おまえ、何を教えるねん」

「今日は手見せ（ネタ見せ）の日やから、あたしは、生徒が作ってきたネタを見せてもろて、ダメ出しする役や。息が合《お》うてない、とか、つっこみがわかりにくい、とか」

「しょうもな。そんなん、高い金払《はろ》てわざわざ習わなあかんことか」

「それだけやないで。発声とか身体の動かしかた、みたいな基本中の基本から、ネタの作りかた、業界知識、売りこみかたまで、カリキュラムはごっつう充実してる。講師は、構成作家とか有名な漫才師やから、テレビとかラジオにもパイプがあるし、劇場での発表の機会もあるねんで」

「そんなとこ卒業しても、プロになれるやつなんか少ないやろ」

「何言うてんの。毎年、五百人近い卒業生がおるんやで。せやから、今第一線で活躍してる漫才師なんて、ほとんどＭＳＳの卒業生や。あたしも、そのひとらにあこがれてここに入ったんやから」

竜二は、こういった芸能学校のことは耳にしていたが、そこまで中心的な役割を果たしているとは思ってもいなかった。

「俺、漫才のやつらも、誰か師匠に入門して、噺家みたいに稽古《けいこ》つけてもらうんかと思てたわ」

「いまどきそんなひとおるかいな。みんな、師匠なんかいてない、ノーブランドの漫才師ばっかりや」

「ふーん……師匠がおらんて、それってええことなんかなあ」

最初から梅寿のところにむりやり押しこまれた竜二には、想像もつかない世界だった。

「ほな、講義の時間やから、あたし行くわ」

「ちょ、ちょっと待てや。ラジオまで時間あるし……その授業、のぞかせてくれへんか」

「あかん。部外者は入れたらだめやねん」

「そんなつれないこと言うなや。なあ、頼むわ」

竜二は、チカコの腕をつかんで揺さぶった。

「何すんの！　こんなとこ誰かに見られたら誤解されるやないの」

「ええやないか、誤解されたかて。なあー、なあー、頼むわー」

「ご、五百人！」

「やめてよ、もう……わかったわ。ほんまはあかんねんけど、特別や。そのかわり後ろの隅のほうに立って、じっとしててや。事務所のひとに知れたらうるさいから」

竜二は、チカコのあとについて、その建物の八階にあるMSSの事務所兼教室に向かった。入り口でチカコは事務員に、

「あの……ネタ見せの講義に来ましたチカコですけど」

「ああ、柿実うれる師匠から電話あって、話は聞いてます。教室は八一二です。よろしくお願いします」

竜二は顔を隠し、チカコの背中にぴったりくっつくようにして、なかに入る。廊下の片側にずらりと並んだ各教室では、ジャズダンスのレッスンやボーカルトレーニング、日舞の授業なども行われている。

「こ、こんなもんも習うんか」

「落語家かて踊りとか三味線とか笛とか習うやろ。おんなじことや。芸事の基礎がしっかりしてない漫才師は、声も出てへんし、リズム感もないし、身体の切れも悪い。そんなやつ、すぐに消えてしまうやん」

「………」

八一二号室では、すでに大勢の生徒が着席して、講師が来るのを待っていた。皆、十代後半から二十代前半の男女で、なかには中学生にしか見えない少年も混じっていた。

全員、獲物を狙《ねら》うライオンのように目をらんらんと輝かせている。チカコに寄せる眼差しには、少なからぬ尊敬が含まれているように見えた。彼らにとってチカコは、すでにプロとして活躍している先輩であり、自分たちもそちら側に身を置きたいと願っているあこがれの対象なのである。逆に、竜二に対する視線は冷ややかだった。

（なんやねん、こいつ）

（生徒やないし、卒業生の先輩でもないし、誰じゃ）

（けったいな頭してイキっとるけど、センス悪すぎるで。部外者やないやろな）

後ろの壁際に立っている竜二を、彼らは容赦なくにらみつける。同期生相手でも、ネタ見せというのは緊張するものだ。ましてや、わけのわからない人間がひとりまぎれこんでいると、やりにくい。

「さあ、はじめます。まず最初は……」

チカコはふたりの名前を呼んだ。すでに、大半は相方を見つけてコンビを組んでいるようだ。一組目は、高校生ぐらいのコンビで、ふたりともおどおどしたニキビ面《づら》だった。声も出ていないし、しゃべりの間も悪いが、ネタは意外なほどおもしろかった。

（ふーん、こいつらがこのネタ考えよったんか……）

竜二は素直に感心したが、チカコはさすがにびしびしと的確なダメ出しをしていく。ふたりは、熱心にそれを聞き、メモしている。二組目は、二十歳ぐらいのマッチョマンと、相撲取りのように太った大男の組みあわせだった。嚙《か》みつくような大声でいきなりがなり立て、間もなにもあったものではないが、次第にその若々しいリズムに周囲を巻きこんでいく。オチで、マッチョなほうが相撲取りの下敷きになったとき、思わず竜二はくすくす笑ってしまった。これまたチカコから、厳しい指導を受けている。三組目は、ガリガリに痩《や》せた男と、中学生っぽい詰め襟の少年のコンビだった。なんとも形容しがたいシュールきわまりない漫才である。ボケもツッコミもないのだが、個性丸出しの二筋の糸がぐちゃぐちゃとからみあい、もつれあい、ついには一筋の糸になっていく……という感じで、一種異様な熱気がある。終わって、竜二はため息をついた。

（こいつら、たいしたもんや。こいつらと同じ舞台で勝負したら、ぜったい負けるわ……）

　あのマネージャーの言うとおりだ、と竜二は思った。丁稚とか駕籠とか奉行所とか……そんなことをいつまで言っていても、若い客は誰も食いついてこないだろう……。そう思いながらふと教室を見わたすと、食いいるように彼らの漫才を見ながらネタ見せの順番を待っている残りの生徒全員から、同じような熱気が立ちのぼっているではないか。早くネタをやりたい、ここにいる同期生や講師を爆笑させたい、驚かせたい、感心させたい、プロになりたい、劇場に出たい、テレビに出たい、有名になりたい……そんな夢にあふれた熱気で、教室の空気が陽炎《かげろう》のように歪《ゆが》んでいる。

（あかん……負ける。落語は負ける……）

竜二はくらくらした。この層の厚さはなんだ。ここにいるのは、まだデビューもしていない卵たちだが、彼らの「笑い」に賭《か》ける情熱は本物だ。そして、そのうえに膨大な数の先輩たちがひしめき、芸を競っている。

（わかった。こいつら、自由なんや。師匠がおらんから、なんでも自分で決められる。ネタも勝手に作って、勝手に演じられる。ノーブランドやから強いんや）

だが、チカコは竜二のそんな思いをよそに、そのふたりにもダメを出す。

「おもろいことはおもろいけど、まずは基礎的なボケとツッコミの漫才をきっちり身につけてからのほうがええと思うよ。呼吸と間で笑わせる、そういうネタも勉強してください」

「なんでですか」

詰め襟の少年が甲高い声で言った。

「ぼくらはずっとこのやりかたで行くつもりなんです。ボケとツッコミとか、そういう古くさいベタなパターンは嫌なんです。これがぼくらの『笑い』やから、これをこのまま評価してほしいんです」

「そんなん言うてもね、あんた……」

チカコが何か言おうとしたとき、竜二のすぐ横のドアがあいた。生徒たちは一斉にそちらを見た。入ってきたのは、「ラリルレロバの耳」の健造と仲吉だった。うわおっ、という歓声が生徒からあがった。今、松茸芸能でいちばん勢いのあるコンビだ。しかも、こないだまでここで授業を受けていた、すぐ手の届くところにいる先輩であり、まさに「夢を実現した」ふたりなのである。

「チカコ姉さん、ちょっと見学させてもろてええかな」

「あ、かまへんよ。どうぞ」

ふたりは、竜二をじろじろ見ながら、その横に立った。

「どないしたん？　忙しいやろに」

「ちょっとうっとうしいことあってな、気分直しに来たんや。ここは俺らの原点やからな」

仲吉が言った。

「うっとうしいこと？」

竜二は嫌な予感がした。

「下の劇場出とったらな、楽屋でモニター見てた何とかいう落語家のジジイが、俺らのネタをおもろない、て言いだして、マネージャーの江田さんともめたらしいねん。それで、ジジイが江田さんを殴りよってな」

「うわー、最悪。誰やのん、そのジジイて……」

言いながら、チカコは気づいたらしく、言葉尻が口のなかで消えた。

「えーとなあ、ショーシューテイ、いや、ショースイテイ何とか……やったかな。そんなことどうでもええから、ネタ見せ、続けてや。俺らも見せてもらうわ」

「あんたらも、気ぃついたことあったら言うたってな。ほな、次は……」

すると、詰め襟の少年が挙手をして、

「それやったら、ぼくらのネタも、ラリルレさんたちに聴いてもらいたいです。でないと不公平やわ」

「あのなあ、ラリルレくんらはたまたま来てくれただけやで。公平とか不公平とか……あんたらずうずうしすぎるわ」

「かめへんよ。聴いたるから、やってみ」

健造の言葉に、ガリガリ男と中学生風詰め襟のコンビはふたたび漫才をはじめた。さっきよりも緊張しているのか、ガリガリ男が二度ほど嚙んだ。詰め襟のほうは、

「おまえ、嚙みすぎやで」

とすぐさま突っこんで笑いに転化したが、そのあと自分も嚙んでしまった。

（こいつらでも緊張するんや）

竜二はぷっと噴きだした。終わってから、伸吉が言った。

「おもろいことはおもろいけど……きみら、ボケとツッコミのパターンを避けてるのは

なんでやの」

「あの……ぼくら、ラリルレさんみたいな新しい漫才がしたいんです。古くさい、ボケとツッコミのやりかたは嫌いなんです」

伸吉は、相方の顔を見て、

「――なあ？」

「うん」

ふたりはうなずきあった。健造が、

「漫才に新しいも古いもない。おもろいもんはおもろいねん。はじめのうちは、これや、と思ったら脇目もふらずにそれを突きつめていくのもええことやとは思うけど、ボケとツッコミがめっちゃはまって、ドッカーンてきたときの快感ゆうのも体感しといて損はない。でないと、引きだしの少ない芸人になってしまうで」

自分に言いきかせるようにそう言った。伸吉も、

「俺らはラッキーやったから、ここを出てからすぐに売れたけど、その分、しょっちゅう壁に突きあたってる。今もそうやねん。そういうとき、ボケとツッコミの基本に戻ったら、なんとか乗りきれるんや」

詰め襟の少年は納得がいきかねる様子で、

「そうかなあ……。ラリルレさんにそんな風に言われるとは思いませんでした」

よほど自信があったのか、不機嫌そうに顔をしかめて、下を向いた。

「ほな、つぎ、お願いします」

四番目のコンビがネタ見せをはじめてしばらくしたとき、詰め襟の少年が急に立ちあがると、竜二に向かって、

「おまえ、じっと立ってこっち見てるけど、何もんやねん！　ひとが必死になってネタ見せしてるのを鼻で笑《わろ》たり、ため息ついたり……さっきからずっとうっとうしい思とったんじゃ」

少年はチカコに向きなおり、

「先生、ＭＳＳは部外者の見学は許可されてないて聞いてますけど、このひと、誰ですか」

「あ、あの……彼は部外者やないんよ。笑酔亭梅駆《ばいく》ゆう落語家で……」

その言葉に、教室の全員が一斉に振りかえって竜二を見た。

「なんで落語家がここにおるねん」

「落語のやつがスパイしにきよったんか」

「笑酔亭、言うとったぞ。もしかしたらラリルレさんに言いがかりつけたやつの弟子とちがうか」

生徒たちは騒ぎはじめた。

「ちょ、ちょ、ちょっと、座ってや。座ってください！」

　チカコが制したが、頭に血がのぼっている生徒たちを鎮めることはできなかった。竜二は、押しよせてきた若者たちに棒倒しの棒のように引きずりたおされた。

「くそっ、おまえら全員どついたる！」

　そう叫びながらなんとか五発は殴ったが、多勢に無勢はいかんともしがたく、四十発ぐらい殴りかえされて結果的にぼこぼこになった。

▲

「痛い……痛い痛いってば。うぎゃあ」

「うるさいなあ、男やろ、口閉じとき」

「ううううう……おまえ、こんなぬいぐるみと一緒に寝てるんか。似合わんなあ」

「口閉じとき、言うたやろ！」

「痛てててて……」

　チカコのアパートで、顔に薬をつけてもらっているとき、竜二はふと思いついた。

「あのな……落語も、ああいう風にせなあかんのとちゃうか」

「何が？」

「落語の世界にすごい才能が出てけえへんのは、若いやつがみんな、漫才に行ってまうからや。それはたぶん……師匠と弟子のせいとちがうか」

「どういうこと？」

竜二は説明した。落語の世界は、いまだに旧態依然とした徒弟制度が残っている。今の若者は、弟子入りとかつらい修業とか伝承とか、そういったものを嫌う。落語も、漫才のように、ノーブランドの若手が出てこられる道をつくれば……。

「それって、落語もMSSみたいに、弟子入りせんでもデビューできるようにする、ゆうこと？」

竜二はうなずいた。さっきの連中を見ていて、彼は思った。落語に欠けているのは、ハングリー精神である、と。ちゃんとした師匠がいて、毎日家に通って身の回りの世話して、叱られながらもネタをつけてもらって、それを高座にかけて……いろいろな落語会の鳴り物やもぎりの手伝いをしたり、チケットを売りにまわったり……そんなことをしているうちに、貧乏は貧乏だろうが、伝統芸能の末端につながってるみたいな気持ちになって、なんとなく充実した感じで過ごしてしまう。けれど、彼らはちがう。失敗しても、助けてくれる師匠も兄弟子もいないのだ。彼らの目はギラギラ、ギトギトしていた。有名になったる、テレビに出たる、金もうけたる……自分の笑いの腕一本で勝負する。そんなハングリー精神があった。

「うーん……落語と漫才はちがうと思うけど……でも、その考えかたはアリやなあ。おもろいと思うわ」

「そうか、おまえもそう思うか」

「漫才が今みたいなブームになったのも、師匠について『修業』してない若い子がいっぱい出てきたからや。松茸芸能が、落語の学校も作って、弟子入りはしたくないけど、落語家になりたいゆうやつ、どんどんデビューさせたらええねん。そしたら、落語も漫才みたいになるかもしれへん」

「そ、そやな……そや、それや」

竜二は夢を描いた。落語が大ブームになり、落語会には何万人という若いファンが押しかけ、テレビのお笑い番組でも漫才師にかわって若手落語家が活躍し、「お笑いといえば落語」というのが世間の認識になる……。

「なるわけないわな」

「そんなんわからんよ、あたしはやってみる価値はあると思う」

「アホな……無理に決まってるわ」

竜二はため息をついて、時計を見た。ラジオ、遅れてしもた……。

▲

数日後、そこそこの人気が定着してきたラジオの仕事をこなしたあと、夕方から竜二は、桃谷《ももだに》で開催される地域寄席の手伝いに行った。場所は、駅から歩いて十分ほどの寺にある小さな会館の二階である。

「おはようございまーす」

楽屋に入った瞬間、彼は誰かに胸ぐらをつかまれた。

「な、何すんねん！」

顔を見ると、それは兄弟子の梅雨《ばいう》だった。

「それはこっちのセリフや。おまえ、自分が何をしたかわかっとんのか！」

「何のことですか」

「おまえ、松茸芸能にプロの噺家を養成する落語学校を作れ、て言うたらしいな」

「――は？」

「師匠と弟子の古くさい関係が、落語の世界を狭くしてる、言うたらしいな」

「い、いや、その……」

気がつくと、周囲を噺家たちに取りかこまれていた。

「なにがノーブランドの噺家や。師匠と弟子の関係が、落語家にとっていちばん大事ゆうことがわからんのか」

「カタカナの芸名つけた、師匠のおらん噺家が山ほど出てきてみい。落語界の伝統がむちゃくちゃになってしまうわ。わしら、師匠や先輩から教えてもろたもんを次に引きついでいく、ゆう使命があるんや」

「俺ら、なんとか噺家の出演枠を作ってもらおうゆうていろいろ動いとるんや。そんなややこしい時期に、ほんまいらんことしてくれたで。会社との交渉が決裂したら、おまえのせいやぞ！」

「噺家はいらん、て言われたわけでしょう。そんなとこ必死になってしがみつかんでも、ケツまくって飛びだしたったらええやないですか」

「なんもわかってないくせに生意気ぬかすな。松茸芸能にいてるからテレビの仕事とかもまわってくるんや」

本音が出たな、と竜二は思った。

「やっぱりテレビには出たいんですか」

「なんやと、このガキ」

棒倒しの棒のように引きずりたおされ、どつきまわされる。

（なんかこないだもこんなことあったな……）

既視感《デジャヴ》を味わいながら、竜二はぼこぼこにされていった。

「ずっとまえから嫌いやったんや。おまえなんか噺家やめてしまえ」

梅雨の声がやけに遠くから聞こえていた。

▲

「痛い……痛い痛いってば」

「すぐにこんなになるんわかってたら、こないだ薬塗るんやなかったわ。もったいな」

またしてもチカコのアパートで薬をつけてもらいながら、竜二は痛さのあまり、座布団のうえで身体を海老《えび》反《ぞ》りさせた。

「ごめんなあ、柿実うれる・うれない師匠と会社のひとが、落語家を演芸場に出さんことになった、ゆう話してはるのを横で聞いとったとき、うっかりしゃべってしもたんよ。こんなすごいこと考えてる子がいますよ、ゆうて」

「会社のひと、どない言うとった？」

「落語と漫才が一緒になるか、ゆうて笑われただけやった。あたしは、ええ考えやと思たんやけどなあ。それに、落語家さんらがこんなに反発するなんて思わんかったし……」

「俺は、無理に決まってる、て言うたやないか」

竜二は、このことが梅寿に知れたら、まちがいなく破門やな、と思った。

3

ついに、「松茸芸能六十三周年記念興行」の当日となった。竜二は、手伝いに来ている兄弟子たちからも、ほかの一門の噺家からも冷たい視線を向けられ、居心地の悪いことこのうえなかった。楽屋は、出演者だけでなく、六十三周年を祝うために来た若手芸人たちや関係者、マスコミなどであふれかえっていた。そのなかには「ラリルレロバの耳」のふたりの姿もあり、竜二は、なにも起こりませんように、と祈りたい気分だった。もちろん、なにも起こらないはずもなかったが。

「おめでとうございます」

「新社長になって、松茸芸能もますます発展まちがいなしですな」

「今日は、すごいプログラムなんで、楽しみにしています」

言祝《ことほ》ぎの言葉があちこちで飛びかうなか、不機嫌きわまりない表情の人物がひとりいた。

「なんで、わしの出番が漫才よりも浅いんじゃ！」

梅寿は、怒気をあらわに吠えていた。

「わしは漫才の前座か。誰がこの順番決めたんじゃ」

「すんません、師匠。落語は、高座を作らなあきませんから、だんどり上、どうしてもこの並びになってしもたんです。今日出ていただくかたは、皆さん、きら星のようなスターさんばっかりですので、どんな順序にしても角が立つのは重々承知ですが、なにとぞご理解のほどを……」

桑山部長がコメツキバッタのように何度も頭をさげ、ようよう梅寿は怒りの鉾《ほこ》をおさめた。かたわらではらはらしながら見ていた竜二はホッとした。

「えーと、出演者の皆さんに申しあげます。打ちあわせのときにもお願いしましたが、お祝いごとですので、下ネタはくれぐれもお控えください。大便、小便、おなら、ピンクがかったネタ……全部だめです。よろしいですか、おしっことかウンコは厳禁ですよ。一応、皆さんの台本はチェックさせていただきましたが、アドリブでそういうことをくれぐれも口にしないでください。なにとぞご協力お願いします」

桑山部長が声を張りあげたそのとき、

「若のおなりです」

社員のひとりが桑山にそうささやいた。桑山は、楽屋にいあわせた芸人たちに、

「新社長がいらっしゃる。全員、起立して」

そう言うと、自分も背筋を伸ばし、直立不動になった。

「ああ、楽にして、楽にして」

言いながら入ってきたのは、髪の毛を後ろになでつけ、サングラスをかけた背の低い若者だった。小太りの身体を白いスーツに包み、これまたサングラスをかけ、メイドのコスプレをさせたふたりの女性秘書を従えている。

「今日はぼくの大事な大事な就任披露のイベントだから、みんながんばって、ぼくに恥をかかせないようにね。しくじったらクビだよ」

若者は、ポップコーンの蜂蜜《はちみつ》がけを頰張《ほお》りながらそう言った。

「いよいよ若の時代が来ましたなあ。我々芸人一同、この日を待ちこがれておりました」

漫才の大御所、珍班寺《ちんぱんじ》ゴリ太郎が揉《も》み手をしながら言った。

「ぼくが社長になったら、なにもかも変わるよ。これまでとはなにもかもちがうと思ってほしいね」

「ご存分に大なたをふるってください」

「ああ、親父は古い芸人に甘かったけど、ぼくはそういかないよ。演芸場もコンビニもおんなじだ。売れないものは、当然、商品から外すから」

言いながら、梅寿のほうをちらと見た。梅寿は、目を煎餅《せんべい》のように見ひらいて、鯉太郎をにらみかえした。桑山部長があわてて、

「今日のトップバッターは、梅寿師匠です。『猿後家』を演《や》っていただくことになっております。師匠、私もあれから勉強させてもらいましたが、あれはええネタですなあ。聴かせていただくのが、ほんまに楽しみですわ。お客さんも期待してはると思います」

桑山は汗だくで機嫌をとっているが、梅寿は、

「そうだっか」

と冷ややかな一言をはなっただけだった。

「若、そろそろお時間でございます」

秘書のひとりの言葉に鯉太郎はうなずくと、見せびらかすような仕草で何百万もする腕時計の文字盤を見、

「ほんとうだ。じゃあ、ぼくは最前列の真ん中で見ているからね」

そう言うと、楽屋を出ていった。ドアが閉まるや、珍班寺ゴリ太郎が、

「なにぬかしとんねん、世間知らずの穀潰《ごくつぶ》しが。いくら社長が歳とってからできた子いうても、わがままがすぎるわ」

竜二は、それならあんなにべんちゃらを言わなければ、と思ったが、ゴリ太郎なりの処世術なのであろう。

「あの女どもはなんじゃ。けったいな格好しやがって」

梅寿はさっそく、一升瓶から大きな茶碗に注ぎ、立てつづけに何杯もあおっている。

このペースなら、出番までにできあがってしまう。しかし、ぴりぴりした師匠のオーラを感じとって、弟子たちは見て見ぬふりをした。今、へたなことを言うと、鉄拳が飛んでくることは確実なのだ。

「ふたりとも別嬪《べっぴん》さんだすな。それにホルスタインみたいに乳が大きい」

と古株漫才師の西山大三元が言うと、桑山部長が、

「若の趣味ですねん。とにかくアホでもええから胸がでかい女を採用せえ、と……」

「ガキやのう。お母ちゃんのおっぱいが恋しいんや。あんなやつが社長か」

「母親を早う亡くしてはりますからね……けど、正直、頭痛いですわ」

途端、ドアが開き、

「ポップコーン忘れた。——今、何かぼくのことしゃべってた？」

桑山部長の顔が真っ青になった。

▲

司会者が今日の会の趣旨ならびに松茸芸能の歴史を長々と説明したあと、政治家の挨《あい》拶《さつ》があり、歌舞伎界、歌謡界、経済界の大物たちのスピーチがあり、ようやく演芸のコーナーが来たときには、梅寿はへべれけになっていた。

「師匠、出番です」

弟子のひとりが言うと、凶悪な目つきで彼をにらみつけ、

「わかっとる……げふっ」

酒臭い息を吐いた。竜二と梅雨に支えられて立ちあがったが、足もとがよろけて、真っすぐには歩けない。

「だ、だいじょうぶですか、師匠」

心配げに顔をのぞきこむ桑山部長に、

「だいじょうぶだいじょうぶ……こんな二合や三合の酒……どうっちゅうことおまへん」

「二合や三合て……一升五合はいってまっせ」

「大事《だん》ない、大事ない。あははははは……げふっ」

「落語、できますか」

「アホかあ、わしを誰やと思とるんじゃ。天下の笑酔亭……げふっ……そ、それに、しくじっても、お客さん、誰も落語なんか聴いてはらへん。うふっ……うはははは」

梅寿は、鼻歌を歌いながら楽屋を出ると、舞台に向かう。一同は舞台袖でそれを見守っている。出囃子《でばやし》に乗って踊るように高座へあがる梅寿の背中を見ながら、桑山が竜二に、

「梅寿師匠、ご機嫌やねえ」

だが、竜二には梅寿が、ご機嫌どころか一触即発、怒り心頭に発している状態であることがわかっていた。

「えー、今日は松茸芸能の六十三周年やそうで、えろうおめでたい席やそうでおますが、わしらには関係あらへん。めでたかろうがめでとうなかろうが、やることは一緒でおますさかいな。我々のほうはあいもかわりませず、ごくお古いお噂を一席申しあげて、おあとと交替させていただきますが……交替言うたら、今日、松茸芸能の社長も交替やそうで、いちばんまえの席でポップコーン食うとるのが、今度の社長でおます。あの席、ちゃんと金払《はろ》て座っとるんやろか」

客はどっと笑ったが、桑山部長はため息をつき、

「胃が痛い……」

そうつぶやいた。

「しばらくのあいだ、おつきあいを願いますが……常吉、常吉、ちょっと起きとくれ」

竜二は愕然《がくぜん》とした。

（「猿後家」やない。これは……）

「鴻池《こうのいけ》の犬」である。船場の商家に拾われた捨て犬が、ひょんなことから日本一の金持ちである鴻池善右衛門《ぜんえもん》の家にもらわれていき、新しい人生を手に入れるというネタだ。

「師匠、かなり酔うてはるわ」

「猿が犬になった。犬猿の仲やな」

すぐにほかの弟子たちも気づき、小声でささやきあっている。桑山がその様子を見て、すぐ隣にいた竜二に、

「き、きみ……これ、『猿後家』やないんか？」

「ええ、『鴻池の犬』ゆう噺です」

「なんちゅうことをしてくれたんや！　中止せえ、あいつを高座からおろせ」

「無理です。もう、はじまってしもてます」

「こここれどんな噺や。まさか、下ネタやないやろな」

「ちがいます。こどもも喜ぶような、可愛らしいネタです」

桑山は竜二にストーリーのあらましを説明させ、下品な部分がないかどうか根掘り葉掘りたずねた。

「そ、それやったらええけど……ほんまにあのクソジジイは……」

桑山は汗をだらだら流し、ハンカチでそれを何度もぬぐっている。

「あの……なんでそんなに気にしはるんですか」

「え……？」

「落語会で、その場の雰囲気をみて演目を変えることはよくあるやないですか。それが落語のええとこやと思いますけど」

「小さな会はそんなええかげんなやりかたでええかもしれんけど、これだけ大きなイベントやと、前々からポスターにネタの告知もしてある。そのネタを聴きたいと思てくる客に失礼やろ。それに、下ネタは笑いの取りかたとしては最低や。笑かしたらええ、ゆうもんやない」

「そうかなあ……なんぼおめでたい席でも、くすぐり程度やったら多少の下ネタは許されるんとちがいますか。部長さんは、なんか気にしすぎかなあと……」

「うるさい、きみには関係ないことや」

「あの新社長のせいですか」

桑山は、あからさまにぎくりとした顔つきになったが、

「ちがう、関係ない、ほっといてくれ」

あとは竜二がなにをたずねても、反抗期の中学生のように、その三つをくりかえすだけだった。

「あんた、ちゃんと聴いてるか」

そう言って、梅春《うめはる》が竜二の袖を引っぱった。

「何をです?」

「ネタや！　この『鴻池の犬』……すばらしいできよ」

「あんなに酔うてはるのに」

「やっぱり師匠はすごいわ」

打ちあわせでは十五分のはずだったが、そんな約束はどこへやら、梅寿はたっぷり時間をかけて熱演した。おそらく、あとに続く、長い出番を与えられている漫才に対して、落語家としての意地を示しておこう、という一種の対抗心が働いたのだろう。満場の客は、梅寿の芸にひきこまれ、爆笑の連続だった。鯉太郎にしてからが、最初はあてこすり的なマクラに顔をしかめていたが、噺に入ったあたりからはまったらしく、くすぐりのひとつひとつに大笑いし、病気になったために捨てられた犬が述懐する場面ではしんみりした表情で聴きいっている。ラスト近く、主人公の黒犬が、

「来い来い来い来いっ……」

と飼い主の鴻池善右衛門から呼ばれる場面で、最初は「鯛の浜焼き」、二度目は「う巻き」をもらう。黒犬の弟が、

「どうぞ、お兄さん、先にお食べ。あまったらわたしちょうだいします」

「そんないらん気ぃつかわいでもええ。わしはもうこんなもん食べあきてんねん。今晩あたり、あっさりと奈良漬けで茶漬けかなんか食べたいと思とんのや。遠慮せんと食べたらええねん」

という箇所では、椅子のうえで腹をよじり、涙を流さんばかりに大笑いしている。

「信じられん。若が……落語でウケてる！」

桑山は両の拳を握りしめ、その場にいた噺家たちに向かって、

「こらうまいことといったら、演芸場のプログラムから落語を削る案、撤回できるかもしれまへんで」

「やった」

「梅寿師匠、最高」

喜びに沸く噺家たちをよそに、竜二は桑山に質問した。

「鯉太郎さんが落語でウケたら、どうして落語をプログラムから外さなくてもすむんですか」

「若は、これまで落語なんていっぺんも聴いたことないんや。たぶんこれが生まれてはじめてやと思う」

「そんなひとが芸能会社の社長になるんですか……」

「世襲ゆうのはそんなもんや。若は、漫才やコントも実はそれほど好きやない。ほんまに好きなんは、アニメとかゲームとか……せやから、落語ゆうのは古くさい、辛気《しんき》くさいもんや、ゆう先入観で見てはった。これで、若の落語へのイメージも変わると……」

そのとき、高座の梅寿がいよいよサゲにかかった。三度目にまた、

「来い来い来い来いっ……」

と呼ばれた黒犬が、今度はなにももらえずに、尾を下げて、しおしおと帰ってくる。

「兄さん、今度何くれはりました」

「何もくれはれへん」

「そうかて、今、『来い来い来い来いっ』言うてはりましたがな」

「坊《ぼん》に、おしっこさしてはったんや」

梅寿がサゲのセリフを言い、太鼓《おおど》がどんどん！　と鳴ったその瞬間……桑山部長の顔がみるみる引きつるのが竜二にわかった。

「し、しまった……」

桑山がそう叫ぶのと同時に、客席の新社長が立ちあがり、

「やめさせろ。こんな落語、やめさせろ！」

ヒステリックな声でわめいた。

「こいつを舞台から引きずりおろせ。早くしろ！」

「そない騒ぎなはんな。ほかのお客さんに迷惑だす」

高座から、梅寿が落ちついた声でしゃべりかける。

「それに、もうサゲまでいったさかい、わたいはどっちゃみち、これで降りさせてもらいます。ほな、失礼」

ぺこりと頭を下げ、すたすたと降りてきた。

（どないなっとんや……）

竜二は、どうして急に新社長が怒りだしたのかわけがわからず首をひねっていた。楽屋に戻ってきた梅寿は、「青汁を千杯飲んだ」というような苦い表情でどっかとあぐらをかくと、

「酒や！　酒持ってこい」

と怒鳴った。最後の最後で、一席の落語をむちゃくちゃにされたのだから、もっともな反応である。梅春が酌をしようとすると、その手から一升瓶をふんだくり、自分で茶碗についで飲みはじめた。そのピッチの速いこと。あっという間に一升が空になった。

「若、お待ちください、若……！」

廊下で騒ぎ声がする。桑山部長の声のようだ。

「梅寿師匠の件は我々が処理します。このあと就任披露のご挨拶も控えておりますので……」

「うるさい、おまえは黙ってろ。ぼくは一言あいつに……うわあっ」

「大丈夫ですか、若っ。だからポップコーンを食べながら歩かないようにと……おい、誰かここを掃除しろ。ああ、若……お待ちくださいませ！」

どーん、とドアがあき、髪の毛やスーツをポップコーンまみれにした鯉太郎が立っていた。彼は、梅寿に向かって指を突きつけた。梅寿は正面から鯉太郎を般若《はんにゃ》のような形相でにらみつけ、太い声で、

「なんじゃ」

「き、き、き、きみをかい、かい、かい、かい……」

「どこぞ痒《かい》いんかい」

「解雇するっ。ほかの落語家も、今日限り、演芸場への出演はないと思え。いいなっ」

ほかの噺家たちからあがる抗議の声を無視して、きびすを返して立ちさろうとする。

「ちょっと待て」

「な、なんだ。もう、ぼくのほうには話はないぞ」

「そっちにのうても、こっちにおまんねん、新社長……いや、鯉太郎」

梅寿は、一升瓶をどすんと床に置き、鯉太郎はびくっと跳ねた。

「おかんを早うに亡くしてから、あんたはひとりで大きなったと思とるかしらんけどな、ほんまはいろんなひとの愛情でそこまで大きしてもろたんや。松茸芸能も、今みたいに大きなるには、いろんなひとの力があった。あんたは知らんやろけど、落語がこの会社を支えた時期もあったんやで。あんたは、落語なんぞ古くさい、しょうもないもんやと思とるかもしれんが……」

「そ、そんなことは思てない」

「ほな、なんでや」

「うるさい。知らん。とにかくきみはクビだ。以上！」

梅寿の腕がにゅうと伸び、鯉太郎の襟髪をつかんだ。

「な、なにを……」

する、という言葉を発するまえに、鯉太郎は梅寿にのしかかられた。

「おのれが赤ん坊のころ、尼崎《あまがさき》にあった文化住宅の二階に住んでた時分、わしが遊びにいって、しょっちゅうおのれのおしめ換えたったやないか。その恩を忘れたんか」

「そんなん知らん知らん知らん」

「おしめ換えたるさかい、尻出せ」

逃れようとする鯉太郎を羽交《はが》い締めにして、梅寿は彼のズボンを脱がした。

「このジジイ、アホか。助けてくれ、桑山！」

鯉太郎は梅寿の腕をふりほどき、必死になって逃げようとする。楽屋からパンツ一丁で飛びだし、廊下をひた走る。

「待てっ、待たんかい、このガキ！」

梅寿は、ズボンをひっつかんだまま追跡する。

「若ーっ、お待ちあれーっ」

桑山部長もあとを追おうとしたが、廊下に散らばったポップコーンに足をとられて転倒した。鯉太郎は逃げる。梅寿はどすどすと追いかける。楽屋にいた全員が、そのあとに続いた。こんなおもしろい見せ物を見逃す手はない。

「こら待てえっ。絶対、おしめ換えたる。覚悟せえ！」

「嫌や、嫌や。お、おい、あのジジイをなんとかしろ！」

声をからしても、誰もしたがうものはない。社員たちも、梅寿を取りおさえるふりをしているだけだ。逃げる鯉太郎。追う梅寿。ロビーを走りぬけ、通路から通路へ。売店のまえで、ついに梅寿の手が鯉太郎のパンツにかかった。若社長はつんのめるように倒れ、尻は丸だしになった。梅寿は、抜きとったパンツをくしゃくしゃに丸めて、秘書のひとりに向けて放った。パンツは秘書の顔にひっかかり、

「ひゃああああっ！」

金きり声をあげた秘書は、パンツをつかんだままパニックになり、どこかへ走りさってしまった。鯉太郎は股間《こかん》を押さえて半泣きになり、

「頼む、誰かパンツ貸してくれえっ」

その一部始終をげらげら笑いながら見ていた竜二の肩を、誰かが叩いた。振りかえると、「ラリルレロバの耳」の健造と伸吉だった。

「あの梅寿ゆう爺《じい》さん、おまえの師匠か」

健造が笑いをこらえきれない、という顔つきで言った。

「そやけど……」

「ものごっつうおもろいジジイやな。あっはははは……俺、カンドーしたわ」

「え？」

「俺もや。社長にあんな無茶するやなんて……あんなひと、今の漫才師にはおらへんわ」

仲吉も笑いすぎて涙を流しながらそう言った。

「実は、俺の親父、桂パチンコいう落語家やねん。酒飲みで博打《ばくち》が好きで、さんざん俺とおふくろに迷惑かけて……借金だらけで死んでしもた。そんな親父を見てるから、俺、反発して漫才をはじめたんやけど……な－んかちがうねん。昔は、漫才でもああいう芸人さんいっぱいおったて、親父に聴いたことあるけど、今はきっちり商品としてテレビで通用する、行儀のええ漫才師ばっかりや。多少キレたり、ヤバいこと言うても、全部計算なんや。でも……落語には、昔のめちゃめちゃなおっさんが残ってるんやなあ……」

「ええなあ、落語て。こういう世界、俺、あこがれるわ」

「俺もや。――ええなあ、師匠がおって。俺もあんなアホな師匠がほしいわ」

「何言うてんねん、弟子入りしたらやりたいこともでけへんし、いろいろたいへんなんや」

そうは言ってみたものの、本心から梅寿をあこがれの目で見ているようなふたりを前にして、竜二はこれまでの劣等感が嘘のように消えていくのを感じていた。

「おまえ、俺らと同い歳やろ。今度、俺らのライブに出てくれや」

健造がそう言うのを聴いて、今なら、漫才に落語で勝てるかも……竜二はそう思った。

4

「なんやと、わしはクビやないていうんか」

長屋の上がりがまちで平身低頭する桑山に、梅寿は怪訝《けげん》そうなおももちで言った。

「そうですねん。一旦はクビて言うたものの、若もあとで、それは言いすぎやったと考えなおしはったようで……」

「パンツの件、わしは謝らんで。それでもええんか」

「かまいません。最近の会社の落語家さんへの態度はたしかにひどすぎましたからな。若も、師匠の『鴻池の犬』で、ようよう落語の存在価値がわかったみたいで、これからは落語家にも出演の機会を増やしていく、ゆうてはりました」

「そら、ええこっちゃけどな……」

梅寿は、竜二が出した茶をすすりながら、

「あのガキ、なんで急にキレたんや」

「それまでは機嫌良う聴いとったのに、いきなり立ちあがって喚《わめ》きだしよったやろ。あいつ、変なクスリかなんかやっとるんとちがうか」

「いえ……そういうわけでは……」

桑山部長の顔に走った狼狽《ろうばい》を見逃すような梅寿ではない。桑山の鼻をぎゅっとつまみあげると、

「痛《ひた》いです……痛《ひた》い痛《ひた》い痛《ひた》い……師匠《ひひょう》、ひゃめとくなはれ」

「言え、言わんか、言わなんだら鼻をねじきったる……」

「ひゃめてーっ、ひゃめてえっ」

桑山は顔をぶんぶん振って、やっと梅寿の指をふりほどき、目に涙をためて、

「これぱっかりは口が裂けても言えまへん。私が言うたてバレたら、若に殺されます。ご勘弁ください」

「大層に言いやがって……もうええわ」

桑山は真っ赤になった鼻先をハンカチで拭《ぬぐ》いながら、

「それはそうと、私としては『猿後家』のほうも聴かせてもらいたかったですわ」

うまく話題をそらした。

「ふん、べんちゃら言うな」

「べんちゃらやないです。あらすじをチェックするために速記本で読みましてんけど、おもしろそうな噺ですな。ぜひ師匠の高座で聴いてみたかった」

梅寿は、こういう褒め言葉には弱い。

「竜二、酒持ってこい。それと、なんかアテないか」

「いえ、師匠、私は今日はこれで……それにお酒はぜんぜん飲めませんねん」

「まあええやないか。ちょくっとだけや。ちょくっと一杯いこ。竜二、はよせえ。いつもいつも動作がのろいんじゃ、おまえは。桑山くん、ぜひとも酒飲みたい言うてはる。お待たせすな」

竜二は台所をいろいろ探したが、急なこととて、酒の肴《さかな》にできそうなものがない。アーちゃんも外出中だ。竜二は食べさしのスルメを梅寿に見せ、

「師匠、これでよろしいですか」

「アタリメか……ビンボ臭いけど、ま、ええわ。炙《あぶ》って、細《こま》こう裂いて持ってこい」

桑山が口を挟み、

「あの……アタリメてなんですか」

「おまえ、演芸の仕事しとるくせに、ほんっ……まに何にも知らんな。スルメのこっちゃ」

「スルメが……アタリメですか」

「芸人は、ゲン（縁起）を担ぐやろ。スルゆう言葉は『擦《す》る』に通じるさかい、『当たる』に言いかえるんや。スルメはアタリメ、すり鉢はあたり鉢、すり鉦《がね》はあたり鉦《がね》……楽屋の忌み言葉みたいなもんやな」

「ははあ、『猿後家』の後家さんのまえでは、『サル』が忌み言葉になってましたけど、いろいろありまんねんな。そういえば、猿のことをエテ公というのも、猿は『去る』に通じるから、『得る』に言いかえた、山での忌み言葉やそうですわ」

「ま、そんなことどうでもよろし。一杯いけ」

「師匠、そんなにつがんかて……もうけっこうです。こないに飲めまへんねん。ビールをコップに一センチほど飲んだだけで、顔は真っ赤になるし、心臓はどきどきするし……それに、これから会社に戻って、まだ仕事せなあきませんし……」

「わしもクビがつながったし、松茸芸能も落語に力を入れてくれる。めでたい祝いの酒やないか。ぐーっといって、それから会社に戻ったらええがな」

梅寿の言葉は優しいが、目は、

（わしの酒、飲まなんだらどつく）

という意志を明確に物語っていた。

「わ、わかりました。そんならいただきます……」

桑山は、茶碗に口をつけると、半分ほどを一息に飲んだ。たちまち顔が赤く染まった。

「し、師匠……これで堪忍しとくなはれ。もう……もう飲めまへん……ううう」

「うはははは。猿みたいに真っ赤になりよった。うははははは」

そのとき、竜二はふと思った。猿後家……言葉の禁忌《きんき》……。

「あの……もしかしたら、オシッコの場面がだめだったんですか」

竜二が唐突に口を出すと、桑山はギョッとした顔つきになり、

「な、何のことかいな……」

「来い来い来い……が若社長のまえでは忌み言葉やったんですね」

「知らん……私は何も知らんからな」

「松茸芸能は、志井威男社長が、シイタケよりも松茸のほうが偉い、ゆう言葉遊びから命名されたと聞きました。その長男の鯉太郎さんは、志井鯉太郎……きっとこどものころ、シーコイ太郎、シーコイコイコイ太郎、太郎はシーコイコイコイ……ゆうて友だちからからかわれたんとちがいますか」

桑山は赤くなったり青くなったり、しまいには紫色になり、

「若はねえ……幼稚園でも小学校でも、鯉太郎はシーコイコイ、オシッコ漏らすシーコイコイ太郎、て囃《はや》したてられて、いじめられはった。登校拒否にもなってましたんやで。あっはははは。アホな話や。そのせいか、高校生になってもオネショの癖がなおらんかったんや。毎日、布団に世界地図描いてなあ……それ以来、オシッコのこと

をからかわれるのがトラウマになりはって、あのときも、大事な社長就任のイベントのときに、人前で馬鹿にされたように思えましたんやろ」

「下ネタ厳禁と言うてはったのは、ほんまはオシッコネタ限定やったんですね」

「あっははは、そういうことや。おふたりとも、このことは誰にも言わんようにお願いします」

「こんなアホなこと、誰にしゃべるかい」

梅寿は吐きすてるように言った。桑山は酔眼を竜二に向けて、

「せやけど、きみはようわかったねえ。感心したわ」

梅寿は、

「わしもわかっとったんや。わかっとったんやけど、言うたったら鯉太郎がかわいそや思たさかい黙っとったんや」

と桑山に聞こえるような声で言ったが、そのとき、桑山の携帯が懐かしい「番頭どんと丁稚はん」のテーマソングを奏でた。

「はい、桑山です……ああ、きみかいな。あっはははは。いや、酔うてないよ。誰が酔うてるねん。何の用事や。――何やて？　『ラリルレロバの耳』が……ほんまか！　せ、せやけどそれは……そうか……そうか、わかった。ほな、すぐに戻るわ」

電話を切った桑山は、しばらくそのままの姿勢で黙りこんでいた。

「なにかあったんですか？『ラリルレロバの耳』がどうとか言うてはりましたけど」

竜二がうながしても、何も答えない。ややあって、桑山は梅寿のほうを向かず、竜二に向かって、

「梅寿師匠……『ラリルレロバの耳』が松茸芸能やめてしまいました」

「何……？」

「ふたりとも、桂パチンコの弟弟子の桂パチスロに弟子入りしよりました。梅寿師匠みたいな噺家になりたい、ゆうとるらしいですわ」

「…………」

「うちのドル箱でしたからな、あいつらは。若は激怒してはりまして……師匠はやっぱりクビゆうことになりました。すんません」

桑山は頭を下げて、ふらふらした足どりで帰っていった。梅寿はぶすっとした顔で、しばらく無言のままアタリメを肴に酒を飲んでいたが、やがて一言、

「わしにあこがれとるんやったら、なんでわしとこ弟子入りせえへんのじゃ、どアホが！」

それどころではない。皮一枚でつながった、と思っていたクビがとうとう離れてしまったのだ。しかし、このときはまだ竜二も梅寿も、このあと「もっとどうにもならんできごと」が降りかかってこようとは予想もしていなかった。

抜け雀

ぬけすずめ

名人伝を扱ったネタは、『抜け雀』の他に『ねずみ』『竹の水仙』などがあります。

この噺《はなし》の後半に、名人絵師の親が登場します。衝立《ついたて》から抜け出る雀の絵を見て、「このままでは死んでしまう」と鳥籠を描いて立ち去ってしまいました。時移り、久しぶりに宿屋を訪れた名人、それを見て一言、

「親不孝ではあるまいか。現在、親にかごをかかせた」

浄瑠璃「双《ふたつ》蝶々《ちょうちょう》曲輪《くるわ》日記《にっき》・橋本の段」に、

「野辺の送りの親の輿《こし》、子が舁《か》くとこそ聞くものを、如何《いか》に知らぬと云ふとても、現在親に駕籠《かご》舁かせ……」という件《くだ》りがあります。

当時、駕籠かきは身分の低い職業であったことがうかがえます。

わたしの古い友人に、相当の落語通がいます。彼はこの駕籠を棺桶《かんおけ》と見て、親が子の駕籠をかくことは、先立つ不孝を意味しているのだと説きました。

この絵師が、もしも衝立に虎の絵を描いていたら……。

宿屋が繁盛する前に、亭主もおかみさんも……喰われてしまいます。

「現在、親にオリ」を描かせても、もう手遅れ。

大きな恥をかいてしまいましたとさ。

（月亭八天）

1

「個人事務所？」

梅菌愚《ばいきんぐ》がすっ頓狂《とんきょう》な声をあげた。梅寿《ばいじゅ》は重々しくうなずき、

「わしの噺家《はなしか》としての長年の夢やった。わしが松茸芸能を辞めたんは、その実現のためなんや」

仕事で来られない一部のものを除いて、狭い長屋の一室に、筆頭弟子の梅々《ばいばい》をはじめ、一門がずらりと勢ぞろいするなか、末席に連なっていた竜二は心のなかで、

(辞めたんやない。クビになったんや)

と突っこんだ。

「演芸場に出られへんのやったら、あんなしょうもないカスみたいな会社におったかて意味ない。噺家はもっともっと落語をせなあかん。そのために、自分の事務所を作ることにした」

一同を見渡すと、

「押しつけはせん。好きなようにせえ。来たいもんは来い。嫌なら嫌でかまへん。――どや」

弟子たちのあいだに動揺が広がった。梅寿の弟子は、師匠が松茸芸能に所属していたから、必然的に松茸芸能の所属芸人となる。契約書をかわしたりしているわけではないが、松茸芸能から仕事をもらい、それをこなせばお金が振りこまれる。地域寄席など、事務所を介さずに直接受ける仕事もあるが、ほかの事務所のしたで働くことはない。最近ずっと梅寿と松茸芸能がチャンバラ状態だったので、弟子たちの会社経由の仕事も必然的に減ってはいたが、それでもほとんどのものは恩恵をこうむっている。なんといっても、日本で五本の指に入る大手演芸会社だ。安定しているし、テレビ局などへのごり押しもできる。しかし、肝心の落語に関しては、新社長の志井鯉太郎が、演芸場に落語家を出演させない方針を発表したこともあって、期待はできなかった。

「師匠、もちろんついてまいります。師匠の夢の実現、私もお手伝いさせていただきとうございます」

テレビでの露出も多い、一番年配の梅々がまっ先に両手をついてそう言った。二番弟子の梅二郎《ばいじろう》が、先を越されたとばかりに、

「師匠と弟子は一心同体です。師匠が会社を辞めはるんやったら、わしらも辞めます」

それをきっかけに、あとのものも口々に、ついていきます、おともいたします……。

梅寿は満足そうに、

「おまえらの気持ちはようわかった。ところで、新事務所の名前やけど、梅寿の梅と、落語界に輝くゆう意味をこめて、『梅星事務所』にしようと思うねやが、どや」

「梅星……酸っぱそうな名前でんな。それやったらいっそ英語にして『プラム・スター事務所』のほうがええんとちゃいますか」

「酸っぱいのがあかんのやったら、『梅ジャム事務所』はどうです」

呑気《のんき》な議論がはじまったとき、

「すいません……ちょっといいですか」

緊張したおももちで梅雨《ばいう》が手を挙げた。梅々が、

「なんや梅雨、事務所の名前にええ思案でもあるんか」

「ちがいます。ぼくは……松茸芸能に残らせていただきたいと思います」

「なんやとおっ。おまえ……師匠の恩を忘れたんか！」

「師匠への恩返しは、ぼくがもっともっと売れて、有名な噺家になることやと思てます。来月からはじまる松茸芸能の番組の、司会の仕事が来てるんです。どうしてもやりたいんです」

「師匠よりもテレビを取るんか。情けないやっちゃ」

「梅々兄さんぐらい名前が売れてはったら、どこにいてても仕事は来ると思いますけど、ぼくらはそういきません。松茸芸能の力が必要なんです。師匠の事務所に入っても、テレビの仕事なんか絶対に来ません。それは、兄さんが一番わかってはるんやないですか」

「そ、そらそうかもわからんけど……師匠と弟子の関係は、入門した日から、破門されんかぎり、一生のもんや。おまえ、破門してほしいんか。そうなったら、この世界におられへんのやで」

「でも、さっき師匠は、押しつけはせん、嫌なら嫌でかまへん、とおっしゃいました」

言いながら梅雨は梅寿のほうを見た。梅寿は仏頂面《ぶっちょうづら》で視線をそらすと、

「たしかに言うた。残りたいやつは残れ。破門にはせん」

「ありがとうございます。そうさせていただきます。でも、ぼくの師匠を思う気持ちは今までと……」

「じゃかあし、黙っとれ！」

大喝をかわすように梅雨は頭をさげた。

「ほかにはおらんのか。師匠のお気持ちに逆らって松茸芸能に残りたいやつは、正直に手ぇ挙げ」

梅々が大声で言ったが、もう誰も挙手しない。

「ほな、梅雨以外は全員、新事務所に移籍ゆうことでええのやな」

皆、無言である。梅々は、梅寿のまえに手をついて、

「こういうことになりました。今後とも師匠、よろしゅうお願いいたします」

梅寿は、鼻のあたまをぼりぼり掻《か》きながら、

「事務所をこさえるのは、竜二にさす。いろいろ決まったら、また連絡させるわ」

聞いてねーよ、と竜二は思ったが黙っていた。久々に弟子が勢ぞろいしたというのに、誰も「飲みましょう」と言いだすことなくお開きになり、皆、妙な顔つきのまま、三々五々帰っていった。梅寿は、ふてくされたような態度で竜二に、

「誰か来ても、わしは会わん。伝言があるんやったら、『よっしゃ、わかった』ゆうて聞いといてくれ」

わけのわからないことを言うと、コップ酒を数杯あおりつけ、頭から布団をひっかぶって昼寝してしまった。

(なんで俺が事務所作らなあかんねん。手続きとか、なーんも知らんがな……)

心のなかでぼやきながら竜二が玄関を片づけていると、

「おい……おい、竜二」

扉の隙間《すきま》から、丸っこい赤ら顔が少しだけのぞいている。

「寿《じゅ》ごん兄さん、お忘れもんですか」

五番弟子の寿ごんだ。彼は、そろそろと戸を引きあけると、

「師匠は……？」

「寝てはります」

「そうかー」

寿ごんは、残念そうな安堵《あんど》したような口調でそう言うと、

「好都合いうたら好都合や。じつはな、竜二……さっきは梅々兄きにつられて、つい、師匠についていくて言うてしもたけど、ほんまはわし、会社に残らんならんねん。ちゅうのは、家建てるときに会社からぎょうさん借金しとるやろ。急に、金返せ言われてもムリなんや。ほっ……んま申しわけないけど、おまえから師匠にあんじょう言うといてくれへんか。な？　な？　な？」

『よっしゃ、わかった』

「おまえ、兄弟子に、なにタメ口きいとんねん」

「そやないんです。師匠がそう言えと」

「そ、そうか……ありがたい」

寿ごんは、心底ホッとしたような表情で、梅寿の寝ている部屋のほうに手をあわせてから去っていった。ほとんど入れちがいに入ってきたのは、八番弟子の羅々梅《ららばい》と九番弟子の寿亭夢《じゅていむ》だ。

「忘れもんですか」

竜二が意地わるくきくと、二人はバツが悪そうに顔を見あわせ、

「あの……師匠は？」

▲

結局、梅寿についていくと宣言した弟子たちのうち、半分以上がこっそりと戻ってきて、師匠に謝っといて、と竜二に伝言を託した。そのたびに竜二は、「よっしゃ、わかった」と梅寿の言葉を伝えた。信じられないことに、師匠と弟子は一心同体と豪語していた二番弟子の梅二郎までが、

「いつかは師匠も松茸芸能に戻る日が来るかもしれん。わしはそのときのために、会社に残って、師匠が戻りやすいようにしとくんや」

と勝手な理屈を述べた。

（師匠は、こうなることわかっとったんか……）

たしかに梅々のやりかたは強引すぎたかもしれない。竜二は、梅寿が弟子たちの心理を把握していることに驚くとともに、梅寿の人望のなさにも驚いた。過半数は多すぎるやろ……。

「みな、来よったか」

二時間ほどしてからのそのそと起きてきた梅寿が、大あくびをしながらそう言った。

「『抜《ぬ》け雀《すずめ》』の雀みたいに、ひとり、またひとりと抜けていきよる」

「抜け雀」というのは、梅寿が若いころにしばらく持ちネタにしていたが、最近になってふたたび手がけるようになった噺である。小さな宿屋に泊まっているみすぼらしい風体の絵師は、じつは一文なしだった。彼は、衝立《ついたて》に五羽の雀の絵を描き、それを「宿賃のかた」にして旅だっていった。翌朝、夫婦喧嘩《げんか》のあげく、ふて寝してしまった嫁はんのかわりに宿の亭主が雨戸をあけると、差しこむ朝日が当たるや、衝立から雀が抜けだして外で遊びまわる。衝立は真っ白。そのことが評判になり、貧乏だった宿屋は大盛況になる……という内容だ。

「わしの事務所に移るのは何人や」

竜二から人数を聞いた梅寿は、

「ふん……まあ、そんなもんやろ。誰が来るんや。梅々に……梅漫《ばいまん》に……梅毒《ばいどく》に……梅《うめ》春《はる》に……ふんふん……」

「師匠、あの、俺は師匠に……」

言いかけた竜二の顔面に平手打ちが飛んだ。

「ドあほ！　内弟子に選ぶ自由があるかっ」

そういうことらしい。

▲

翌日の昼、新事務所に移る弟子たちが梅寿の家に集まった。雰囲気はどんよりと暗い。

「たったこれだけかいな。もう少し集まる思たけどな」

腕組みをした梅々が、全員の顔を見渡してため息をついた。

「ええんちゃいますか。最初はこぢんまりと出発したら。だんだんよくなる法華の太鼓でんがな」

梅刈子《ばいかるこ》が、沈みがちな空気をなんとか盛りあげようとしたが、

「せやかて、この人数では、事務所として機能せんで。場所も借りなあかんし、ファックスやら電話やらコピーやらも調《ととの》えなあかんし、事務員も雇わなあかんやろ。落語会やるゆうたかて、会場費とか、チラシやらチケットの印刷費とか……なんやかんや金かかる。それを全部、我々の収入でまかなわなあかんのや」

「そんなもん、わしの顔でどないでもなる。今日はめでたい門出の日や。まあ、一杯いこ」

梅寿ひとり上機嫌で、酒をすすめている。すでにひとりで一升近く飲んでいるのだ。

「酒、なくなってしもた。アーちゃん、おかわり持ってきて」

妻の千都子に空の一升瓶を示す。

「皆さんがこないして集まってるのに、ええかげんにしときなはれ。もう、お酒のうなったわ」

「さっき台所の隅に新品の一升瓶置いてあったやないか。ええから持ってこんかい」

アーちゃんはため息をつき、

「お酒のことには目ざといねんさかい、ほんまに……」

梅寿はほくほく顔で封をあけ、湯飲みについでがぶっと一口飲み……顔をしかめた。

一升瓶を畳のうえにどすっと置き、

「おい、これ、酒やないやろ」

「お酒だっせ」

「せやかてこれ、医者でもらう風邪薬の味するやないか。こんなもん飲めるかい。——おい、梅毒、おまえ飲んでみい」

梅毒は湯飲みの酒を口にふくむと、

「ほ、ほんまや。まずう……甘《あも》うて、苦あて、薬臭《くそ》うて、味の素の味しますな」

「いつもの酒屋で買《こ》うたんか？　あのガキ、今度会《お》うたら……」

梅寿はアーちゃんに向かって怒鳴った。

「ちがいます。今度、表通りにでけた『ええもんしか置かない屋』ゆう大きな百円ショップで買いましてん」

ラベルには、「ええもんしか置かない屋・オリジナルブランド高級吟醸日本酒・百鹿」と記されていた。

「ほな、この酒、百円か」

「そうだす。でも、メーカー品でっせ。『百鹿』ゆうたら有名ですがな」

「アホ、あれは『白鹿』じゃ。それに、なんぼ百円でも飲めんかったら意味ない。ドブに流してしまえ」

梅漫がしげしげと酒瓶を見つめ、

「あそこの百円ショップ、粗悪品ばっかり売ってるて評判ですわ。ぼくもこないだ一個百円のコップを八個買うたら、全部、水が漏りまんねん。文句言いにいったら、返品・交換には一切応じません、やて。むちゃくちゃや」

「俺も行ったけど、携帯電話も百円やった。思わず買うたけど、一回しかかけられへんねん。使い捨てなんやて。使い捨てDVDプレイヤーとか使い捨てパソコンゆうのも置いてたなあ」

と梅毒。

「鳥巻《とりまき》商事の系列の店やさかい、しかたおまへんわ」

梅刈子がそう言うと、梅寿が、

「なんじゃ、鳥巻商事て」

「師匠、知りはらしまへんか。鳥巻健三ゆうおっさんの会社で、とにかく流行《はや》りもんにはなんでも手を出すんです。最初はインベーダーの店からスタートして、ノーパン喫茶、もつ鍋《なべ》屋、携帯電話ショップ、回転寿司、讃岐《さぬき》うどん屋……今は韓流《ハン》ブームに乗って、韓国家庭料理の店『ヨンさま』ゆうのをチェーン展開して、大もうけしてるらしいですよ」

「ノーパン喫茶か。懐かしいのう。わしも、阿倍野《あべの》にあった『アラレちゃん』ゆう店でな……」

梅寿が言いかけたとき、梅々が立ちあがりざま、

「おまえら、たいがいにしとけよ。百円ショップなんかどうでもええやろ。今は、どうやって資金繰りするか、ゆう相談しとるんや。——師匠も、頼んますさかいまじめに話きいとくなはれ。一番肝心なときでっせ」

「そんなことわかっとるけど、じたばたしたかてどうにもならん。——で、その『アラレちゃん』ゆう店にな……」

梅々は大きく肩をすくめると、

「すんまへんけど、今からテレビの仕事あるんでお先に失礼します。——梅漫、あとはおまえが仕きれ。決まったことはあとでメールしてくれ」

玄関まで見送った竜二に聞こえよがしに、

「なにが新事務所の門出や。もう空中分解しとるやないか」

竜二がもとの部屋に戻ると、梅寿は、

「あいつはマスコミで売れとるさかい、『新事務所に移ったる』ゆう恩きせがましい気持ちがあるんや。そんなやつには来てもらわんでええ。こっちからお断りじゃ、ボケが」

そのとき、それまで一同の話を黙って聞いていたアーちゃんが、突然、

「あんた、何えらそうなこと言うてんの！　梅々くんが来え《け》へんかったら、この顔ぶれでどないしてかせぐんや。あの子が言うてたとおり、事務所開くだけでごっつうお金かかるで。今でも借金の山やのに、そんなお金、どこから湧いてくるねん。あてかて、百円ショップなんかでお酒買いとうないけど、お金ないさかいしゃあないやないか」

「ぎゃあぎゃあ金かね言うな。そんなもん、わしの顔で……」

「あんたの顔なんか、とうの昔にぐしゃぐしゃに潰《つぶ》れてる。あんたみたいなど甲斐性《かいしょ》なしが自分の事務所やなんて、無茶にもほどがあるわ。あては知らんで！」

「女のくせに男の仕事に口だししやがって。黙りくされ」

「な、なんやて？　借金こしらえる以外なんにもようせんくせに、黙りくされて誰に言うてんの」

「おどれじゃ。その口、セメントでふさいどけ、このカスめが」

「あてがカスやったら、あんたは酒のカスやないの。あんたなんか、この子らがいてへんかったら、とうにのたれ死にしてるわ」

「まだ言うか、どスベタ！」

顔をひっぱたこうとした梅寿の手をたくみにかわすと、アーちゃんは梅寿目がけて瀬戸物の招き猫を投げつけた。招き猫は梅寿の首筋をかすめ、壁にぶつかって首がもげた。

「こ、こ、このガキ……おどれみたいな女はとっとと出ていけ。去《い》にさらせ」

「ああ、出ていくわ。誰が好きこのんでこんな狭い、ぼろい長屋におるかいな。長いことお世話になりました」

アーちゃんは言うだけのことを言うと、梅寿の敷いていた座布団をひったくり、カバーの破れ目から手を突っこんで、なかから預金通帳を取りだした。

「あっ……おどれ、そんなとこに……」

「あんたらもな、こんな役立たずのジジイにくっついてたら、生涯芽ぇ出えへんで。とっとと、麦昼《ばくちゆう》師匠か公団地《こうだんじ》師匠のところにでも行きや。ほな、さいなら！」

稲妻のような勢いで家を出ていった。

「ほっといてええんですか、師匠……」

梅春はおろおろとそう言ったが、梅寿は憮然《ぶぜん》として目をつむり、なにも答えなかった。

そのあとは、もちろんまともな相談にはならない。そのまま解散、ということになりかけたとき、竜二が言った。

「あの……師匠、事務所のことで、俺、ちょっと考えたんですけど……」

「なんや、言うてみ」

無言の梅寿にかわって梅漫がうながしたので、竜二はしゃべりだした。

「今のお笑いブームを支えてるのは、師匠を持ってへんノーブランドの若手でしょう？落語も、漫才みたいに、ノーブランドの噺家を育てたらどやろ、と思たんです」

「おまえ、まだそんなこと言うてるんか」

梅漫は呆《あき》れたように、

「おまえがこないだうちから、落語家養成所みたいなもんを作れ、言うてるのは、梅雨とかから聞いてる。そらムリやで。漫才と落語はちゃう。漫才は、なんぼ誰かの弟子やゆうたかて、おんなじネタをやるわけにいかんけど、落語はある種、伝統芸能やで。師匠から口移しで習《なろ》たネタをやる。弟子はまたその弟子に伝える。そうやって今の我々があるんやないか」

「そういう古くさい考えをいっぺん捨ててみるんです」

「――何？」

「新しい事務所で、落語家志望の連中を募集したら、なかには才能のある、おもろいやつが混じってるかもしれません。そしたら、即戦力になりますよ。落語には興味あるけど、弟子入り、ゆう封建的な習慣がどうも……て思ってるやつらを集めるんです」

「何言うとんねん。そいつらには、結局、師匠とかわしらが落語を一から教えるんやろ。弟子入りと同じじゃやないか」

「せやから、師匠の世話とか掃除とか電話番とか子守とか、そういったことは一切させずに、落語の基本的な技術だけを、学校みたいにして教えるんです。どんなスタイルでやろうと、どんなネタをやろうと自由で、名前も笑酔亭《しょうすいてい》やなしに、今どきのカタカナの芸名を好き勝手につけてええ。きっと、漫才やコント、ピン芸に流れてる才能のなんぼかが、落語に戻ってきますよ」

「寝言や。ノーブランドの噺家を作る、ゆうのは、わしらと師匠の関係も否定するゆうことやで。そんなこと許されると……」

「待て」

梅寿が、両目をあけた。

「おもろいやないか。それでいこ」

「し、師匠！」

声を荒らげる梅漫たちを無視して、梅寿は竜二に、

「師匠を持たん噺家を作ること、を新事務所の柱のひとつにせえ。ええな」

「せやけど師匠、わしらみたいな弟子っ子と、師匠のおらん噺家が同じ事務所におったらややこしなるんとちがいますか。規律も乱れるやろし」

「どないなとなる。せっかく新しいことはじめんのや。今といっしょではおもろないやろが」

梅漫たちが不承ぶしょう首をたてに振ったとき、電話が鳴った。竜二が受話器を取り、

「はい、笑酔亭……あ、本条さんですか。どーも」

竜二がコーナーを持っているラジオ番組のディレクターである。

「すまんなあ、梅駆《ばいく》くん……言いにくいねんけど、きみのコーナー、今週いっぱいで打ちきりにさせてんか」

「どういうことです……」

「あの番組、松茸芸能が提供してるやろ。当然、松茸芸能のタレントをレギュラーにせなあかんわな」

「そ、そんな……俺、あの仕事に命かけてて……」

「それはわかってる。人気もそこそこある。おもろいとも思う。けどな……それだけではムリなんや。わかってくれ」

「なんとかなりませんか。俺、どんなことでも……」

「それやったらきくけど、新しい事務所、立ちあげるそうやな。そこが広告料出してく

れるか？」

「いや……それは……」

「『何か』はじめるには、金がかかるんや。わしが悪いわけやない。きみが悪いわけでもない。悪いのは……きみの師匠や。ほな、またいつか機会があったら……」

ツー、ツー、ツー、ツー。

「どないしたん」

蒼白《そうはく》になっている竜二に、梅春が心配そうに言った。

「ラジオ、おろされました……」

皆、下を向いたが、梅寿はひとり、満面の笑みを浮かべ、

「ラジオ？　そんなしょうもないもん、どうでもええ。これでおまえは、事務所立ちあげの仕事に専念でけるちゅうわけや。よかったよかった。うはははははは」

竜二は軽い殺意を覚えた。

2

翌日から、竜二は事務所立ちあげのための金策に奔走した。借家住まいの梅寿に担保

となるようなものはなく、銀行はもちろん貸してくれない。梅寿が断言していたような、「わしの顔でどないでもなる」ということは一切なかった。それどころか、「梅寿」の名前を出しただけで、金融業者の反応はみるみる悪化した。踏みたおしの常習者としてブラックリストに載っているらしく、町金融はおろか、ヤミ金も一銭も貸そうとしないのだ。マスコミで活躍している梅々の名前を出しても、

「梅々はん、松茸芸能辞めはりまんねやろ。レギュラーの本数も減るやろし……。会社の後ろ盾があったら、そらなんぼでも貸しますけどなあ……」

金貸したちは一様にそう言った。しまいには竜二もキレて、

「あんたら、むりやりにでも振りこんで金貸すらしいやないか。なんであかんねん」

「ポシャるとわかってる事業に金出すアホは大阪にはいてまへんわ」

これでは引きさがらざるをえない。

「わしには、昔からの贔屓《ひいき》がようけいてる。あの、おだんし連中に金出さそ。任しとけ、大船に乗ったつもりで……」

自信たっぷりにそう言うと、羽織をひっかけて出かけていった梅寿だったが、九時近くにへべれけで帰ってくると、

「どいつもこいつもケツの穴小さいガキばっかりやで。わしがあれだけ世話したったのに、こういうときになると『株がさがってしもた』とか『景気が悪なった』とかぬかし

やがって、ダボが！」

世話になったのは梅寿のほうだろう、と竜二は思ったが口には出さなかった。梅寿は、玄関で仰向けに寝ころぶと、

「アーちゃん！　アーちゃん、水や、水くれ！」

竜二がコップに水を入れて持っていくと、上体を起こしてそれを一息で飲みほし、

「あいつ、どこいきさらし……」

言いかけて、アーちゃんがきのう、出ていったままであることに気づいたらしく、言葉を切った。竜二は、土間にゲロを吐きちらしはじめた師匠の背中をさすりながら、なんとかせな、と思った。このままでは、梅寿だけではない、松茸芸能に残留しない全員の将来が闇《やみ》に閉ざされてしまう。ひとしきり吐いてしまうと、梅寿はよろよろと立ちあがり、

「おい……ゲン直しにもっぺん飲みにいくぞ」

「今日はもうやめはったら……」

「じゃかあし……けったくそ悪うてこのまま寝れるかい」

力なく怒鳴ると、戸をあけて外へ出たところで尻もちをついた。着物は泥だらけである。しかたなしに竜二は肩を貸した。どこからともなく、クリスマスソングが聞こえてきた。

「十五億なあ。無理したら、払《はろ》て払えん金やおまへんけど……」

難波の新歌舞伎座裏にある小料理屋「きょろんけつ」のカウンターでしょぼくれたふたりが飲んでいると、ひとつしかない座敷からそんな景気のいい会話が聞こえてきた。

（その百分の一でええから、こっちにまわしてくれたら……）

そう思った竜二が耳をそばだてると、つづいて低くしゃがれた声。

「なにを申される。社長、あなたの今後の運勢を考えると、十五億は高くない。いや、まったくもって安いといえる。損して得とれとはこのことじゃ。十五億を惜しんで、三流企業の社長で終わるか、上昇運をつかんで世界に冠たる大企業の代表となるか、今が人生の正念場だということを忘れぬよう」

「それはそうだすけど、額が大きすぎますよって、とにかく深田と相談をして……」

「深田というのは、あの正直ものの番頭さんじゃな。正直はよいが、彼の場合はそのうえに馬鹿がつく。あまりに融通がきかぬのも困りものだ」

「お言葉だすけど、あいつはようやってくれとりまっせ。生まれてからいっぺんも嘘をついたことがないやつでな、会社のことも、プライベートも万事任しとるんですわ。私は、あの男の言うことならばなんでも信用しますねん」

「ほう、それはけっこうだが、こちらもいつまでも待っとるわけにはいかん。まえにも申したが、期限は五日後。それまでに決めなされ。それでは失礼いたす。ごめん」

座敷から現れたのは、髪を総髪にした、恰幅《かっぷく》のいい中年男だった。紋付袴《はかま》の堂々たる押しだしで、顔を白塗りして、眉毛《まゆげ》を太く描き、目尻にも朱を入れている。田舎芝居の役者のようだ。あとから出てきて、ぺこりと頭を下げたのは、対照的に貧相な初老の男である。肩のところに極楽鳥の縫いとりがある趣味の悪いスーツは、おそらく目の玉が飛びでるほどの値段だと思われるが、まるで似あっていない。

「ほー、落語家さんだっか！」

ある種の期待をもって、思いきって話しかけてみた竜二に、その初老の男は愛想よく応えた。

「いやいやいやいや、奇遇やなあ。私、長年の演芸ファンですねんけど、本物の落語家さんに会うたのは生まれてはじめてですわ。一緒に飲みまひょか」

竜二たちの隣の席に移ってきた男は、ペリカンの彫刻が施されたダンヒルのライターで葉巻に火をつけた。奇妙な面相である。やたらと長い顔は瓢簞《ひょうたん》のようにゆるやかにカーブしており、その中央部分に目と鼻と口がぎゅっと集まっている。ゲジゲジ眉毛に金つぼまなこ。唇は肉厚で、上下が同じ大きさ。いわゆるタラコ唇というやつで、そのまんなかあたりから、下の前歯が二本、飛びだしている。

「おもろい髪型の兄さん、あんたはここはよう来まんのか」

「俺ですか？　はあ……たまに師匠のおともで」

この「きょろんけつ」という店は、以前、弟子の寿亭夢がバイトをしており、そのころから梅寿は常連だった。梅寿がまったくツケを払わないので、寿亭夢はクビになってしまったが、梅寿はあいかわらず涼しい顔で通いつづけている。店にとっては、迷惑このうえない客であった。

「へっへっへっ、あんた、未成年やろ。酒飲んでええのんか？　警察にチクりまひょか。へっへっへっ」

本気か冗談かわからない。

「ちらっとうかがいましたけど、会社の社長さんですか」

「へっへっへっ。人は見かけによりまへんやろ。これでも年商二百億円の優良企業の代表取締役ですわ」

あか抜けない、成金趣味丸だしの服装を見ていると、ほんまかいな、と思う反面、大阪の金持ちとはこういうものか、という気もした。

「そんな大企業の社長がこんな……」

そこで竜二は店内を見まわした。相当汚らしい店である。

「こんな店で飲んでるんですか」

「きょろんけつ」のママが嫌そうな顔をした。

「へっへっへっ。こういう店のほうが性に合いまんねん。私、酒好きでな、暇あったら昼間からでも飲んでまんのや」

竜二は勢いこんで、

「あの……演芸がお好きやとうかがいましたけど」

「そうでんにゃ。新喜劇、漫才、コント……なんでも好きでっせ。最近はいろいろ忙しゅうてなかなか劇場へも行けまへんけどな」

「落語はいかがですか」

「そうだんなあ。いっぺん聴いてみたいとは思うてまんねんけど、機会がのうてねえ」

「会うていきなりですんません。実はうちの師匠、今度、新しい事務所を立ちあげるんですが、その……スポンサーになってもらえませんか」

「スポンサーでっか？　ならへんことおまへんで」

「ほんまですか！」

がば、と立ちあがる。

「せやけど、そうなるとこっちもビジネスだっさかい、いろいろ調べさせてもらいます。そのうえで商品価値があるとわかったら、その話、乗らせてもろてもよろしおまっせ」

「あ、ありがとうございます。よろしくお願いします」

竜二は意外な展開に思わず頭を下げ、横で寡黙にビールを飲んでいる梅寿に、

「師匠、このひとがスポンサーになってくれるかもしれませんよ！」

「ほう、そら奇特なこっちゃ。で、あんさん、なんちゅう会社のかたでんのや」

「私でっか。申しおくれました、こうゆうもんです」

男の名刺には、

「総合商社・鳥巻商事株式会社・代表取締役社長・鳥巻健三」

と書かれていた。それを見た瞬間、梅寿は、飲んでいたビールをぶーっと噴きだし、男の顔は泡だらけになった。

「な、何しまんのや！」

梅寿は椅子から立ちあがると、

「おのれがあの、パチもんばっかり売っとる百円ショップの社長か。飲めんような酒売りやがって、このクソガキが……」

竜二はあわてて梅寿を店の外に連れだした。

「師匠、そんなこと言うたらあきません」

「ほんまのこと言うてなにがあかんのじゃ。戻って、あの男のドタマ、ビール瓶でかち割って……」

「あきませんて。スポンサーになってくれるゆうてる人ですよ」

「あんな胡散《うさん》くさいガキに金出してもらいとうない。よそをあたれ」

「ほかにそんなひとひとりもいないです。このチャンスを逃したら終わりですよ」

「とにかく帰るで」

「俺、もうちょっとあのひとにつきあいますわ。なんとかスポンサーになってもらわんと」

「ふん……勝手にさらせ。わしは去ぬ」

梅寿が千鳥足で帰っていくのを見届け、竜二は店に戻った。

「すんません、うちの師匠、めちゃくちゃ酔うてたみたいで……悪気はないんです」

「ビールが目に染みて痛いわ。それに、うちの店に文句ゆうとったみたいやけどなあ」

「あれは、なんかの勘違いです。師匠、こないだ社長の店行って、ええもんが安い安いゆうて喜んで買い物してました。あ、ビール、お注ぎします」

鳥巻社長は竜二に注がれるままビールを飲み、酔うほどに饒舌《じょうぜつ》になっていった。最初は、自分がいかに当たる商売を次々と手がけていったか、という自慢話だったが、

「あんた、若いけどなかなか聞き上手やなあ。気に入ったわ。へっへっへっ」

「ありがとうございます」

「うちの家内はあかんのや。私の話なんぞまるで聞かへん。あんたと取り替えたいぐらいや」

「ははははは」

「実は……家内は今、宗教にはまっとってな」

話の風向きが変わってきた。

「〈幽鬼夜魂々教《ゆうきやこんこん》〉て知ってはりまっか。大阪の商売人のなかには信仰してるひと、かなりいてまんのや。うちの家内も、三年ほどまえに友だちの紹介ではじめて幽鬼夜斎無能厄《ゆうきやさいむのうやく》先生に会うて……ほれ、さいぜんまでここにおったかただすがな。幽鬼夜斎先生は〈幽鬼夜魂々教〉の教祖さまでな、先生に揉《も》み療治と祈禱《きとう》をしてもろたら、長年患《わずろ》うてた腰痛がすっかりようなったらしい。それ以来、先生には鳥巻商事の顧問をしてもろてますねん」

「教祖さまが商社の顧問ですか？」

「いろいろ商売上のアドバイスをもろてます。もちろん、もうかるように加持祈禱もしてもろてるけど」

「無料《ただ》でですか」

「アホなこと。顧問契約料はこみこみで年間一千万ですわ。これでも安いほうやて聞いたけどな」

加持祈禱で一千万。金をゴミ箱に捨てているようなものではないか。

「失礼なこときますけど、その先生、信用できるんですか」

「もちろんだす。先生に顧問になってもろて以来、会社は右肩上がりですねん。それに、家内がすっかり幽鬼夜斎先生、幽鬼夜斎先生やさかい。今日はどこのデパートへ買い物に行ったらええか、とか、着ていく服の色まで、先生に相談ですわ。商売のこともなあ、新規店舗の出店する場所やら、社名やら……全部、先生に決めてもらってまんねん。そういう肝心のことは自分で決めたいんやけど、家内がうるさいさかい……こないだ作った百円ショップも、先生に名前つけてもろたおかげで馬鹿当たりしとるしなあ。へっへっへっへっ」

「そういうことなら、一千万は安いかもしれませんね」

「せやけどなあ……十五億はなんぼなんでもなあ……」

「どういうことですか」

「先生が私に、鳥の絵を買え、言うてきはったんや」

「鳥の……絵？」

「先生が秘蔵しとる屏風《びょうぶ》があってな、なんでも江戸時代に描かれた国宝級の名品やそうやけど、これに一面、鳥が乱舞しとる絵が描かれとるんですわ。雀やらハトやら鶏《にわとり》やら……いろんな種類の鳥で、全部で五十羽ぐらいおるかなあ」

そう言って、鳥巻は鞄《かばん》のなかから一枚の写真を取りだした。大きく引きのばされたその写真を見ると、金時絵《きんまきえ》の屏風のうえで大小さまざまな鳥が飛んだりはねたりしている。

「鳥、ですね」

そうとしか言いようがない。

「私には絵の善し悪《よ あ》しはわからんけど、鳥がいきいきして、今にも動きそうでっしゃろ。先生の話では、ここに描かれた鳥が抜けだした、ていう言いつたえがあるらしい」

まさに「抜け雀」ではないか、と竜二は思った。

「はじめて会うたとき、先生は、あんたは酉《とり》年生まれで名前も鳥巻やから、鳥を大事にしたら運が舞いこんでくる、とおっしゃった。その当時、商売が左前やった私は藁《わら》にもすがる思いでその教えを守る気になった。それ以来、鳥肉は一切口にしとらんし、こういう鳥の絵のスーツを着て、持ち物も全部、鳥グッズにした。家にもぎょうさん鳥を飼《こ》うとりましてな、その世話は番頭の深田の役ですねん。そのせいで、あいつ、めちゃめちゃ鳥に詳しいなりよった。ちょっとした学者でっせ。へっへっへっへ」

「……………」

「先生のおっしゃるには、この絵を私が買うたら、運気上昇まちがいなし、とてつもない幸福が訪れる。逆に、買わなんだら、どえらい不幸になる。そう言われたら、考えるわなあ。今は私の家に預かっとってな、深田が管理しとるんやが、傷でもつけたら大事《おおごと》やからびくびくしとりまんのや。家内は、先生の言には絶対服従やさかい、とにかく買わなあかん、てうるさいんやけど、私にはどうしてもふんぎりがつかん。なんせ十五億やさかい……」

「そらわかります。ゆっくり考えて……」

「そうもいきまへんねん。ほかにもその屏風が欲しいゆうひとがおるらしゅうて、五日後には返事せなあかん。先生は、『きみの運気を上げてやろうと、真っ先に話をもってきてあげたのに、そんな煮えきらぬ態度ならもういい』とお怒りでなあ……。十五億は冒険やけど、先生の機嫌を損ねるのも怖いし、もっと怖いのは、本来、私のとこに来るはずやった幸運を誰ぞに奪われることですわ。十五億出して、一千億もうかったら、丸もうけですよって……ああ、もう考えすぎて頭破裂しそうや！」

「詐欺、ゆうことありませんか」

「先生にかぎってそれはないと信じとります」

「どこかの鑑定士に絵を見てもらうとか」

「とんでもない。そのことが先生の耳に入ったら、わしを信用しとらんのか、て怒りはりますがな」

竜二はしばらく考えてから、

「もし、この絵がほんまもんやないことを証明してみせたら、浮いた分の金を俺らの事務所に投資してくれますか」

「そ、そら、もちろんそうさせてもらう。けど、くれぐれも先生を怒らせんようにな」

初対面の社長にすっかり気に入られた竜二は、明晩もここで飲むことを約束して、店を出た。なんとなく一筋の光明が見えてきたようだ……。

「遅くなりました……」

鍵をかけたことのない玄関の戸をそろそろと開き、そっとなかへ滑りこむ。どうせ梅寿は大いびきで眠りこけているだろうと、そのまま自分の部屋にあがろうとした竜二は、台所に電気がついているのに気づき、ガラス戸の隙間からのぞいてみた。梅寿が、こちらに背を向けて床にあぐらをかき、水を飲んでいる。その後ろ姿は、普段の梅寿が弟子のまえでは絶対に見せない、しょぼくれた老人のものだった。衰え、といってもいい。このところのごたごたが、梅寿に相当の打撃になっていることはまちがいなかった。

「あのガキ……なんで出ていきよったんじゃ」

それが、アーちゃんのことを指しているとわかるにはしばらく時間がかかった。

「今がわしの生涯で一番たいへんなときやないか。それをあの……糞ったれが！」

そのとき、電話が鳴った。振りかえった梅寿と目があった。梅寿はごほんと咳《せき》払いすると、

「竜二、帰っとったんか。その電話、アーちゃんやったら、わしは二号のとこにいって留守やて言うとけ」

竜二は電話に出た。

「はい、笑酔亭梅……え？　弁護士……？」

それは、松茸芸能の社員で「ラリルレロバの耳」の女性マネージャーが、梅寿に暴力を振るわれたとして訴訟を起こした、という内容だった。

3

梅々が私財を提供したことによって、梅田新道にあるぼろぼろの雑居ビルの一室を借りることができた。壁が黴《かび》だらけで黒ずんだ狭いワンルームに、ファックス兼電話とメモ用紙、魔法瓶と急須を置き、新事務所はなんとかスタートできそうな雰囲気になってきた。事務所開きは一週間後に決まったものの、大将の梅寿はまったく何もしようとしないし、兄弟子たちも自分たちの仕事が忙しいのか、なんの連絡も寄こさない。まあ、それはいい。何といっても、資金がまったく足りないのだ。今日も一日中走りまわったが、あいかわらず誰も貸してくれない。竜二は、ぐったりして梅寿の家に戻ってきた。

（あのひとが、最後の頼みの綱や……）

そう思いながら、扉をあけると、玄関に新品の革靴が置いてあった。客だろうか。足音をたてないようにして居間へ向かうと、

「ほたらなにかい、おまえ、わしに落語協会を辞め、と言うんかい」

梅寿のドラ声だ。

「すんません、師匠。ぼく個人の意見やのうて、今日の会議で決まったことですねん。つまり、みんなの総意ゆうことで……」

関西落語協会副会長の桂たわけが額を畳にすりつけている。

「わけを言わんかい」

「師匠が今度の事務所でやりはるおつもりの、ノーブランドの噺家育成ゆうのが、落語界の伝統と秩序を崩す、ゆうことになりまして……」

「ほほう……」

梅寿は、ずい、と桂たわけに向かって膝《ひざ》をすすめた。

「あと……松茸芸能のマネージャーを師匠が殴って、訴えられた一件も理由にあがりました。女性に暴力をふるう、ゆうのは万人に愛されるべき噺家としてはもってのほか、ゆう意見が出まして……」

「鯉太郎の差し金か」

「え……いや……」

「わかっとる。松茸芸能が、わしを退会させ、て言うてきよったんやろ。松茸芸能を辞めさせるだけやのうて、落語協会からも追いだしたいわけやな」

「そういうわけでは……」

梅寿は、またも、ずい、とたわけに接近した。

「し、師匠、ぶっちゃけた話、そのとおりですねん。松茸芸能は、新事務所に移行するメンバーさえ退会したら、ほかの弟子については協会に残ってもかまわん、言うとるらしいんです。会長も、かなり抵抗したんですが、とうとう押しきられて……。ここは師匠に泣いてもらうしかないんです」

「松茸芸能のゴリ押しに負けたか。情けないのう」

「すんまへん……すんまへん、師匠」

梅寿は、ついにはたわけとほとんど身体が密着せんばかりに近づき、その胸ぐらをつかんだ。たわけの顔色が黄色く変わった。

「し、し、し、師匠、暴力はいけまへん。暴力は……」

「わしはホトケと呼ばれた男や。せやけど、そこにおる、血の気の多いうちの若いもんが黙ってへんかもしれん。わしにも、若いもんを押さえるだけの力はないからのう」

梅寿が、襖《ふすま》の陰に隠れているつもりの竜二に向かって顎《あご》をしゃくり、たわけはおそるおそる振りむいた。しかたなく竜二は、そこにあった一升瓶を逆さに振りあげ、

「こら、おんどれ、うちの師匠になにさらすんじゃあっ！」

「ひええっ」

桂たわけは、ぴょんと一メートルほど跳びあがると、そのまま長屋を飛びだしていった。

「靴、忘れていきはりました」

「もろとけ」

そう言うと、梅寿は目を閉じ、

「協会を辞めるのはかまへんが……」

そこで言葉を切ったが、竜二には梅寿の言いたいことがわかった。今度、天満に作られることになった寄席「南喜亭《みんなきてい》」は上方落語界としては数十年ぶりの落語の定席だが、管理・運営するのは関西落語協会である。つまり、協会を退会したら出演することはできないはずなのだ。

「ま、どうでもええわ。おい、酒持ってこい」

「これしかありませんけど……」

竜二が、例の「百鹿」を差しだすと、

「ドアホ！　こんなもん飲むんやったら硫酸飲んだほうがましじゃ」

そのとき、入り口の戸がガタガタと鳴った。誰か来たようだ。

「おい、さっきのガキやったら、塩撒《ま》いて追いかえせ」

「アーちゃんやったらどうします」

「アーちゃんやったら……おまえの好きなようにせえ！」

だが、来たのは桂たわけでもアーちゃんでもなく、見たことのない若い女性だった。

「すいません、笑酔亭梅寿師匠のお宅はこちらでしょうか」

「そうですけど」

「笑酔亭梅駆さんは……？」

「俺ですけど、どちらさんですか」

「申しおくれました。わたくし、鳥巻商事の社長秘書をしておりますす小早川と申します。じつは、鳥巻がすぐに『きょろんけつ』に来てほしいと申しておるのですが、これからご同道いただけますか。あの店は、携帯の電波が届きにくいもので、『きょろんけつ』のご主人に場所をうかがいまして、ぶしつけとは思いましたが直接参上いたしました。

——これはつまらないものですが」

秘書は、「百鹿」を二本差しだした。ほんまにつまらんもんやで。

「何の話でしょうか」

「わたくしもよくは存じませんが、出資の話だとか」

竜二は両手を叩きあわせた。

「行きます行きます。すぐに参ります。——師匠、話、聞いてはったでしょう。一緒に行きましょう」

「嫌や」

梅寿は言下に断った。

「あの男、わしは好かん。この酒も持ってかえってもらえ」

竜二は、梅寿をにらみつけ、

「あきません。どうしても行ってもらいます」

「お、おのれは師匠をおどす気か！」

梅寿は、拳《こぶし》をかためて振りあげたが、竜二の懸命な目の色を見ているうちにふっと力を抜き、

「今日は……おまえの顔立てたるわ」

あんたの事務所やろ！　と思ったが、ぐっとこらえ、

「ありがとうございます。ほな、急ぎましょ」

▲

「やあ、よう来とくなはった。待ってましたんや」

梅寿と竜二を迎えいれた鳥巻は、ふたりにビールをすすめたあと、

「明日がいよいよ、あの絵のことを幽鬼夜斎先生に返事する期限ですねんけど、私、決めましたわ。大恩ある先生がせっかく言うてくれはったことやけど、十五億はなあ……。

それで、あんたとこの事務所に投資することに……」

竜二の心のなかでジェット風船が何万個もあがった瞬間、

「お待ちなされ」

入ってきたのは、幽鬼夜斎だ。初老の女性をひとり、従えている。

「先生、それに安江まで……どないしたんや」

女性は鳥巻の妻らしい。

「あんた、絵を買わへんて本気か。大恩ある先生の顔に泥塗るような真似、私は許さへんで」

「そ、そんなこと言うけどな、おまえ……」

「ごちゃごちゃ言うてんと、十五億、先生にお支払いしなはれ。せやなかったら、離婚や」

「あ、アホなこと言うな」

幽鬼夜斎が、鳥巻の妻をかばうようにして前に出ると、

「社長、もし、あの屏風に描かれた鳥が、本当に絵から抜けだしたらどうする」

「そんなことありえへんと思いますけど、もし、ほんまやったら、十五億でも三十億でも安おますわな」

「奥さん、昨晩のことをお話ししてあげなされ」

うながされて、鳥巻の妻が、

「きのうな、私が深田に手伝わせて台所で料理してるときに、鳥の数の話になって、何気なしに『ハトはどない？』てたずねたら、『九羽です』て答えよりましてん。私はあの絵、穴あくほど毎日見てますからよう知ってますけど、ハトは八羽しかおらんのですわ。深田は嘘つかへんやろ。ハトが一羽増えたんです」

「あいつの勘違いやて。――今朝見たときはどうやった？」

「八羽でしたけど……」

「それ、みてみい。やっぱりあいつの勘違いやがな」

それを聞いた幽鬼夜斎が、

「ならば、社長、鳥が抜けでるのが嘘でない証拠をもうひとつお目にかけましょう。あの絵には、雀が描かれておりましたな」

「はあ……池の土手のところに、たしか十羽……」

「今から、深田くんに電話をして、鳥の数を種別ごとにたしかめてみられよ」

「は、はあ……わかりました。あいつは今、東京に出張しとるんやけど、絵のことはよう覚えとるやろさかい……」

鳥巻は、どうしてそんなことをしなければならないのかわからない、といった表情で、携帯を手に、一歩、店の外に出た。

「おお、深田か。遅うまでご苦労さん。ちょっと絵のことで確認しておこうと思てな。──今朝見たとき、ミミズクは何羽おった？　三羽やな。鶏は何羽や。二羽やな。サギは五羽やろ？　うん、それでええ。七面鳥は？　七羽か」

鳥巻は、写真を見ながら鳥の数をチェックしていく。

「それでやな、ハトは……八羽やったと思うんやが。そやろ。やっぱりそや。おまえ、きのう、家内に、九羽おるて言うたやろ。言うてません？　いや……まあええわ。雀は何羽おる？　え……今、なんて言うた。おい、もっかい言うてみい。雀が……おらん？一羽もか」

鳥巻は携帯に嚙みつかんばかりに怒鳴った。

「ほんまか。ほんまやろな」

彼は電話を切ると、店に入り、

「雀はおらんかったて言うとりますわ……」

「ほらごらん！　先生のおっしゃるとおりやったやないの！」

鳥巻の妻は、鬼の首をとったように叫んだ。勝ちほこったように笑う幽鬼夜斎の横で、竜二はべつのことを考えていた。

（ニワトリが二羽、ミミズクが三羽、七面鳥が七羽……ひょっとしたら……）

竜二は、鳥巻の手から屛風の写真をとると、それを食いいるように見つめた。

（ということは、この枝にとまってるやつは、もしかしたら……）

そして、まだ呆然《ぼうぜん》としている社長に小声で、

「その深田さんというひとが、教祖さんに抱きこまれて嘘をついている、ということはありえませんか」

「ないない、それだけは絶対ない。あいつは、病気やねん、正直病。あいつが雀がおらんていうたらほんまにおらんのや」

「やっぱりそうですか、わかりました。――ちょっと携帯を貸していただけますか。電話をしたいところがありますんで」

「え……？　べつにかまへんけど」

竜二は笑顔で携帯を受けとった。

▲

鳥巻の家はさすがの豪邸だった。なんでも、歌舞伎役者の家を買いとったものらしく、門から庭から玄関から、贅《ぜい》を尽くした、という言葉がこれほど当てはまる家はない。この家で唯一浮いているのが、

（鳥巻社長やな）

と竜二は思った。案内もこわず、三人はずんずんあがりこむ。嫌がるのをむりやり連

れてきたので、二日酔いの梅寿の機嫌はすこぶる悪い。

「なんやしらんけど、居心地悪い家や。なーんか背筋がぞうぞうするわ。幽霊でもいとるんとちゃうか」

ぶつぶつ文句を言いたおしている。

「さて、わが家に代々伝わるこの屛風、ついにお譲りするときがまいった」

教祖の、芝居がかった声が聞こえてくる。どうやら、廊下のつきあたりにある和室からのようだ。

「社長、ご覧なさい、絵師の魂がこもったこの鳥たちは、夜な夜な屛風から抜けだし、庭を遊ぶといわれていたが、その言いつたえは真実であったのだ」

「そ、そうだんなあ……。でも、私は……」

同行者に、ここで待っているように言ってから、ふすまに手をかけ、思いきってがらりと引きあける。二十畳ほどもある広い部屋。掲げられた額には「鳥ハ友也」の文字があり、床の間には側面に鶴を配した壺《つぼ》が置かれている。正面に、幽鬼夜斎がどっかり座り、その向かいに鳥巻健三がいる。鳥巻の背後に、あの金屛風が置かれている。

「なにごとじゃ。神聖な譲渡の儀式に乱入とは無礼千万なり」

教祖が目をつりあげたが、竜二はすかさず、

「俺たちもかかわりあいになったので、どうしても十五億の取りひき現場というのを見

てみたかったんです。鳥巻さん、お願いします」

「あ、ああ……そうでんなあ。先生、かましまへんやろ」

幽鬼夜斎は、竜二をぎろりとねめつけると、

「部外者をまじえることは私の本意ではないが、社長の頼みならやむをえぬ。おふたかた、そちらでおとなしく座っておられよ。私語はもちろん、くしゃみ、咳払い、貧乏揺すりなど一切禁じます。よろしいな」

「――あ、屁《え》出るわ」

梅寿は、ぶーっと高らかに放屁し、

「くしゃみと咳はあかんて言いはったけど、屁はええねやろ。竜二、おまえも屁《え》こいたれ」

だが、竜二はじっと屏風の絵に見いっていた。写真で見ていたとおり、無数の鳥が飛び、駆けまわり、餌《え》をついばみ、さえずりあっている。中央に、全身を炎に包まれた極彩色の鳥が一羽。想像上の鳥の類と思われる。立派なニワトリが二羽。一羽はオンドリでときを作っており、もう一羽はメンドリでオンドリに寄りそっている。かたわらには松の木が描かれ、その枝に大中小三羽のミミズクがとまっている。すぐうえの枝には、猛禽類《もうきんるい》だろうか、ちょっと爬虫類《はちゅうるい》を思わせる怪鳥が四羽並んでいる。木のしたに小さな池があり、サギとおぼしき白い鳥たちが水面に顔をつっこんで餌をあさっている。葦《あし》

原《はら》にはクチバシの長い鳥が隠れ、池の土手には、身体が灰色で顔の白い鳥をはじめ、七面鳥、雀のような鳥などが入りまじって遊んでいる……。

「そろそろ契約をとりおこないましょう。お金のご用意はおありでしょうな」

焦りの感じられる口調で教祖が言った。

「ここに手付けとして一億円、現金で用意しとります。残りは振りこみにさせてもらいます」

幽鬼夜斎はアタッシェケースをあけ、金を確認すると、

「けっこう。それでは、これにて譲渡の儀は終了といたします。この屏風、末永く大切にしてくだされ」

部屋を出ていこうとした教祖のまえに竜二が立ちはだかった。

「待てや、こら」

「な、なんじゃ、そこをどけ」

「この絵、偽物やと証明したるわい」

「き、貴様ら不浄の輩《やから》に、この絵の真贋《しんがん》見わける目があろうか。ここな不信心ものめが！」

怒鳴る教祖を無視して、竜二は鳥巻に顔を向け、

「社長、まず、ここに描いてある雀がいなくなった件ですけど……」

「そ、それについては、自分の目で見たわけやなし、私は半信半疑やねん」

「何を申される！　あなたがもっとも信頼しておられる深田くんが確認したことではないか。それを今更……」

「とりあえず、深田さんにいろいろおたずねしてみてもよろしいですか。——かまいませんよね、教祖さん」

「わしにはやましいことは何もない。誰でも呼んだらよかろう」

「きのうも言うたやろ。あいつは今、東京に行っておらんのや……」

社長は頭を掻《か》いた。

「家内が急に用事をいいつけよってなあ……。明日には戻る、て聞いとるんやけど……」

「いえ、社長、深田さんはいらっしゃいますよ」

幽鬼夜斎が、なぜかぎくっとした。竜二が手招きをすると、ひとりの中年男が部屋に入ってきた。髪を横わけにし、黒縁眼鏡をかけた、実直を絵に描いたような人物である。

「深田、おまえ、東京に行っとったんとちがうんか」

怪訝《けげん》そうな顔の鳥巻に、竜二が、

「深田さんに東京出張せえ、て奥さんに言わせたのは、幽鬼夜斎さんらしいですよ。俺が出張先に電話して、今日の始発で戻ってきてもらったんです。——そうですよね、深田さん」

うなずく深田に、教祖は、

「し、知らん、わしは知らん」

「あんた、なんで深田の出張先の電話番号わかったんや。会社の誰かにきいたんか？」

「社長にお借りした携帯に、かけた番号が残ってましたから」

竜二はあっさり答えると、深田の方を向いて、

「深田さん、あなたはきのう、電話で社長に、『雀は一羽もいない』とおっしゃいましたね。それはどういうことですか」

「雀がいないからそう申しあげたのでございます」

「でも、今は雀、十羽もいるやないですか」

竜二が屏風の鳥を指さすと、

「これは……雀ではございません。ジュウシマツです」

社長の声が裏がえった。

「な、なんやと、深田。おまえ、雀が一羽もおらんと言うたのは……」

「はい、雀はもともとこの屏風には描かれておりませんから、そう申しあげた次第でございます」

「ほな、おまえ、家内が『ハトはどない？』てきいたとき、九羽おる、て言うたのは

……」

「ハトが九羽？　そんなことを申しあげたことはござりません。奥さまは『ハトはどんな漢字？』とおっしゃったので、『九の鳥です』とお答えしたまででござります」

（やっぱり感じと漢字の聞きまちがえやったんか……）

内心うなずいた竜二は、口をぽかんとあけたままの社長を見ながら、深田に言った。

「深田さんは鳥のことにお詳しいそうですが、この鳳凰《ほうおう》みたいな鳥はなんでしょうか」

「鳳凰にも似ておりますが、火に包まれておるところからして、これは西洋でいう不死鳥《フェニックス》、『火の鳥』でござりましょう」

「では、このサギみたいな五羽の白い鳥は？」

「頭から背が黒く、翼が灰色でござりますから、ゴイサギでござりましょう」

「葦のなかにいる九羽の、クチバシの長い、ずんぐりむっくりの鳥は？」

「水鶏《くいな》でござります」

「土手にいる、六羽の灰色の鳥は？」

「椋鳥《むくどり》でござりましょう」

竜二は、社長に向きなおると、

「もう、おわかりやと思います」

「わからん……あんた、何が言いたいのや」

鳥巻は首をひねったが、深田が、

「わ、わかりましてござります！　この絵を描いた画家は、火の鳥（ひとり）が一羽、ニワトリが二羽、ミミズクが三羽、ヨタカが四羽、ゴイサギが五羽、ムクドリが六羽、七面鳥が七羽、ハトが八羽、クイナが九羽、ジュウシマツが十羽……。全部、数字の駄《だ》洒落《じゃれ》になっておるのでござりますね」

「そういうことです。魂をこめたにしてはお茶目な絵描きですね」

「そ、それだけでこの屏風が偽物と決めつけられては迷惑至極。社長、あんたのためを思ってお譲りするつもりだったが、なんのかんのとケチをつけるならば、この話はとりやめじゃ。ただちに持ってかえらせていただく。欲しいという相手はごまんとおるのだからな。そのかわり、あんたの会社と家族にとんでもない災いが降りかかりますぞ！」

それまで黙っていた梅寿が、七面鳥を指さして、

「七面鳥ゆうたら西洋でクリスマスのときに食べる鳥や。そんなもん、江戸時代におるわけないやろが」

深田がかぶりを振り、

「おかしくはござりません。安永二年に出版された本にも、日本で多くの外来鳥を飼育していたことが記載されておりまして、そのなかに七面鳥も入ってござりますから」

「おのれはどっちの味方なんじゃ」

「私は、嘘を申すことができぬ性格なのでございます」

それを聞いて、竜二はにやにや笑いながら、ある鳥を指さした。

「七面鳥がここにいるのはおかしくないかもしれませんが、これはどうです」

「ヨタカでございますか」

「深田さん、これはヨタカじゃないです。これは……始祖鳥です」

「始祖鳥？」

きょとんとした一同に、竜二は続けた。

「きのうの晩、恐竜に詳しいやつに電話できいたんですが、この鳥、口のなかに歯がありますね。尻尾が長くて、顔もトカゲみたいやし、木の枝につかまっている……これは、シソチョウが四羽なんです。江戸時代の絵に始祖鳥の駄洒落はおかしいでしょう。国宝級どころか、ごく最近描かれたものですね」

教祖はぶるぶる震えながら、

「で、でたらめだ。みんなでわしを陥れようとしとるんだ！」

そう叫ぶと、アタッシュケースを抱えたまま、廊下に走りでようとした。梅寿が咄嗟《とっさ》に床の間にあった壺を摑《つか》むと、

「逃がすか、われ！」

怒声とともに投げつけた。壺は、幽鬼夜斎の頭上を越えて飛び、廊下の向こうからや

ってきた初老の女性の頭にぶつかった。壺は砕けちり、女性は、うーん……と唸《うな》ってその場に昏倒《こんとう》した。隣にいた別の女性が、

「安江はん！　しっかりしとくなはれ、安江はん！」

その光景を見た梅寿が、

「な、な、なんでここにおるんじゃ、アーちゃん！」

▲

鳥巻社長の妻、安江とアーちゃんは女学校時代の親友だったそうで、家出したアーちゃんは、ずっと社長の家にいたのだという。さいわい、安江は一時的に失神しただけで、すぐに快復した。

「あんた、あてを連れにきてくれたんか」

アーちゃんにそう言われた梅寿は、仏頂面のまま表に出た。

「おおきに。あてもそろそろ帰ろ、思てたとこですのや。ほな、帰りまひょか」

ふたりは連れだって、帰っていった。

「じゃあ、俺もおいとまします」

竜二が頭を下げると、鳥巻は竜二以上に深々と頭をさげ、

「今回のことは全部、あんたのおかげや。十五億の無駄金使わんですんだし、絵が偽物

やったことをきちんと説明したら、家内も目が覚めるやろと思う。ほんま、あんたには感謝してるで」

「ほ、ほな、資金のことは……」

「せやけどなあ……あんたの師匠、家内に大怪我させるところやったし、あの壺、中国の古いもんで……三億するんや」

「さ、さ、さ……」

「ちょっと、あのひとの事務所への投資はでけへんわ。悪うおもわんといてや。——そのかわりやで……」

鳥巻は竜二の手を握ると、

「わし、あんたに投資することにした」

▲

家に帰ると、梅寿は上機嫌で「百鹿」を飲んでいた。

「この酒も、薬やと思て飲んだら、ま、茶よりましや。——事務所開きには、ちゃんとした酒が飲みたいもんやな。竜二、どこぞで都合つけとけ」

「そのことですが、師匠……」

「なんじゃ」

竜二はいきなり、その場に土下座した。

「俺……新事務所には行きません」

「な、なんやと……」

梅寿は目を剝《む》いた。

親子茶屋

おやこぢゃや

親子でお茶を売る噺《はなし》ではありません。お茶屋とは、芸者、舞妓《まいこ》、幇間《たいこもち》が活躍して、一日の疲れを癒してくれる、紳士の殿堂、男のアミューズメントパークなのです。

「忠臣蔵七段目～一力茶屋の場」の幕開き、大星由良之介（大石内蔵助）は敵方を欺《あざむ》くため連日連夜の遊蕩三昧《ゆうとうざんまい》。座敷で末社連中を相手に鬼ごっこをする場面があります。狐つりも同趣向のお茶屋遊び。少し開いた扇で目隠しをしますが、要《かなめ》を下にして、骨の隙間《すきま》から足元だけ覗《のぞ》くようにすると、まるで紙の部分が狐の顔のように見えます。

茶屋入りには、清元の「梅の春」の一節を使います。

「君に逢う夜は、誰白髭《たれしらひげ》の、森越えて～」と、ここまで下座《げざ》が歌っている間は歩く仕草をして、間奏の三味線、弾き流し部分に親旦那の台詞《せりふ》を入れます。

「いつ来てみても、この里ばかりは賑《にぎ》やかなこっちゃなあ。（中略）たったひとりの倅《せがれ》見送ろうと思うたら（鼻をすする）、大抵のこっちゃないわい」

……で、うまく「待乳《まつち》の山と唐崎の、その鐘ヶ淵かね事も、嬉しい仲じゃないかいな」となればベストパフォーマンス。邦楽の素養がないと、なかなかむずかしいところです。

東南アジアへ旅ばかりしている息子にお父っさんが説教しました。

「倅、かならずパクチーはならんぞ！」

（月亭八天）

1

「おのれ、これまでに育ててやった恩を忘れやがって、このど腐れガキ」

「すんません」

ひたすら低頭するだけの竜二をいらいらと見おろし、梅寿《ばいじゅ》はついに落雷のような声で叫んだ。

「わしの事務所に来んのやったら、笑酔亭《しょうすいてい》の名前はたった今とりあげる。——破門じゃ」

心臓がぎゅっと痛んだ。激怒されるとは思っていたが、破門はまぬがれるだろう、という甘い気持ちがあったのだ。一呼吸おいて、竜二は顔をあげ、

「わかりました……」

▲

「ちょっ、ちょっと待ち、竜二くん。早まったらあかんで」

荷物をまとめている竜二を、アーちゃんは引きとめた。

「お父ちゃん、最近、なんやおかしいねん。会社クビになったこともあるやろし、弟子がついてこんかったこともあるやろけど、読んでた新聞、急にひきちぎったり、道でひとにぶつかって喧嘩《けんか》したり……とにかくイライラ、イライラしとんねん。しばらくしたら、気ぃも静まるて」

「お世話になりました」

「噺家《はなしか》やめる気ぃか？」

「いえ……噺家でやっていくつもりです」

「せやかて、破門になったらほとんどの落語会は出られへんねんで。いろいろ考えもあるやろけど、ここは折れといたほうがええんとちゃうか。あてが口添えしたるさかい……」

「いえ……」

竜二はぺこりと頭を下げ、住みなれた家から一歩を踏みだした。もう引きかえせない。

感傷は湧いてこなかった。逆に、気持ちは高揚していた。これから新しいことをはじめるのだ。梅寿に入門したときは、元担任教師にむりやり連れてこられたのだが、今度はちがう。自分で決めたのだ。商店街へ通じる狭い路地を歩いていると、後ろから声がかかった。

「竜二、おふくろに聞いた。破門になったそやな」

振りかえると、パンチパーマのごつい男……梅寿の次男で、難波署の刑事の竹上《たけがみ》二郎だ。

「親父、泣いとったわ」

「えっ？」

罪悪感がゆっくりと湧きおこってきた。

「どこ行くつもりや。あてはあるんか」

「鳥巻社長に相談して、アパートか何か借ります」

「何かと噂《うわさ》のある男やが……おまえ、だまされとるんとちがうやろな」

「俺に投資したい、て言うてくれはったんです。その気持ちに応えたいんで……」

竹上は肩をすくめ、

「わかった。けど、落ちつき先決まったら、親父に言わんでもええ、俺にだけは教えてくれよ。――グッド・ラック」

そう言って、親指を立ててみせた。

▲

鳥巻社長は、竜二の決断に諸手《もろて》をあげて大賛成した。

「破門、結構。あんた、若いねん。なんぼでもやり直しきく歳《とし》や。チャレンジ、チャレンジ……人生はチャレンジだっせ！」

そう言って、竜二の背中をばんばん叩いた。竜二は咳《せ》きこみながら、

「でも……破門になったら自主興行をするしかありません。笑酔亭梅駆《ばいく》の名前も使えません。名もない噺家のそんな会に誰が来てくれるでしょう」

「弱気やなあ。要は、会場を借りて、チケットを売ったらよろしねやろ。鳥巻商事全社あげて、バックアップしまんがな。失礼ながら、あんた、まだ無名の落語家や。新しい名前を一から売りだしたらええのや。星祭竜二だけに、星の落語家アンドロメダゆうのはどないだ」

「それだけは勘弁してください」

「あのな、私も商売人だ。なんぼ恩人でも、みすみす損するとわかってて死に金はよう使わん。あんた、頭も切れるし、思いきりもええ。押しだしもある。芸人に必要な要素は全部持ってる。落語のことはようわからんけど、あんたはいつかは売れるはずや」

「そうでしょうか……。会場を借りられたとしても、ほかにもいろいろ問題が……」

「これ見とくなはれ」

鳥巻は、まだインクが十分乾いていない名刺を取りだした。「芸能プロダクション・トリマキ興業」と印刷されている。

「刷りたてのほやほやでっせ。あんたのマネージメントのためだけに作った会社や。せやけど、そのうちに所属タレントも増やして、大きゅうしまっせ！」

鳥巻の目はいきいきと輝いている。それを見ているうちに、竜二も少しだけ元気がでてきた。

「あんたを売りだす妙案を考えつきましたんや。――独演会をやりましょ。それも、千人ぐらい入る、でかいハコでな」

思わず竜二は笑ってしまった。内弟子修業中に自分の名前を冠した会をすることはありえない。早いひとでも、年季があけて独りだちしてから、ようよう小さな会場で勉強会を持つ程度である。どんな小規模なものでも、独演会と名のついた会を催すなど、まだ初舞台を踏んでから一年しかたっていない竜二にはとうてい考えられない話である。ましてや、ホールでの独演会など……。

「無茶です」

「そんなことあらへん。こういうことは最初が肝心なんや。売りこみや売りこみや。はったりかましたれ」

「あのですね、俺、まだ年季もあけてへんのですよ……」

「破門された人間に、年季もくそもおまへんがな。あんたの名前を落語ファンやらマスコミやらにドーン！　とアピールするには、どでかいイベントをするのが一番でっせ。入場者が集まらん？　切符はタダでばらまくねん。来てくれた客が、あんたの落語を気に入ってくれたらリピーターになってくれる。そうやってファンを増やしていきまんのや。そのぐらいの金、あとでなんぼでも回収できますわ」

「…………」

「あんたがこの世界で生きのこるには、ひとに名前を覚えてもらうしかない。あんたの名前がそのイベントで定着したら、旧弊な落語の世界も、あんたを認めざるをえんようになるんとちゃいますか。そうなったら、あんたはノーブランドの落語家第一号ちゅうわけや。無茶なことやるなあ、ど派手なことやるなあ、アホやなあ……それで注目が集まるんや。あとはあんたの腕ですわ。半信半疑で集まった客をねじふせるような、おもろい落語かましてみなはれ。なかなかやるやないか……と、こないなりますわ」

鳥巻の熱い語りを聴いているうちに、竜二はしだいにやる気になっていった。

（そ、そや、俺にはあとがない。どうせやるんなら……）

入門して二年にならない竜二が、ホールで千人規模の独演会をするなど、暴挙もいいところである。だが、たしかにそれぐらいのことをしないと、関西落語協会も退会し、松茸芸能とも離れ、師匠にも破門された彼が、起死回生の再デビューをはかるのはむずかしい。しかも、それが大勢の後進に道をひらき、ひいては落語界全体の活性化につながるならば……。

「私はとりあえず、ホールを押さえて、チケットとポスター、チラシを作りまっさ。あんたは、独演会用のネタを用意しとくなはれ。あと、共演者ちゅうか、ゲスト、誰にするかも決めといてんか」

そう言われて、竜二ははっとした。梅寿から直接稽古《けいこ》をしてもらったことのない彼は、これまでほとんどのネタを姉弟子の梅春《うめはる》につけてもらってきた。

(これからは、梅春姉さんにも……誰にも教えてもらえない)

今後は、テープなどの聴きおぼえでやっていくしかないのだ。一抹《いちまつ》のさびしさが胸をよぎった。それに、破門された彼の独演会に、いったい誰が助演で出てくれるのか……。

「よろしくお願いします」

竜二は、鳥巻に向かって深々と頭を下げた。鳥巻は竜二の手を握り、

「落語をする以外のことはなんもかんも私に任せたらよろし。——で、新しい名前はどないする？」

「名前なんかどうでもいいんです。符丁みたいなもんですから。それより、ええネタをしないと……」

竜二は燃えはじめた。

▲

「そうか……竜二は辞めよったか」

仕事の合間に事務所に立ちよった筆頭弟子の梅々《ばいばい》が、苦々しげに言った。

「前々から、あいつはお尻《けつ》がすわってないと思とったんや。あんなけったいな格好したやつ、おらんほうがすっきりするわ。それに、師匠にノーブランドの噺家養成云々《うんぬん》を吹きこんだのもあいつやろ。そんなやつ、ほんまに来よったらどないすんねんな」

「けど竜二くん、噺はうまかったです。私、いつもあの子にネタつけてて、うらやましかったですもん。それは兄さんも認めはるでしょう?」

梅春が、薄い茶をすすめながら言った。

「まあな……最初《のつけ》から素人離れしとった。一回聴いただけで、噺のポイントを拾いよる。勘がええんやな。——けど、これでその才能もおしまいや。うちの師匠に喧嘩売ってまであいつを拾うような物好きな一門はこっちにはおらんやろし、東京の師匠連にはあいつは扱いかねるやろ」

「鳥巻商事の社長が肩入れしてる、て聞きましたで。竜二のことや、なんぞ考えがありまんのやろ」

梅刈子《ばいかるこ》が欠伸《あくび》まじりにそう言いながら、はがれかけた貼り紙を指で押さえた。その貼り紙には下手くそな字で、

・電話での応対はハキハキと（できれば標準語で）。
・相手の名前、電話番号、用件、受けた日時をかならずノートに書くこと（読める字で）。
・太郎は嘘を書いてはいけない。

と書かれている（太郎はギャラのこと）。

「なんぼ素質があっても、所詮《しょせん》はきのう今日入った素人や。腕も未熟やし、キャリアもない。破門になっても、ひとりでやっていけるわ、と思てたら大間違いや。まあ……すぐに気づくやろけどな」

そう言いながら、梅々は汚らしい壁を見回した。前の入居者が書いたらしい「債権者の皆さまへ。死んでお詫《わ》びします」という太い赤マジックの文字が消えのこったままだ。事務所は開いたものの、仕事はまるで入ってこない。交替で電話番をしているが、電話はリンとも鳴らないし、ファックスも微動だにしないので、お茶を飲みながらぼんやりマンガ雑誌でも読んでいるほかない。梅々は、心にもないセリフを口にせざるをえなか

った。

「心配すな。ぼつぼつ仕事も増えてくるやろ。それより、おい……」

梅々は、梅春に小声で、

「あれ、もうじきやろ。どないする？」

「はい……今回はむりとちがいますか」

「そやなあ。わしらだけでしよか。ブツはどうするねん。師匠にきいたんか？」

「それが……師匠はそういうことあんまり……」

「そやろなあ。——ほな、わし、行くさかい」

「兄さん、テレビですか」

「いや、営業や。松茸芸能辞めたら、レギュラー、半分になってしもた。まあ、しゃあないけどな」

苦笑いして、ドアを開けようとしたとき、そのドアが勝手に開いた。

「あのお……」

顔を出したのは、黒縁眼鏡をかけた、ニキビ面《づら》の若い男だった。小太りで、頬《ほお》が丸く突きでており、額がてかてか光っている。何を入れているのかしらないがぱんぱんに膨れたバックパックを背負い、上方落語家の系図が印刷されたトレーナーを着、ピンク色のジーパンをはき、おどおどした目つきで部屋のなかをうかがっている。

「なんでしょう」

梅刈子が出ていくと、急に目を輝かせ、

「あ、梅刈子さんだすな。『中津寄席』で『壺算《つぼさん》』聴かせていただきましたけえ！」

「はあ……」

「一階の入り口に『あなたもプロの落語家になれる！　世界初・師匠を持たないノーブランドの噺家養成講座・〈プラムスター・落語スクール〉第一期生徒募集』って貼り紙貼ってあるましたけんど、あれ、ほんとうだすか」

「え、ええ、一応は……」

男は、梅刈子の手をぎゅっと握ると、

「わし、なるたいんだす。どうしてもなるたいんだす」

「あの……何にですか」

「もちろん噺家だす。どうかよろしくお願いしますだす！」

男は、脂っぽい手で梅刈子の手を握りしめたまま放さない。梅刈子は助けを求めるように梅々たちのほうを向いたが、皆、すっと視線をそらした。

▲

若い男は、横濱田欽吾《よこはまだきんご》と名のった。東北のほうの、大きな電機量販店の一人息子らしい。梅刈子に向かって早口でまくしたてた「プロフィール」を解読すると、小さいころから上方落語が大好きで、高校のときに落語研究会に入り、以来、真剣にプロを目指して勉強してきた。両親は、芸人になるなんてとんでもない、と猛反対。大学卒業後、大阪にある有名電機メーカーにコネで就職させられたが、噺家《はなし》になる夢をあきらめきれず、半年でそこを辞め、あちこちの門を叩いたが、いずれも訛《なま》りが強すぎることを理由に断られた。自分ではさほど訛りがきついとは思っていないし、直す努力もしているが、どうしても入門できない。やっと、あるひとの紹介で、マスコミで売れに売れている林家めかぶの弟子となったが、めかぶがまったく落語を知らないことが判明し、そのことで師匠と衝突、三カ月で破門になった。実家とは絶縁状態で、つきあっていた彼女にも振られ、一時は酒びたりになって身体を壊したりもした。今はいろいろなアルバイトを転々としている。とにかく噺家になりたくてなりたくてしかたがないが、一度破門になったものをどこの一門もとってくれない。

「だから、あの貼り紙を見たとき、『これだす!』と思ったんだす」

梅刈子はこっそり舌打ちをすると、

「ちょっと訛りがあるように思うんですけど……」

横濱田は頭を搔《か》き、

「あははは、やっぱしわかるだすか?　出ないように出ないようにと気をつけとるんだすが、まだまだだすなあ」

「今、おいくつです？」

「二十八歳と三カ月。身長百六十二センチ、体重八十一キロ。いたって健康だす」

「はあ……そうだすか……」

「入学金と月謝一年分、あわせて四十万円、ここに置くだす」

彼は、バックパックから剝《む》きだしの現金の束を取りだし、梅刈子のまえに置き、

「授業はいつからだすか」

「ええっとね……それはね……」

梅刈子がしどろもどろになっているのを見て、梅春が、

「今、開講準備中なので、確定したらこちらから電話します」

「あっ、そうだすか。では、よろしくお願いするだす。ああ、わしにもやっと未来が見えてきただす！」

連絡先をメモすると、横濱田は興奮したおももちで事務所を出ていった。

「どないします、姉さん……」

梅刈子の問いに、梅春はつぶやいた。

「あのひとはどうかしらんけど、このままやと私らに未来はないわ」

▲

そのころ梅寿は、自分の部屋に寝っころがり、長い時間をかけて数枚の書類に目を通していた。眼を紙にくっつけるようにして文面を読みながら、途中、何度も何度も唸《うな》り声をあげた。

「ようするにどういうこっちゃねん。さっぱりわからんわ」

ついに音《ね》をあげて、書類をほうりだす。彼が松茸芸能の漫才コンビ「ラリルレロバの耳」の女マネージャー江田寿子を殴ったことで、裁判所から訴状と呼びだし状なるものが送られてきたのだ。警察も来なかったし、ほっとけばいいと思いつつ、旧知の元弁護士にきいてみると、裁判所の訴状審査を通った命令を無視すると、訴訟に負けたことになり、慰謝料三百万円を支払わねばならないという。

「クソ忙しいとき、こんなアホなこといちいちとりおうてられん。こんなことやったらあの女、どつくんやなかったわ」

独りごとを言いながら、梅寿は目をこすった。

2

「うわっ、広いなあ！」

トリマキ興業の社員のひとりが無邪気な声をあげた。横に立った竜二は、

(広い……広すぎる……)

そんな思いに足がすくんでいた。彼らが立っているのは、四つ橋にある「大阪パルテノン会館」大ホールの、客席の一番後方だ。無人の客席を通して舞台を見ていると、奈落へ吸いこまれそうな気分になってくる。ここが、一月十日に行われる竜二の独演会の会場なのである。関西のホールとしては老舗《しにせ》のひとつで、キャパは千二百人だ。彼程度の知名度から考えて、この百分の一も埋まるかどうか疑問だが、そんな竜二の気持ちを察したのか、鳥巻が言った。

「えへへへへ、意外と小《ちっ》ちゃおまんなあ。これやったらうちの会社の忘年会を毎年やってるホールのほうがずっとでかいがな。入りきれんかったお客が暴動起こしたらどないしょ」

そこまで言うと嘘くさい。すると、鳥巻の後ろにいる初老の男がそれに呼応するよう

に、

「当日は、この会場が笑いで爆発するんでございましょうなあ。楽しみでございますなあ。私もぜひ客席から拝見させていただきますです」

彼はこのホールの責任者である大藪《おおやぶ》茂雄だ。いくら借り手とはいえ、目下の竜二にまでやたらとへりくだった言葉づかいをするのが不気味だ。しかも、首振りマシーンのようにぺこぺこ頭を下げる。

「皆さんがたのようないいかたにお借りいただけて、当方としてもうれしく思っております。沢田先生にも、よろしくお伝えくださいまし」

鳥巻がその言葉を引きとって、竜二に言った。

「私の知りあいに沢田ゆうひとがおりましてな、彼が大藪はんと知りあいでしたんや。せやから、今回は沢田さんの顔で、えろう安う貸してもらえましてん」

「いえいえ滅相もございません。沢田先生のご紹介でしたら無料でもよろしかったのに、先生はああいう律儀なおかたでございますから、すでにホール代全額入れていただいとるんでございます。ほんとにありがたいことでございます」

大藪は、最敬礼をこえるほどの深さに頭を下げると、

「じつは今日、下見をしたいというかたがもう一組ございまして、そちらを案内せねばなりませんので、私は一旦失礼いたします」

そう言って、後方の出口から出ていった。

「沢田さんてどういうかたですか」

竜二の質問が聞こえなかったのか、鳥巻は、

「そやそや、もうチケットが刷りあがりましたんや。さっそくお見せせなあかん。――おい」

鳥巻社長が顎《あご》をしゃくると、トリマキ興業の社員がアタッシェケースを開け、チケットを取りだした。生まれてはじめての「自分の独演会」のチケットである。やはり、うれしさがこみ上げてくる。

「入場料三百円……こんな値段でペイできるんですか」

「できまっかいな。全部持ちだしですわ。ちゃんと鳥巻商事や百円ショップの宣伝も入れてありますさかい、広告宣伝費やと思えば安いもんだ。ほんまは、まえにも言うてたようにタダにしよかとも思たんやけどな、それではあんたが安っぽう見えますよって、三百円だけもらうことにしましたんや。それよりも、裏を見とくなはれ」

うながされて竜二がチケットを裏がえすと、そこには、
爆笑王「しゃべくりドラゴン」第一回独演会

と印刷されていた。竜二の目が点になった。

「しゃべくり……ドラゴンて誰です？」

「あんたやがな。わしが命名した。ええ名前やろ。現代風で奇抜で、なによりカッコええがな。画数もバッチリらしいわ」

竜二は、社長のセンスの悪さを今さらながら感じた。

「けど、あんまり噺家らしくはないでしょう……」

「あんた、名前なんか符丁や、なんでもかまへん、て言うたやないか。不服か？」

「い、いや、そういうわけやないですけど……」

分厚いカーテンが目のまえに落ちてきたような気分だったが、いまさら刷りなおせとは言えない。

「まさかポスターやチラシも……」

言いかけるとトリマキ興業の社員が、

「それはまだです。演目もゲストも決まってませんから。けど、そろそろ決めていただかないと……」

それも頭の痛い問題だった。なにしろ「独演会」なのだ。これまで竜二がやってきたような前座ネタに毛の生えたような噺はできない。かといって、大ネタはまだまだ竜二の手にはあまる。どんなネタを選んで、どういう風に稽古するか……相談できる相手はいないのだ。

「これが大ホール？　中ホールのまちがいじゃないんですか」

どこかで聞いたような女の声に、竜二が振りかえると、大藪に先導されて入ってきたのは……。

「あっ」

竜二は声をあげてしまった。女は彼をちらと見て、大藪に、

「このホール、落語もするんですか。やめたほうがいいですよ。雰囲気が古くさくなりますから」

松茸芸能の江田寿子だった。

「設備も老朽化してるし、ロビーも汚いし、楽屋も狭いし……うちの『アバレル関係』のソロライブには『やや難あり』なんですけど、もう本番まで日がないし、ここで手を打ちますか。あの子たちが急に、誕生日ライブをやる、と勝手に宣言してしまったので……」

「アバレル関係」というのは、「ラリルレロバの耳」が「落語家になる」と言って辞めたあと、松茸芸能が一押しにしている若手漫才コンビである。

「というわけで、一月の十日、一時九時でよろしく」

竜二は思わず、

「その日は俺の独演会や！」

江田は眉《まゆ》をひそめ、

「独演会？　あなたが？」

「悪いか。とにかく俺らはもう契約してるんやからな」

「関係ないわ。誰に貸すかはホール側が決めることです。そうですよね、大藪さん」

「え？　ええ、まあ……」

「松茸芸能に貸すのか、それとも新興の小さな芸能プロに貸すのか、よく考えてください……というまでもなく結論はわかってますけどね。残念でした、落語家さん」

「アホ言うな。——どうなんですか、大藪さん」

大藪は頭を抱えて、

「いや……その……うちとしましては……トリマキ興業さんからは、代金もいただいてしまっておりまして……」

「あはははは。そんなもの、違約金払って、解約してしまえばいいのよ。よくある話です」

「そ、そうですねえ……」

「はっきり言ってあげればいいのよ。人気漫才コンビと名もない落語家では比べようがありませんってね」

江田寿子が勝ちほこったような視線を竜二たちに向けたとき、大藪は彼女に頭を下げ、

「申しわけない」

「な、なんですって！」

江田寿子の顔色が変わった。

「うちは松茸芸能なのよ。その仕事を断るっていうの？　あとでどうなるかわかってるんでしょうね」

まるで、ヤクザの脅しだ、と竜二は思った。

「あの……中ホールではだめでしょうか」

「だめよ。落語家が大ホールなのに、『アパレル関係』が中ホールでライブなんて、そんなかっこわるいことできると思う？　落語のほうを中ホールにしなさいよ」

「それはいたしかねますです」

「それじゃ、使用料倍払うわ。それで文句ないでしょ」

大藪は目を丸くして、

「どうしてそこまで……」

「落語には負けたくないのよ、絶対に」

そう言って、憎しみのこもった目を竜二に向けた。しかし、大藪はふたたびつむじが床につきそうなほど頭を垂れて、

「いくらいただきましても、大ホールはこちらさまが先口でございますので……」

江田の顔は血の気が引いて真っ白になり、

「に、に、に、二度とこんなボロいホール使わないわ。このことは社長に報告しますからね！」

「そんな！　事情がいろいろあるんです。ご勘弁くださいよっ」

すがりつく大藪の手を乱暴に払うと、江田は肩で竜二を押しのけるようにして立ちさろうとした。

「ちょっと待てや」

江田は足をとめたが、振りむこうとはしない。

「あんた、うちの師匠を訴えたらしいな」

「当然でしょ。女性に暴力をふるったんだから、制裁を受けるべきよ」

「そらそうかもしれんけど……どこも怪我してへんのやろ」

「あなた、なーんにもわかってないのね。怪我はしてなくても、心に傷を負ったんです。一生かかっても癒せないような深い傷をね。それを思えば、慰謝料の三百万円なんて安いものよ」

「嘘つけ。あんたがあのぐらいで傷つくようなタマか。狙《ねら》いはなんやねん」

「私は、落語家だからなにをしてもいい、みたいな態度のあの傲慢《ごうまん》ジジイをぶっつぶしてやりたいの。落語家なんて、時代から取りのこされてるくせに、私は伝統芸能の担い手です、みたいな顔して偉そうに……うざいったらないわ」

江田寿子は興奮して荒い息を吐きながら、

「だいたいあなた、破門になったたって聞いたわよ。だったら、あのジジイの肩持たなくてもいいじゃない」

そらそうや、と竜二は思った。俺、なんであのおっさんの味方しとんねん。

「もし、あのジジイに会うことがあったら伝えといて。裁判所でお目にかかりましょう。逃げないでよ、ってね」

「会わんと思うけどな」

江田寿子は、竜二をぐーっとひと睨《にら》みしたあと、憤然とした足どりでホールを出ていった。大藪はあわててあとを追った。竜二は鳥巻に、

「でも、よううちに貸してくれましたね」

鳥巻は謎《なぞ》めいた笑みを浮かべ、

「向こうは松茸芸能かしらんけど、こっちには沢田さんがついとるさかいな」

その言葉の意味を、のちに竜二は最悪の形で知ることとなる。

「独演会やと？　な、生意気に！」

チラシを見ながら、梅々がきんきん声で叫んだ。仕事が減った影響か、最初はくさしていた事務所に最近よく顔を出す。

「それも、なんやねん『しゃべくりドラゴン』て……」

「そういう芸名にしたみたいですよ」

お茶をいれながら、梅春が言った。

「落語家やないがな。笑酔亭の名前を汚しよって！　師匠もそう思わはりますよね」

だが、梅寿はそんな会話はまるで耳に入っていないらしく、腕組みをして座ったまま、ぶすっと目を閉じている。

「ネタは……『蛇含草』と『親子茶屋』か、身のほど知らんやっちゃで。『動物園』と『十徳』でもやっときゃええのに」

梅々が吐きすてるように言うと、梅春が、

「こないだ、うちに電話があって、ネタをつけてほしい、て言われたんで、さすがにそれは断りました。そしたら、師匠のテープ聴いて覚えるから貸してくれ、て」

「師匠は『親子茶屋』は演《や》ってはらへんやないか」

「そない言うたらしょんぼりして、誰かべつのひとのをさがす、て言うて……なんか、かわいそうになってきました」

「自業自得や」

「せやけど、あのままうちの一門におったら、十五年しても、『大阪パルテノン会館』で独演会はでけへんかったでしょうね。そう考えたらすごいことかもしれません。あの若さで独立するやなんて、清水《きよみず》の舞台から飛びおりるぐらいの決断やったやろし……独演会、成功したらええのにねえ」

「おい、梅春。おまえ、えらい竜二に肩入れするやないか。まさか、あいつとできとるんやないやろな」

梅春は、冷たい目で兄弟子をにらみ、

「私にはあんな思いきったことはでけへん、ゆうただけです。松茸芸能に残ったひとらにも、竜二くんにもがんばってほしいし……」

「ひとの心配より、まず、この事務所の先行きを心配せえ。仕事ゆうたかて、小さい落語会がぼちぼち入ってるだけやろ」

「――はい……」

「それに、竜二の会、そないにうまいことといくはずないわ」

「なんでです？」

「このチラシ、ほかの出演者の名前が書いてないやろ。無名の竜二が、ひとを集めるには、助演に集客力のある噺家やら、人気のある漫才やらに頼むのが早道やけど、うちの師匠に遠慮して、噺家はだれも出んやろ。松茸芸能所属の芸人も無理。もちろん、我々もな。ほかの事務所の芸人やタレントも、下手に竜二に味方して、うちの師匠や松茸芸能を敵に回したくはないはずや……」

「じゃあ……竜二くんの会には誰も……？」

梅々はうなずいた。

「おい……」

梅寿が両目を閉じたまま、低い声を出した。

「独演会、やるで」

梅々と梅春は顔を見あわせ、

「は、はい。いつ頃ですか」

言いながら梅寿の顔に目をやった梅春は驚いた。梅寿は、涙ぐんでいたのだ。

▲

梅々の言うとおりだった。竜二は、知りあいの噺家ほとんど全員に頼んでみたが、誰ひとり出演を承諾しなかった。漫才師、ピン芸人などにも幅広く声をかけたが、こちらもすべて断られた。

「出てあげたいのはやまやまやけどなあ……破門になったもんの会に出て、梅寿師匠をしくじりとうないんで。悪う思わんといてや」

「松茸芸能から、あんたの会には出るな、てお達しが回っとるんや。たぶん関西落語協会の会員には軒並み回っとるで」

前途多難を絵に描いたような状況である。困りはてた竜二は、鳥巻社長に相談した。小料理屋「きょろんけつ」のカウンターで竜二は、

「俺ひとりでは会はできません。どないしたらええんか……」

いつも前向きな鳥巻も暗い表情で、

「せやなあ……落語会やる、ゆうのがこないにむずかしいとは思わんかったわ」

「俺、考えたんですけど……誰もゲストに来てくれへんのやったら、バンドしてみよかと思うんです。噺家になるまえはライブハウスにも出てたし、昔の仲間を集めて、ガーン！　とかましたら……」

「あかん」

鳥巻はかぶりを振った。

「いずれはそれもありやと思うけど、今回は落語家のはじめての会やで。勝負はあくまで『落語』でつけなあかん。バンドなんぞやったら、なんのための独演会かわからんよ

うになる」

正論だった。駆けだしの竜二がやるべきことではない。

「それとな、チケットやけど……」

鳥巻は封筒からチケットを取りだした。まえに見たときは、入場料三百円と印刷されていたが、マジックで0がひとつ足されて、三千円になっている。

「悪いけど、値あげさせてもろた。いろいろ物いりでな……」

そう言って、鳥巻はため息とともに猪口《ちょこ》の酒を飲みほし、

「先に帰らせてもらうわ」

「仕事、お忙しいんですか」

「せやねん。なんやかやあってな……おおい、ママ」

「はい、社長、お帰りですか？　えーと、お代金は……」

「ツケといて」

そう言うと、鳥巻は背中を丸めて店を出ていった。

「へー、ツケなんかしたことなかったのにねえ」

首をひねる「きょろんけつ」のママを見て、竜二は悪い予感がした。

▲

独演会の日が毒蛇のようにじわじわと迫ってくる。しかし、稽古に身が入らない。雑念が多すぎるのだ。ネタ繰りをしていても、噺が自分のものにならない。市販のテープで聴きおぼえたネタを、何度も繰りかえして口に乗せる。しかし、それがよい出来なのか悪い出来なのか、客観的な評価がわからない。いつもは、梅春が細かいダメ出しをしてくれていたが、今はけなしてくれるひとはいない。うっとうしい、と思っていた梅春との稽古が、今では懐かしい。

（こんなもんで金とってええんかな……）

日に日にやる気も自信も身体から抜けおちていく。

（独演会なんかむりやった。もうあかん……）

「弱り目」の竜二に、つぎは「祟《たた》り目」が来た。気分転換にコンビニで情報誌を立ちよみしていると、信じられない記事が目についた。

新春初笑い！　上方落語界の重鎮・笑酔亭梅寿久々の独演会。今回はネタおろし「親子茶屋」を含む意欲あふれる演目がずらり。助演は、笑酔亭梅々、笑酔亭梅春。一月十日、「大阪パルテノン会館」中ホールにて。

まちがいではないか、と何度も読みなおした。しかし、はっきり一月十日、「親子茶屋」と書かれている。

（師匠……俺の会、潰《つぶ》すつもりや……）

怒りがこみあげてきた。そうか、そっちがそのつもりやったら俺も腹すえる。売られた喧嘩や、買《こ》うたろやないか。

「くそっ！　あのジジイ、殺したる！」

竜二はその情報誌を丸めて、床に叩きつけた。

「ちょっと、お客さん、商品になにするんですか！」

コンビニの店員が怒鳴りながら近づいてきたが、まったく気づかなかった。

▲

大みそかの夜、竜二は、ベッドの端に腰かけて、「親子茶屋」を熱演していた。聴いているのは、チカコたったひとりだ。床に体育座りして、真剣な顔でじっと耳を傾けている。「親子茶屋」は、飲む・打つ・買うの「三だら煩悩《ぼんのう》」という男の道楽を扱った噺である。放蕩《ほうとう》息子に毎日説教する堅物の親旦那。じつは、若旦那よりも数段上の極道もの。店のものには寺に法談を聴きにいくと言って、今日も今日とてお茶屋で「年寄りの隠れ遊び」。そこへ、なにも知らない若旦那がやってきて、お互い、親子と知らずに、目隠しをして「狐《きつね》釣り」という一種の鬼ごっこをする。最後に目隠しを取った瞬間に……という内容。

「せがれか……かならず博打《ばくち》はならんぞ」

サゲを言って頭を下げる。チカコはパチパチと手を叩いた。

「どやった?」

「ええんちゃう?　おもろかったよ」

「それじゃあかんねん。松茸芸能の養成所でやってたみたいに、きつうダメ出ししてほしいんや」

「そんなんゆうたかて……あたし、漫才のことはわかるけど、落語はおもろかったか、おもろなかったかぐらいしか言われへん。でも、マジでおもろかったよ。——はじめて聴いたからかもしらんけど」

竜二は肩を落とした。

3

事務所のソファに寝そべって、梅寿は「上方日報」を読んでいる。芸能欄には、異例の師弟対決。同日、同じ場所で独演会。

と題して、梅寿と竜二の独演会が取りあげられている。松茸芸能とのごたごた、関西落語協会からの脱退、訴訟沙汰《ざた》など、竜二が独立した経緯を煽《あお》るような文章で紹介したあと、「初舞台からまだ二年に満たぬ駆けだしの噺家が、こんな大きな場所で独演会をするのは前代未聞。落語というものをなめていると言われてもしかたがない。元師匠の梅寿が同じ日に同じ場所での会をぶつけたのは、反目した元弟子の思いあがりを叩きつぶす意味ではないか。女性への暴力で松茸芸能を解雇された師匠と、彼に破門された弟子の勝負ははたしてどちらに軍配があがるのだろうか」と結んであった。

「アホか。しょうもないこと書きやがって」

梅寿は鼻を鳴らし、新聞を丸めて床に捨てた。

「けど、師匠、その記事のおかげで多少は独演会のチケット、売れるんとちがいますか」

と梅刈子が言った。

「竜二の会のほうしか売れなんだらどないすんねん。わし、大恥やないか」

「あ、そうか」

「切符売れとるか」

「あきまへん。まったくあきまへん。全然あきまへん」

「何遍も言うな。そうか、売れとらんか……」

「こないなったら、せめて名誉だけなと欲しいでんな」

「なんや、名誉て」

「たとえば、今度の会が『日本演芸文化大賞』をもらう、とか」

「それ、賞金なんぼや」

「せやから『名誉』だけでんがな。賞金はおまへんねん」

「どアホ！　そんな一文にもならんようなもん、いるか！」

そのすぐ横では、梅春と横濱田欽吾が正座して向かいあっている。

「こんにちは」

梅春が言う。

「こんにちは」

横濱田が言う。

「あかん、訛ってる。何回言うたらわかるんや。こんにちは」

「こんにちは」

「こっち入り。まあ、あがんなはれ」

「こっち入り。まあ、あがるだす」

「あがるだすやない。あがんなはれ」

「あがんなはり」

「なはれ」

「なはり」

梅春は、身体の空気が全部出てしまうほどの長いため息をつき、梅刈子を振りかえった。

「私、限界。疲れた。あんた、替わって」

「ええっ？　お、俺、今から買い物が……」

「買い物やったら、私が行ったげる。あんた、稽古つけたって」

「いや、俺が行きますて」

うろたえる梅刈子を見ながら、梅寿が大笑いして、

「こいつ、なかなかおもろいやないか。いけるかもしれん。梅春、ちゃんと稽古したれ」

「はあ……でも、言葉が……」

「かまへん。訛りが身体の芯《しん》まで染みついとるんやったら、むりにやめさせんでもええ。噺の骨格だけ教えたれ。あとは工夫させ」

「それって落語といえるでしょうか？　大阪の言葉で大阪の情緒をあらわさな、上方落

語にならへんのやないですか」

「そんなことない。そこに上方落語の心が入っとったら、言葉は関係ない。ようは、おもろかったらええねん」

横濱田はガバとその場に伏せた。

「あ、あ、ありがとうございます。これまで、どこの師匠がたにも入門を断られましたけど、こんなにようしていただいて、ほんまに感謝してます。どうしても噺家になりとおまんねん。必死にがんばりますんで、どうぞ見捨てんとくなはれ」

梅春が目を大きく見開いて、

「あんた……大阪弁しゃべれるやん！」

そう叫んだ。

▲

ドアがそっと開き、食料を入れた紙袋を持ったチカコが顔を出した。

「なんや、いてるんかいな。何遍もチャイム鳴らしたのに」

竜二は、部屋のまんなかに座ったまま、顔をあげない。テーブルのうえに果物ナイフが置いてある。

「どないしたん？　顔色悪いで。具合悪いんか？　独演会まであと二日やろ。しっかり体調管理して……」

「——もう、おしまいや」

「なにかあったん？」

「チケット、全然売れてない。ゲスト、誰も引きうけてくれへん。もう、どないしたらええかわからん」

「あたしが出られたらええんやけど、一応松茸芸能やからなあ……。鳥巻さんは何て言うてるのん」

「社長とは、ここ何日か連絡がつかへんのや」

「悪いことばっかりのはずない。ええこともきっとあるて」

「ないわ。——今もな、ずっとナイフ見てたんや」

チカコの表情がみるみる変わった。

「何、情けないこと言うてんの！」

チカコは紙袋を竜二に投げつけた。カップラーメンやスパゲティが散乱した。

「あんたが今考えなあかんのは、落語のことやろ。はじめての独演会やん。一生、独演会できひん噺家もいてるんやろ。あんた、めちゃめちゃラッキーやんか。死ぬんやったら、立派に会をやってから死に。見そこなったわ、根性なし、アホ、ボケ、死ね！」

チカコは部屋を飛びだしていった。竜二は、あとを追う気力もなく、その場に座ったまま、散らばった食料をのろのろと集めた。

(落語のことだけ考えろ、か……。せや、どうせダメもとなんや。これ以上悪ならへん。とにかくちゃんとネタをやらんと……)

がちゃり、とドアが開いた。

「チカコ、すまん……」

言いかけて、顔をあげると、立っていたのはチカコではなかった。今は噺家に転向した元「ラリルレロバの耳」の健造と仲吉だった。

「お、おまえら……」

「なんかゲストのことで困ってるんやて？　俺らでよかったら、出してもらうで」

「——え……？」

「噺家としては半人前やけどな、漫才やったらなんとかなる」

「ほ、ほな……」

「『ラリルレロバの耳』、一夜かぎりの復活や」

竜二は立ちあがって、ふたりの手を握った。そのとき、電話が鳴った。竜二がとると、

「梅駆さん？　お久しぶりです」

「誰や」

「三味亭《ざんまいてい》あぶ虎です。O《オー》—1《ワン》の本選以来ですね」

三昧亭あぶ虎は、「落語の救世主」と言われている東京の噺家である。まだ若いが、イケメンで女性ファンも多い。竜二も参加したO―1の決勝でも、ほかを引きはなして圧倒的な点差で優勝した。

「独演会、もうゲスト決まりましたか？　こっちまで話は聞こえてます。もし、まだだったら、その日はあいてるんで、大阪まで行きますけど」

「ほ、ほんまですか」

「東京の噺家に、そっちのごたごたは関係ないからね」

竜二は、受話器に向かって最敬礼した。これで、ゲストは二組とも決まってしまった。

（ほんまや。ええこと、あったわ）

竜二はチカコの言葉を思いだし、「ラリルレロバの耳」のふたりに、

「すまん。ちょっと行かなあかんとこあるねん。また当日のことは連絡するわ」

健造がにやりと笑い、

「チカコ姉さんやろ。はよ行ったり。さっき、ものすごいスピードで走っていきはったわ。――ぼろぼろに泣いてたで」

竜二が部屋を出ようとすると、コンコン！　コンコン！　とドアが乱暴に叩かれた。

チカコか、と一瞬思ったが、つづいて怒声が聞こえた。

「おい、星祭竜二、おるか！　おるんやったら出てこい。出てこな、この部屋に火ぃつ

けるぞ」

竜二が外に出ると、二メートル近い、頭をつるつるに剃《そ》った巨漢が立っていた。派手な色のシャツに、白い背広。幅広のネクタイにエナメルの靴。どこからどう見ても完全なヤクザである。

「われが竜二か。わし、沢田ちゅうもんや。金払え。わしが立てかえた二百五十万、払わんかい」

「なんのことですか」

「とぼけるな、ダボ！　鳥巻のガキが、場所押さえるのに顔貸してくれゆうさかい、わしが一から十までだんどりつけたったんやんけ。金返さんかい、この盗人」

「お金は……鳥巻社長が……」

「アホか！　あいつの会社、不渡り出して倒産しよった。あいつもこないだから失踪《しっそう》したままじゃ。せやさかい、わしはわれから取るしかないんじゃい」

目のまえが真っ暗になった。倒れかけた竜二を、「ラリルレロバの耳」のふたりが支えた。

「お金は……今はありません。独演会が終わったら、その収益《あがり》から払います」

「ほんまやな。嘘やったら承知せんぞ。この部屋に火ぃ……」

「それはさっき聞きました。今日のところは帰ってください」

「わかった。逃げるなよ」

「絶対に逃げたりしません」

沢田は、肩をいからせて、のっしのっしと帰っていった。緊張の糸が切れた竜二はその場にしゃがみこんで、ひとしきり吐いた。

「独演会の収益から払えるんか」

伸吉がたずねた。竜二はかぶりを振り、

「逃げよかな……」

▲

これで、あのとき「大阪パルテノン会館」の支配人が異常に慇懃《いんぎん》だったわけも、松茸芸能のごり押しを拒絶したわけもわかった。ヤクザがあいだに入っていたのである。沢田はおそらく、これまで鳥巻が仕事上のいろいろな裏取りひきを頼んでいた相手で、沢田のほうも鳥巻商事から甘い汁を吸っていた、持ちつ持たれつの関係だったのだろう。今度もそのつもりだったのが、鳥巻商事の突然の倒産でパーになったわけだ。必然的に竜二はアパートを出ざるをえなくなり、チカコの部屋に転がりこんだ。こうなったらもう、独演会にすべてを傾注するほかない。チカコも気を利かして、友だちのところに泊まりにいっている。竜二は、残された二日間、必死になって稽古したが、聴きおぼえのネタなのでどうにもしっくりこない。

（梅春姉さんや師匠がいてたらなあ……）

たずねたいことが山ほどある。しかし……。

（師匠は敵なんや）

同日、同じ場所で独演会をやるのだ。その相手を頼るわけにはいかない。しかも、もう「師匠」ではないのだ。

（俺の力だけでやらなあかんのや……）

前日の深夜、電話が鳴ったが、部屋の主がいないのでとらずにいると、留守番電話に切りかわった。あたりをはばかるような小声がスピーカーから聞こえてきた。

「もしもし……鳥巻です。竜二くん、そこにいてなはるか？」

あわてて受話器をとる。

「社長、今、どこですか」

「それは言えまへん。きみにも迷惑かけましたなあ。ほんまにすまん」

鳥巻は、百円ショップで販売している日本酒の酒税をいっさい払っていなかったらしい。酒税というのは、日本酒で一キロリットルにつき十二万円（合成酒だと一キロリットルで十万円）と決まっているが、それだとどう考えても一升百円では販売できない。また、合成酒（ほとんど酒とはいえないような代物だった、とのこと）を大吟醸などといつわっていたことなどもバレて、国税局と警察が捜査を開始したという。

「国税と警察とヤクザに追われてまんねん。私、しばらく身を隠しますわ。明日の会、がんばっとくなはれ。今の私にはそれしか言えん。ほな……」

電話は切れた。結局、ネタ未完成のまま、竜二は当日を迎えた。

▲

案の定、客席はガラガラだった。千二百人のホールに、二百人ほどだろうか。それも大半は、インターネットで土壇場に流れた「『ラリルレロバの耳』復活」と「三昧亭あぶ虎出演」の情報が集めた客である。一席目は、「ラリルレロバの耳」による漫才。たっぷりと時間をとってのパワー全開の芸に、客席は沸きに沸いた。彼らがネタのなかで繰りかえし、「このあとも帰られないで最後まで聴いてください。俺らもずっと残ってるから」と言ってくれたおかげで、誰も帰らなかった。つづいて竜二があがった。頭のなかが真っ白で、客席が歪《ゆが》んで見える。ネタはO―1の決勝のときにもやった「蛇含草」だが、やり慣れているはずなのに、緊張のあまり、最後まで何をしゃべったかわからなかった。口が勝手に動いているが、耳にはなにも聞こえてこないのだ。サゲを言って、頭を下げると、意外にも大きな拍手が来て、我に返った。時計を見ると、どうやら四十分近くしゃべっていたらしい。プールに飛びこんだように着物が汗でずぶ濡《ぬ》れにな

っている。袖へひっこんで、パイプ椅子に倒れこむ。三昧亭あぶ虎が近づいてきて、

「熱演でしたね。O―1のときよりよかったですよ。禅でいう無心の境地ってやつかな」

「あ……いや、その……」

「じゃあ、ぼくは冷やしてこようか」

あぶ虎は、そうささやいて高座に向かった。竜二は立ちあがって、カーテンの陰から彼を見つめる。客の半数は、漫才しか聴いたことがない、それも大阪のベタな笑いに慣れた若者である。そんな客相手に何をどう演じるのか……と思っていると、あぶ虎は軽いマクラで笑わせ、いきなり客をつかんでしまった。あぶ虎の芸は、誰にでも通じる力強い普遍性を持ったものだったのである。客の視線は、粋《いき》でいなせなあぶ虎の一挙手一投足に釘付けになり、ぴくりとも動かない。ネタは「火焔《かえん》太鼓」。古今亭志ん生《しんしょう》が得意としたこの噺を、あぶ虎は小細工をせず、ストレートに演じきった。終わると、笑いというより、ため息のような感嘆の声が客席のあちこちからわき起こった。

「ええもん聴いたな」

「東京の落語もおもろいなあ」

そんな落ちついた反応がじわじわと聞こえてきた。冷やすとはこのことだったのだ。聴いているうちに、竜二も冷静さを取りもどした。

（このあとどないしたらええんやろ……）

つぎが勝負である。ネタおろしの「親子茶屋」。大爆笑の漫才、空まわりかもしれないが熱演の落語、そして江戸前の粋な落語……と来て、最後に客に「何か」を持ってかえってもらうにはどうすればいいのか。出囃子《でばやし》が鳴った。竜二は、その旋律に誘われるようにすっと舞台に出ていった。座布団に座って、客席を見わたす。今度は一人ひとりの顔がよく見えた。チカコをはじめ、知りあいもたくさん来てくれている。暴走族時代のツレや、バンドの仲間たちもいるようだ。そして、最後列には白いスーツの沢田が、退路を断つかのように座っている。また、最前列のどまん中には、冬なのに派手なアロハを着て、サングラスをかけた角刈りのいかつい男がふんぞりかえっている。これも沢田の仲間だろう。

（終わってから、もうひと勝負せなあかんな……）

とりあえずは目のまえの「親子茶屋」に集中だ。テープで覚えたネタだが、今日までの稽古で、ある程度のレベルにまでは達していると思う。だが……何かが足りないのだ。

「あと一席のところ、よろしくおつきあいを願います。昔から、男のかたの道楽をば、三だら煩悩と申しまして……」

しゃべっているうちに、主人公である親旦那の気持ちに入りこんでいく。客もよく受けている。しかし……何かが足りない、という思いに変わりはない。壁にぶつかったような気分だ。必死になってその壁を押す。

（こんなとき、師匠やったらどうするやろ）

ふと、そう思った。梅寿なら、このネタをどう運ぶだろうか……。その瞬間、すべてがぱたぱたぱた……とドミノ倒しのように、ゴールめがけて進みだした。新しいくすぐりも自然に湧いてきた。テープの聴きおぼえでない、自分の「親子茶屋」になった。サゲを言って、頭を下げたとき、

「本日は、俺みたいな駆けだしの噺家の独演会……最初で最後の独演会にお越しいただきましてありがとうございました。本当は、俺なんかまだまだ自分の会なんかできるような芸人やないんです。でも……やってよかったです。いつか、また皆さんのまえで落語ができたらいいな、と思っています。ずっとずっと先のことかもわかりませんけど……。それでは、お気をつけてお帰りください」

感謝の言葉がひとりでに口から出てきた。最後列の沢田と、最前列の角刈りの男が同時に立ちあがった。客の反応を聴く余裕もなく、竜二があたふた舞台袖に入ると、チカコが身を寄せてきて、

「服とか荷物はあたしがなんとかしとく。あんたは、非常口から逃げて」

「ラリルレロバの耳」のふたりとあぶ虎もうなずいている。竜二はぺこりと頭を下げ、着物を着たまま、非常口から脱出した。劇場の裏階段を駆けおりながら、後ろを見ると、

あの角刈りの男がものすごい形相で追いかけてくるではないか。やみくもに走っていると、若い女の声が耳に入ってきた。

「笑酔亭梅寿は、女性を一方的に殴っておきながら反省もせず、のうのうと仕事を続けているのです。このような暴力は現代社会ではとうてい許されることではありません。これは、落語の世界にいまだ残っている封建的な考えかたが原因ではないでしょうか……」

江田寿子だ。中ホールの梅寿独演会の入り口で、入場者にチラシを配っている。竜二は反射的に寿子のまえに立ち、その手からチラシの束を取りあげると、

「なんでや。なんでそこまで落語を毛嫌いするんや」

「うるさいわね。あんたに関係ないでしょう」

ふたりが揉《も》みあっていると、少し離れたところから、

「おおい、待てえっ」

見ると、あの角刈りの男だ。犬のようにはあはあ言いながら、走ってくる。竜二は江田寿子の手首を握ったまま、中ホールに入った。

「何すんのよ！」

「いいから」

なかは暗く、竜二と寿子は客のあいだを縫うようにして、まえへまえへと進み、てき

とうな席に着いた。ちょうど梅寿が噺をはじめたところだった。

「なんで私がこんな……」

　声をあげようとする寿子に、すぐ後ろの客が「しっ」と注意し、やむなく寿子は口を閉ざした。

「本日は、ネタおろしのネタを聴いていただきます。今日のお客さんは災難ですな。どこでまちがうかわからん。むちゃくちゃになるかもしれん。それでも私はかましまへん。もう、入場料もろてしもたあとやさかい」

　笑わしておいて、「親子茶屋」に入った。開口した瞬間から一瞬も迷うことのない怒《ど》濤《とう》の噺運びである。竜二も含めて、客は梅寿に乗せられ、ぐいぐいと引っぱられ、もみくちゃに翻弄《ほんろう》された。驚いたことに、竜二が、

（師匠やったらどうするやろ）

　と思って考えたくすぐりはほとんど梅寿も使っていた。それも、はるかに破壊力のある形で。小刻みだった笑いがしだいにつながっていき、最後には爆笑につぐ爆笑になった。「狐釣り」の場面では、思わず竜二も踊りだしそうになったほどだ。あまりにけたたましい笑い声に、隣を見ると、江田寿子が腹をよじって笑っているではないか。竜二の視線を感じたのか、寿子は急に顔を引きしめ、ぷいと横を向いた。竜二はなぜか、すごく誇らしい気持ちになった。サゲのあと、割れんばかりの拍手が来た。寿子も、ひそ

かに拍手をしているのを竜二は見た。そのとき、寿子と反対どなりの客が、

「すごかったな」

と声をかけてきた。顔を見ると、

「梅雨《ばいう》兄さん……！」

その横は、梅二郎《ばいじろう》、羅々梅《ららばい》、寿亭夢《じゅていむ》……松茸芸能に残った弟子たちが並んでいた。

「見てみ、師匠……泣いてはるで」

梅二郎が高座で頭を下げている梅寿を指さした。まさか、と思ってそちらを見ると、たしかにうっすらと涙を浮かべているようだ。竜二は感動し、しばらく動けなかった。

「やっと見つけたわ。もう逃がしまへんで！」

不意をつかれた。あの角刈りの男が、まえの列から身を乗りだしていた。

「すんません。今、金はないんです。一生かかっても払いますから、なんとか分割で……」

「何言うてまんねん。わし、『上方日報』の文化部の記者ですがな。あんたらの師弟対決を取材させてもろてましたんや」

「な、なんや……ヤクザやと思た……」

竜二が身体の力を抜くと、

「よう言われまんねん。――さっきのあんたの会も聴かせてもらいましたけど、よかっ

たですわあ。師匠から独立したあんたが、自分の力だけで独演会を開く。まさに梅寿さんの事務所が言うとる『ノーブランドの噺家』第一号の成功ですな」

少し考えてから竜二はかぶりを振り、

「ちがいます。俺は……やっぱり笑酔亭梅寿の弟子です」

「え？　でも、破門になりはったんと……」

「そうですけど……俺がやったのは、結局、師匠の落語でした。俺は……師匠の弟子でした」

納得のいかぬ表情の記者に向かって、竜二ははっきりした口調でそう言った。

▲

楽屋の壁際にもたれ、ステテコ一枚の姿でくつろいでいた梅寿は、コメツキバッタのように頭を下げながら入ってきた竜二をちらと見て、勝ちほこったような表情を浮かべたが、つづいて現れた江田寿子に気づくと、ぎくりとして逃げ腰になった。

「こ、こら……何しにきよったんじゃ。おのれ、会場のまえでしょうもないチラシ配りさらすだけではあきたらんとこんなとこまで……」

寿子はつかつかと梅寿に歩みよると、

「私を殴ったことは許せませんが……あなたの落語を聴いて、落語がすばらしいものだとわかったのは収穫でした」

梅寿は拍子抜けしたらしく、

「そ、そうだっか。おおきに」

江田寿子は目を伏せると、

「もう少し早く聴いていれば……」

と言いかけて、その表情が固まった。彼女の視線の先には、勉強を兼ねて手伝いにきていた横濱田欽吾がいた。

「な……なんであんたがここにいるの……」

「わし、梅寿師匠の事務所が募集しとった噺家養成講座に入ったんだす。皆さんにはほんまによくしてもらっとるだす。梅寿師匠は、そこに上方落語の心が入っとったら、訛りがあってもかまへん、おもろかったらええ、と言うてくださって……。わし、生まれてはじめて、夢がかないそうな気がしとるんだす」

寿子は少しのあいだ無言で下を向いていたが、

「——そうでしたか。ちっとも知りませんでした」

「なんか事情があるみたいね。よかったら話してみて」

梅春にうながされ、寿子は話しはじめた。横濱田と寿子は大学で知りあい、将来を誓いあう仲になった。落研に所属していた横濱田は、将来はぜったいに落語家になるだす、と熱く夢を語った。

「でも、訛りのある彼を入門させてくれる師匠はいませんでした。林家めかぶさんに破門されたことで、大好きだった噺家への道は断たれ、といって、噺家以外の仕事につく気になれず、仕事もせずにぶらぶらしている……そんな彼に失望して、泣くなくわかれたんです」

ふたりの将来をゆがめたのは、封建的で因習的な「落語」の世界だ……寿子はそう思ったのである。

「それで、落語が憎かったんか……」

梅々が唸るように言った。

「——けど、あんた、そのわりによう松茸芸能なんぞに入ったな」

「たぶん……彼の感化で知らずしらず演芸好きになってたんだと思います」

「落語だけは嫌いやろけどな」

「いえ……落語は好きです。好きになりました」

江田寿子は梅寿に向きなおると、

「梅寿さん、訴訟は取りさげます。ただ……ひとつだけお願いをきいてもらえますか」

「なんや」

「一発殴らせてください。それで私の気はすみますから」

梅寿は、「三百万円の訴訟取りさげ」と「女の力での殴打」を頭のなかですばやく天《てん》秤《びん》にかけ、

「よっしゃ、わかった」

「師匠！」

弟子たちがとめようとし、横濱田も、

「そ、それはいかんだす。梅寿師匠、こいつは……」

梅寿は皆を制し、

「やかまし言うな。わしがかまへんちゅうたらかまへんのじゃ。一発と言わず、好きなだけ殴ったらええがな」

その言葉の終わらぬうちに、江田寿子の強烈な右アッパーが梅寿の顎に爆発した。梅寿は後ろむきにふっ飛び、支えようとした竜二と角刈り記者ともども楽屋の壁際に仰向けにひっくり返った。

「だから言ったんだす。こいつは学生のとき、女子ボクシング部の部長やった女だす」

おろおろする横濱田を尻目に、寿子は梅寿のまえに両手をつき、

「師匠、欽吾をよろしくお願いいたします」

梅寿は、テーブルにすがってよろよろと立ちあがると、

「わかった。こいつのことはちゃんとする。――竜二」

「は、はい」

「欽吾はおまえに任す。しっかり面倒みたれ」

「え？　じゃあ……」

「破門になったあと、べつの名前で仕事をするようなやつを許すわけにはいかん。けど……おまえがもっぺん一からわしとこへ入門するつもりやったら、それはかまへん。それとも、ノーブランドのまま行くか？」

「入門します！」

「ほな、内弟子、やってみるか。芸名は……そやな、笑酔亭梅駆はどや」

そう言って、梅寿は痛そうに顎をさすった。

▲

「これで全員そろたな」

筆頭弟子の梅々が、一同を見まわした。ここは難波の戎橋筋《えびすばしすじ》商店街の入り口だ。松茸芸能に残った面々も、新事務所に移籍したものたちもいる。もちろん竜二も。

「今年はどないなるかと思たけど、こないして師匠の誕生祝いを買いにいくことができて、ほんまよかった。わが一門の年中行事やさかいな」

「竜二くんは、はじめてよね」

と梅春がきいた。竜二がうなずくと、

「こいつ、去年は破門中やったんですわ。ほら、ライブハウスでピン芸やっとったとき。だいたいおまえ、割り勘の金払えるのか。ごっつい借金なんやろ」

梅雨がいらんことを言ったが、借金は、竜二の落語を客席で聴いた沢田が、「われの落語、ごっつうおもろかったやんけ。金は分割でええから、ぼちぼち返せ。心配すな、われやったらすぐに返せるわ」と言ってくれたのである。

「せやけど、祝い、何にしまひょ。たいがいのもの、師匠は『しょうもない』言わはりますからなあ」

と梅二郎。

「あのジジイ、何渡してもそない言いよんねん。まあ、商店街うろついとったら何か目につくやろ。――行こか」

梅々が、先頭に立って歩きだそうとしたとき、竜二が言った。

「あの……俺、ちょっと心当たりがあるんですけど」

▲

「ふーん……なかなか具合ええやないか。細かい字ぃもよう見えるわ」

「上方日報」の芸能欄を見ながら、梅寿はご満悦である。そこには、これこそ本当の親子会。

という見だしにつづいて、先日の師弟対決の顚末《てんまつ》が記されていた。あの角刈りの記者が書いたのだろうが、記事は「『親子茶屋』勝負の結果は師匠・梅寿の圧勝に終わったが、これによって親（師匠）と子（弟子）の絆《きずな》が深まり、子の成長が促進されたのではなかろうか」と結んであった。

「竜二のやつが、師匠はコンタクトが合《お》うてないんとちゃうか、て言いだしよったんですわ。最近、イラついたり、急に泣いたりしてはるんは、そのせいちゃうか、て。やっぱりこいつ、師匠のこと、よう見てますわ」

梅々が代表して説明をはじめた。

「どうせ師匠のこっちゃさかい、かっこ悪いからいうて目ぇかなり悪なってるのを隠して、ひとりで眼鏡屋に行って、めちゃめちゃなもん買うてきはったんやろ、て……いや、これは私やのうて、竜二が言うたんでっせ」

梅寿は竜二を見て、ふんと鼻を鳴らし、

「あの眼鏡屋、コンパクトくれ、ゆうたら、化粧品屋へ行きなはれ、ぬかしよったさかい、どついたったんじゃ」

今でこそ、眼鏡をかけて高座にあがる噺家も少なくないが、古典を演じるときに邪魔になることもあって、かつてはごく少数であった。

「せやけど、師匠がコンタクトレンズて……似あわんわあ」

梅春が茶化すと、

「ほっとけ。わしの勝手じゃ」

新しいもの嫌いの梅寿が眼鏡ではなくコンタクトを選んだのは、視力の衰え、つまり「老い」を他人に知られたくないための苦渋の選択だったのだろう、と竜二は思った。

とはいえ、梅寿の機嫌はいい。訴訟が取りさげられたことで、松茸芸能も折れ、梅寿たちの関西落語協会への復帰が決まったからだ。

「すごいニュースです！」

事務所のドアがバタンと開き、顔を上気させて江田寿子が駆けこんできた。松茸芸能にいづらくなった江田寿子は、梅寿の誘いで新事務所のマネージャーになったのである。

梅寿は普段、

「あの女、えげつないこともしよるけど、さっぱりした後腐れない性格でわしは気にいった」

などと口では言っているが、寿子の顔を見ると身体をびくっとこわばらせ、両腕をクロスさせて顎を守る。寿子はいつになく興奮した口調で、

「竜二くんのこないだの『親子茶屋』が……文化庁の『日本演芸文化大賞』の新人賞に選ばれました！」

驚く一同に、

「わしがラミネートしといたんや。竜二も、どえらい借金背おってしもたさかいな、たまにはほめてもらうのもええやろ」

梅寿は涼しい顔でそう言うと、にやりと笑った。

※本作品執筆にあたって、北野勇作さん、笑福亭鶴瓶さんに貴重なご助言・ご助力・許諾等を賜りました。この場を借りて御礼申しあげます。

なお、本作品はフィクションであり、登場する人名、会社名、団体名、教団名その他はすべて架空のものであり、実在の人物、事物には一切関わりありません。また、上方落語の世界をリアルに表現するため、桂、林家などの屋号は実在のものを使用させていただきましたが、登場する落語家はすべて架空の人物であり、万一、類似が見られた場合には、偶然の結果であることをお断りしておきます。

田中啓文

解説

桂雀三郎（落語家）

落語の落ち、サゲにはいくつかの種類があります。人によって分類の仕方が違うようですが、私の師匠、桂枝雀《かつらしじゃく》は「謎《なぞ》解き」というのも落ちのひとつと考えてはりました。

この『ハナシにならん！　笑酔亭梅寿謎解噺《しょうすいていばいじゅなぞときばなし》2』は題名通り、毎回なにか謎めいた事件が起こり、それを笑酔亭梅駆《ばいく》こと星祭竜二《ほしまつりりゅうじ》が解いて終わります。ですから大きな意味でこの小説は、ひとつの落語でもあります。

もちろんこれをそのまましゃべって落語になるわけではありません。でも、落語というのは、日常生活のありそうでないようなこと、ないようでありそうなことが展開して、「人間というのは、まあこんなもんでしゃろ」という世界です。形として落語になっているということです。

まあ笑酔亭梅寿とか竜二を見てますと、なんぼなんでもこんな落語家はおらんやろ、と思うのですが、梅寿は、おそらく亡くなった六代目笑福亭松鶴《しょうふくていしょかく》師匠がモデルやと思います。松鶴師匠は梅寿ほど無茶な人ではなかったですけど、梅寿のような豪快さはありました。

ですから梅寿は松鶴師匠を誇張した、おらんようでおりそうな人、おりそうでおらんような人、ということで、まさに落語の登場人物と同じやと思います。

今のところ竜二みたいなやつはおらんと思いますが、そのうちあれに近いやつが出てくるかもわかりません。あのままやとすぐに追放されると思いますけどね。

しかし、この頃はいろんな落語家が出てきました。なかには普段、ほとんどしゃべらないのがおります。恥ずかしながらウチにおる雀五郎《じゃくごろう》というのがそれでして、これが全然しゃべりません。

「ちょっと愛想のひとつも言うてくれ」と言うてもしゃべりません。これやったら竜二みたいなやつの方がましやなと思います。

以前、私が小劇団に出演していたときのことですけど、この男がついてきまして、本番前に女優さんがきれいに化粧して、「雀五郎さん！　私きれい？」と聞かれました。

普通なら、「はい、きれいですよ」ぐらい言うでしょ。少なくとも「はい」ぐらいは言うと思いますが、こいつの返事はなんと、

「……さあ？」

なんぼなんでも「さあ？」はあかんやろ。せめて「はい」ぐらい言えと、ちょっと怒っといたんですが。

次の公演の前、やっぱりこの女優さんが今度こそきれいと言わしたろと思って、また「雀五郎さん！　私きれい？」て聞くと、こいつはなんと横向いたまま、「はい」。ウーン、一から十まで言わなわからんのか。ちゃんと顔見て言うたらんかい！　張り倒すで！

ああッ！　だんだん笑酔亭梅寿が乗り移ってきた。なんでこんなやつを弟子に取ってしまったのか。この謎は解けません。

謎といえば、雀五郎ほどではありませんでしたけど私も若い頃はあんまりしゃべる方ではありませんでした。だいたいあかんたれで、今でもそうですけど知らん人とあんまりようしゃべりません。

そんな私がなぜ、落語家になれたのか。

元々お笑いは好きでしたが、高校一年生のとき、これまたお笑い好きの川中という男と友人になり、彼の影響で落語にも興味を持つようになりました。

そして大学へ入った頃ちょうど落語ブームで、落語研究会に入りました。そのときはもちろん落語家になるつもりも、なれるとも思っていませんでした。それがだんだんはまりこんで、「そのうち落語家になれるもんならなりたいな」とウカッと川中に言ったら、

「おお、なれなれ、弟子入りせえ。どこがええねん」

「そやな、やっぱり小米《こよね》さんかな」

とその頃、落研の間で絶大な人気のあった桂小米（後の桂枝雀）の名前を出しました。

するとこの川中がどういう伝手《つて》をたどったのか師匠の家の電話番号を調べてきて、

「オレがかけたるから、お前、後から出えよ」

と私を横に置いて師匠の家へ電話しました。師匠はちょうど家に居てはりまして、

「僕の友人で弟子入りしたいというのがおりますんで、ちょっと代わります。おい、代われ！」

と、いきなり受話器を渡されました。私はなんか訳がわからんまま、

「あのう、弟子にしていただきたいんですけど」

とかろうじてしゃべりました。こんなとき「ああそう。いらっしゃい、いらっしゃい」と言う師匠はまず居てません。当然、

「えーっ……いや、僕は今、弟子はよう取らんよ」

という返事でした。そこでもっとつっこんでお願いせなあかんわけですが、どない言うてええのかわからず、アワワになってしまいました。師匠も無下《むげ》に断るわけにもいかず、

「ウーン、まあ会うぐらい会《お》うてもええけど」

と言うてくれはりました。そこで、そのときちょうど出てはった角座《かどざ》まで会いに行き、

裏の喫茶店で話をさせてもらったんですが、なぜか一緒に来た川中がひとりで、

「こいつを弟子にしてやって下さい」

としゃべりたおしてまんねん。師匠も、どっちが弟子入りしたいの？　という顔で見てはりました。そして、ついに川中の勢いに気圧《けお》されたのか、

「弟子にはようせんけど、落研でやってんねやったら教えるぐらい教えたげるから、家へ来なさい」

と言うてくれはりました。

喜んで何日か後、伊丹《いたみ》の師匠の家へ行きましたが、そのときも川中がついて来てくれました。というより無理やりついて来ました。で、私が稽古《けいこ》してもらってる間、横で見てるんです。

それから何カ月か通いまして——あっ、その頃はもう川中はついて来ませんでした。当たり前か——おかげで昭和四十六年三月に入門を許されて、落語家としての生活がスタートしました。

本当に謎です。今でもこんな私がよく落語家になれたなあと思います。まったく世の中、何が起こるかわかりませんね。

何が起こるかわからないということで、さて、二つ目の謎です。

実は私、いつのまにか歌手になってしまっているのです。上手下手やルックスは別に

して、プロの歌手でもあります。

自慢じゃございませんが(こういう場合はたいがい自慢ですが)、桂雀三郎ｗｉｔｈまんぷくブラザーズというバンドで「ヨーデル食べ放題」という曲を出しまして、東芝ＥＭＩからメジャーデビューしております。

あの天下の東芝ＥＭＩから、宇多田ヒカルと同じ東芝ＥＭＩから、私は頭ヒカルですが、そんなことはどうでもええんですが、これこそ謎です。

なんでまたこんなことになったかといいますと、二十年ほど前、今一緒にバンドをやっている、まんぷくブラザーズのリーダー、リピート山中氏と知り合い、私の落語会の世話なんかをやってもらっていました。

当時は彼が音楽をやっているということは何となく知っていましたが、もひとつよくわかっていませんでした。

私らの世代はフォークソングやグループサウンズで青春時代を送ってますので、ギターを持ってジャカジャカ弾きながら歌うあのスタイルにたいがい憧《あこが》れを持っています。

知り合って数年後、彼がギターを弾いて歌えるということを知り、「いっぺん教えとくなはれ」と習い出したのが四十一歳、まだ私の髪がフサフサだった(?)頃でした。

ところが私は不器用で、まず左手の指がコードをよう押さえませんねん。おまけに右手はピックをよう落とすんです。それも前へ落とすのならまだええんですが、ギターの穴の中に落としまんねん。

で、穴の中に落としたときは、穴の真ん中にピックが来るようにしておいて、クルッとギターをひっくり返して出すんですが、これがなかなかできません。ひっくり返すときに、ピックが横へスッと逃げるんです。しかし、えらいもんで何べんもやってるうちに一発でポトッと出せるようになります。何でもお稽古ですな。

ところがそうなると、今度はピックを落とさなくなるんです。せっかく上手に出せるようになったのに、これがなぜか悔しい。あんまり悔しいからわざと穴の中へ落として、一発で出して、「どんなもんじゃい！」言うて一人で喜んだりしてね。アホですが。

そんなことして遊びながら、山中氏に慰められたりおだてられたり、また私が飽きないように私用の曲を作ってくれたりしながらやっているうちに、なんとか簡単なコードならジャカジャカ弾けるようになりまして、そうこうしているうちに、まだ時々ピックを落とすような頃に、メジャーデビューしてしまったんです。ほんまに世の中、何が起こるかわかりませんな。

さて、最後の謎です。なぜ私がこの解説を書くことになったのでしょうか。

話せば長いことながら、私は以前、大阪のビバリーヒルズ・京橋に住んでおりまして、近所に「やぐら」という串《くし》かつ屋がありました。

兄ちゃん一人でやってるカウンターだけの小さな店で、夜十二時頃に開店して朝までやってますんで、お客さんはスナックのママとか我々落語家とかタクシーの運転手さんとか何やってんのかようわからん人とか不思議な客層でした（因《ちな》みに桂雀三郎ｗｉｔｈまんぷくブラザーズには「やぐら行進曲」とか、やぐら関係の曲もいっぱいあります）。開店が遅いですから、お客さんはみんな初めから酔っ払いです。中にはもうグズグズに酔うてきて、坐《すわ》るなりグターとしてるんで、兄ちゃんが、

「何にしまひょ」

「え？　ああ、えーと勘定して！」

何も飲み食いしてないのに、いきなり勘定をお願いしてる客がおりました。ええお客さんですな。

私が見たお客さんで一番すごい酒飲みは、まず冷や酒を注文して、兄ちゃんが「アテは何にしまひょ」と聞くと、

「生ビール！」

どうです、お酒のアテに生ビール注文するんですから。どないすんのかなと見ていると、生ビールを半分ぐらい飲んで、お酒をクーッと飲んでお代わりをして、また生ビールをちょっと飲んで、またお酒を飲んで、と、ほんまに生ビールがアテになってるんです。酒飲みの鑑《かがみ》ですな。

どうせ飲むならあんな飲み方をしたいなと、ちょっと憧れていたんですが、そのうち

パッタリ現れなくなりました。入院してしまったんだとか。皆さんもこの飲み方はマネせん方がよろしいですよ。

その頃私は、「雀三郎製《じゃくさんせい》アルカリ落語の会」というのを毎月やってまして、新作落語の台本を募集することになったんですが、その賞金十万円を、やぐらの兄ちゃんが出してくれることになりました。

そこで「やぐら杯新作落語台本募集」と銘打って募集したところ、たくさん来ました。中には自分の水着写真を同封してきた女の人もありました。このセンスはおもしろいんですがね。

で、そんな中から第一回やぐら杯を手にしたのは、北野勇作氏の「天動説」というSFっぽい作品です。

北野氏はその後、第二十二回日本SF大賞等を受賞して、今や立派なSF作家になられましたが、数年前、その北野氏が私の落語会に連れて来てくれたのが田中啓文氏だったのです。

それから田中氏ともちょいちょいお話をさせていただくようになりまして、先日、落語会の打ち上げで飲んでるときにこの解説を頼まれました。

私もちょっと酔うてたもんで簡単に引き受けてしまいまして、おかげでこういうもんを書かんならんハメに……いや、書かせていただくことになったわけであります。

これで最後の謎が解けましたね。酔うてるときに仕事を引き受けたらあきまへんな。

しかし田中氏は、この人にものを頼むときはこういう状態のときが一番ええ、ということを見抜いてたんでしょうな。きっと落語からこの知恵を身につけはったんやないかと思います。田中氏はすでに新作落語を書いてはりますけど、またやぐら杯を募集したときは、ぜひひとつ、私のために書いていただきたいと思います。

最後にこの「笑酔亭梅寿謎解噺シリーズ」もたくさん噺ができました。ぜひともテレビドラマにしてもらいたいもんです。そのときは通行人でもええから出してね。そろそろ歌も作っとこかな。まあ山中はんが作るんですけどね。

というところでお時間でございます。このへんで解説を終わらせていただきます。

どこが解説やねん！（と、人につっこまれる前に自分でつっこんどこ）

この作品は二〇〇六年八月、集英社より刊行されました。

集英社文庫

ハナシにならん！　笑酔亭梅寿謎解噺《しょうすいていばいじゅなぞときばなし》2

2008年5月25日　第1刷　　定価はカバーに表示してあります。

著　者　田中啓文《たなかひろふみ》

発行者　加藤　潤

発行所　株式会社　集英社
東京都千代田区一ツ橋2-5-10　〒101-8050
電話　03-3230-6095（編集）
03-3230-6393（販売）
03-3230-6080（読者係）

印　刷　凸版印刷株式会社

製　本　凸版印刷株式会社

フォーマットデザイン　アリヤマデザインストア　　マークデザイン　居山浩二

ISBN978-4-08-746298-2 C0193